首席婚恋师

红娘月老·天生一对

SHOUXI
HUNLIANSHI
▼

曹麻子 \ 著

山西出版传媒集团
北岳文艺出版社

图书在版编目(CIP)数据

首席婚恋师/曹麻子著.—太原:北岳文艺出版社,2019.7

ISBN 978-7-5378-5936-3

Ⅰ.①首… Ⅱ.①曹… Ⅲ.①长篇小说-中国-当代 Ⅳ.①I247.5

中国版本图书馆CIP数据核字(2019)第131058号

书　　名	首席婚恋师
著　　者	曹麻子
责任编辑	吴国蓉
书籍设计	米　乐

出版发行	山西出版传媒集团·北岳文艺出版社
地　　址	山西省太原市并州南路57号
邮　　编	030012
电　　话	0351-5628696(发行部)
	0351-5628688(总编室)
传　　真	0351-5628680
网　　址	http://www.bywy.com
E-mail	bywycbs@163.com
印刷装订	北京市兴怀印刷厂
开　　本	880mm×1230mm　1/32
字　　数	230千字
印　　张	9.5
版　　次	2019年7月第1版
印　　次	2019年7月北京第1次印刷
书　　号	ISBN 978-7-5378-5936-3
定　　价	68.00元

目 录
CONTENTS

第一章　新时代的男媒婆　　》 001
　　被迫离职　　》 001
　　冤家聚首　　》 008
　　跑车奖励　　》 014
　　相亲"困难户"　　》 021
　　求婚现场　　》 026

第二章　苦练《婚恋宝典》　　》 030
　　美女托儿　　》 030
　　歪打正着　　》 035
　　意外抢单　　》 040
　　婚宴席上奇葩事　　》 050
　　学艺　　》 058
　　实战出真知　　》 064
　　奇怪的要求　　》 072

第三章　美满的"阴谋"　　　　　　　　　>> 079

男人心底都有一道白月光　　　　　　>> 079

好人有好报　　　　　　　　　　　　>> 084

拯救被棒打的鸳鸯　　　　　　　　　>> 092

针锋相对　　　　　　　　　　　　　>> 100

"同居"生活　　　　　　　　　　　　>> 106

第四章　患难见真情　　　　　　　　　　>> 113

海岛相亲聚会　　　　　　　　　　　>> 113

发哥的麻烦　　　　　　　　　　　　>> 119

测谎仪测的是人心　　　　　　　　　>> 127

狗咬吕洞宾　　　　　　　　　　　　>> 134

绑架　　　　　　　　　　　　　　　>> 141

你的血幻化成我的泪　　　　　　　　>> 149

第五章　战况升级,风云再起　　　　　　>> 155

和解　　　　　　　　　　　　　　　>> 155

君子腹难敌小人心　　　　　　　　　>> 164

错位相亲　　　　　　　　　　　　　>> 173

女人的终极梦想　　　　　　　　　　>> 182

婚姻中的悲哀　　　　　　　　　　　>> 187

第六章　惊天阴谋　　　　　　　　　　　>> 196

美人计　　　　　　　　　　　　　　>> 196

苦肉计　　　　　　　　　　　　　　>> 204

恶人自有高人收 　　　　　　　　　　>> 210
　　英雄救美 　　　　　　　　　　　　　>> 219
　　步入上流社会 　　　　　　　　　　　>> 228

第七章　镜花水月的亿万富翁梦　　　　>> 237
　　巨额遗产的继承人 　　　　　　　　　>> 237
　　美人心是蛇蝎毒 　　　　　　　　　　>> 245
　　大丈夫不为万贯家财折腰 　　　　　　>> 253
　　死里逃生 　　　　　　　　　　　　　>> 262

第八章　有情人终成眷属　　　　　　　>> 271
　　两虎相争 　　　　　　　　　　　　　>> 271
　　从天而降的五千万债务 　　　　　　　>> 277
　　远走高飞 　　　　　　　　　　　　　>> 283
　　千山万水不如在你身边 　　　　　　　>> 288

第一章　新时代的男媒婆

大龄剩男剩女的"脱单"大作战正在上演，且看当代媒婆如何巧牵红线，缔结美好姻缘。

被迫离职

咖啡厅内，放着轻柔的音乐。

靠窗边坐着一男一女，男的西装笔挺、皮鞋锃亮，俨然一副成功人士的模样。女的身穿白衬衫和灰色套裙，脸上挂着职业笑容，看起来像是一个小白领。

"虽然林阿姨是我的邻居，但有些事情还是问清楚点儿好，你说呢？"白领女子明显占据主动，美丽的大眼睛盯着面前的西装男子。

"你问好了。"西装男子用不锈钢勺子搅拌着咖啡，礼貌地微笑着。

"有房吗？房子是你名下，还是你父母名下？面积多大？要不要还贷？如果还贷的话，每个月要还多少？"白领女子的问题如雨滴一般落下来。

西装男子有些讶异地看了一眼白领女子:"就是有房才找你啊。"稍微停顿了一下,他补充道,"房子全款,复式,两百六十多平方米,楼顶归我,正准备装修,待会儿我们就可以去看房。"

白领女子顿时大喜,激动地说:"真的吗?"

"当然,别人看不看都无所谓,你是必须要去的,我都等不及了。"西装男子很诚恳地说。

"讨厌,这才第一次见面,说话就这么直接……怎么也得先约会几次吧?"白领女子反倒是有些害羞了。

"找你们装修房屋还要先约会?"西装男子顿时目瞪口呆。

"装修?"白领女子也是一脸疑惑的表情,好一会儿她才反应过来,"你不是来相亲的?"

西装男子愕然地说:"相什么亲?林阿姨说你是装修公司的,我才来找你的。"

白领女子满脸尴尬,好一会儿才勉强笑着说:"应该是误会,我先去一下洗手间。"

肯德基店内,一男一女面对面坐着。

男的瘦高、黝黑,戴个眼镜,女的长发披肩,清秀大方。

眼镜男子并没有点任何东西,面前只有一瓶矿泉水,笑着解释道:"垃圾食品吃多了不好,不过这里的冷气倒是挺舒服的。"

长发女子微微一笑,用手机点了个套餐,并询问眼镜男子要不要点些儿吃的?眼镜男子迟疑了一下,摇头拒绝,微笑着说:"既然咱们都是奔着结婚来的,不妨直接点儿,你对我有什么要求?"

"有稳定工作,顾家,不要大男子主义。"长发女子坦然相告,"有房有车最好,没有也无所谓,终究要一起过日子的,一起努力就是。"

眼镜男子有些愕然地说："就这些？"

"是的。你呢？对我有什么要求？"长发女子反问道。

"其实我的要求也不多。第一，房子我可以付首付，但房产证上只能写我一个人的名字，结婚后两个人要一起还房贷。第二，彩礼我最多只能出三万，如果房子装修由你出的话，我可以负责电器，你们家陪嫁一辆车就行。第三，结婚后，必须把我爸妈接来一起住。"眼镜男子说起要求来滔滔不绝，"第四……"

长发女子听他说完，嫣然一笑："你说的这些都还挺合理的。"

眼镜男子得意地说："那肯定，谁也不傻，对不对？"

"既然这样，我们反过来吧。第一，我出首付，房产证只能写我的名字，两个人要一起还贷款。第二，我给你三万块，你买一辆车给我。第三，结婚后我把我父母接过来一起住，你看这样行不？"

眼镜男子顿时呆住，好一会儿才结结巴巴地说："这肯定不行，我是男的！"

茶馆二楼的角落，一男一女相对而坐，桌上蒸笼已然空空，碗碟也只剩下汤汁。

短发女子放下筷子，心满意足地揉了揉肚子，看了一眼对面白净斯文的男子："你觉得这里的菜味道怎么样？"

男子面无表情地说："我怎么知道？菜都被你吃了，一口都没给我留！"

看完微信单身群里的这些短视频，杨杰笑得在床上直打滚，最后意犹未尽地回复了一句："以上内容令单身狗极度舒适，精神抖擞去上班。"

杨杰看了看时间，已经六点半了，将手机往旁边一丢。洗脸刷牙一分钟搞定，从阳台上取下略微潮湿的白衬衫，随意用吹风筒吹了几下穿上,打领带、抹发胶、擦皮鞋,不到十分钟,一个阳光帅气的小伙子出现在门口。

看着穿衣镜里的自己,杨杰微笑着鼓励自己:"加油,杨杰,你是最棒的!"

"杨杰,你确实很棒!"人力资源部的唐经理微笑地看着杨杰,"进公司有半年了吧,业绩不错,客户印刷的成品'手拉手'能绕地球四个圈……"

杨杰眉开眼笑地点头,一大早进公司就被唐经理叫进小会议室,又是倒咖啡又是表扬的,这难道是要加薪升职的节奏吗?

唐经理话锋一转:"但是呢,你也知道最近市场不景气,公司的战略重心将做出转移,你们拓展部将跟市场部合并。"

虽然不知道部门合并跟市场不景气有什么关系,但杨杰还是笑眯眯地点头,表示认同。

唐经理眼中闪过一抹微不可察的同情,叹息了一声,接着说:"这次合并的岗位中并没有适合你的,很抱歉,你……跟本公司的合约只能是提前结束了。"

杨杰呆了一下,好一会儿才反应过来,自己是被解雇了。

下一刻,杨杰脑中蹦出一个画面,昨天在办公室他不小心撞了采购部的阿丽一下,阿丽当场破口大骂。杨杰起初还道歉,但对方骂个不停,最后杨杰也急眼了,吼了她一句,阿丽当场就冷笑着说:"你就等着被炒鱿鱼吧。"

现在想起,杨杰觉得自己被解雇多半跟此事有关,他忍不住问:"阿丽有这么大的能力?"

唐经理微微一笑:"阿丽是方总的侄女,你别误会,她跟此事并无关系。"

你这话,摆明就是承认有关系,好吧。杨杰顿时心凉了一截,但事已至此，说再多都是没用："行行行，那走流程好了。"

唐经理稍微压低了声音："我希望你能自己提出离职，这样对你有好处。"

杨杰冷笑道："自己离职的话，补偿不就没了，你当我不懂劳动法吗？"

唐经理笑了笑："我只是一个建议，如果你不听，当然随你。"

接下来就是办理离职手续，一切都很顺利。至于推荐信，唐经理表示不太方便。

杨杰也不以为意，没有就没有，凭自己的能力，还怕找不到好工作？

打发走了杨杰，唐经理走进了人力资源总监方凯的办公室，方总监正同阿丽喝茶。见到唐经理，他笑着问："搞定了？"

"幸不辱命！"唐经理迟疑了一下，"不过，他对劳动法比较了解，我只能照章给他补偿。"

"居然给他补偿，那岂不是让他赚了！"阿丽非常不满意，转头冲方总监嘟嘴娇嗔："三哥，你就这样给我出气的？"

"三哥答应你的事情，肯定会做到。"方总监宠溺地刮了刮阿丽的鼻子，转头看向唐经理，目光瞬间阴冷："唐经理，在人力资源群里发杨杰的资料，说他是专门利用公司漏洞来诈钱的惯犯，上班不到半年就勒索了我们一大笔钱，还经常对女同事动手动脚……哼！得罪了我妹妹，我要他在海城里混不下去！"

当然，杨杰并不知道自己被算计，还在海城周边玩了几天。回来后元气满满地在网上投递简历。但一个星期下来，竟然没有收到任何公司发来的面试通知。

杨杰将自己的期望月薪降低了一些，但还是无人问津，咬咬牙，索性填了个三千元，这可是行业里的最低标准了，但仍然没有一家公司对杨杰有兴趣。

难道印刷行业不景气了？还是网上发布招聘的单位都是不着急的？

杨杰索性打印了一叠简历，前往海城市人才市场，既然网上招聘没有消息，那就去现场投递简历好了。

在投递应聘一家印刷厂的业务经理职位时，杨杰听见年轻的招聘专员嘀咕了一句："杨杰？这不是上了黑名单的那个人吗？"

杨杰闻言大惊，上前一问，招聘专员倒也不隐瞒，直接将微信群内的聊天记录给他看。

杨杰这才明白自己是被算计了。当即打电话给唐经理，质问他这件事。

唐经理肯定不承认，并劝杨杰不要来闹事："方总在这个行业是大佬级的人物，什么人不认识，到时候吃亏的肯定是你。"

杨杰偏不信邪，打车冲到公司，还没等进公司，就被门口的三名保安架走。

"这日子没法过了！"杨杰冲着电话抱怨，电话那头是他大学时期的好友张振。

张振嘿嘿一笑："退一步海阔天空，何必守在海城这种二线城市，来莞城跟我一起打拼吧！"

"不去！"杨杰断然拒绝，"在你们那边跑业务伤肾。再说了，莞城难道就不是二线城市了？"

两人有一搭没一搭地扯了半天，杨杰正要挂电话，张振却笑嘻嘻地说了一句："听老三说，你的女神魏旭正到处打听你的消息呢。"

闻言，杨杰脑中闪过一个眉眼如画、身材性感的女子，心中瞬间百感交集。片刻后，杨杰对着电话破口大骂："好好的扯什么魏旭？你是不是忘记吃药了？人家现在不知在哪儿快活，哪还会记得我？"

说完，杨杰不顾张振的喂喂大叫，直接挂了电话。

杨杰原本想着发完牢骚以后心情会好点儿，没想到张振来这么一句，他反倒是越发郁闷。正好肚子也有点儿饿了，杨杰走进街边一家小餐馆，点了几个菜，边吃边想自己以后该怎么办？

这时，门口走进来一个扎着马尾的女孩，她身穿浅粉色衬衣，搭配藏青色筒裙，胸口悬挂着一张工牌。用一句时下非常流行的话来形容——肤白貌美气质佳。

马尾女子的目光四下一扫，然后走到收银台询问："老板，你们这儿有大一点儿的包厢吗？"

"没有。"收银小妹笑着回答。

"那有大点儿的桌子吗？"

"我们店全部家当都摆在大厅了。"收银小妹冲大厅扬了扬下巴，"你自己看。"

马尾女子目光再次扫过店内，发现有两三桌都只坐了一名客人后，她美丽的大眼睛转了转，说："能不能让他们拼桌？"

收银小妹迟疑了一下，最终摇头说："这不太好吧。"

马尾女子微微一笑，走到杨杰桌旁，弯腰询问："小哥哥，能不能帮个忙？"

"啥事？"杨杰虽然心情郁闷，但面对美女的软语相求，语气也柔和许多。他顺势瞥了一眼马尾女子胸前的工牌——赵非烟，名字也挺好听。

"公司临时决定聚餐，派我来找地方，要是订不到座位肯定会被老板责怪，你看能不能帮个忙，去跟旁边的那位客人挤一挤？"

赵非烟可怜巴巴地看着杨杰。

杨杰扭头一看,邻桌是个大个子,也是一个人在吃饭,只不过此人吃相不是很好,桌上到处都是骨头和纸巾,杨杰顿时不怎么想过去,笑道:"我吃快点儿就是。"

"那谢谢你了啊。"

赵非烟喜滋滋地拿出手机拨了个号码:"喂,老大,就在公司对面的'川湘情',嘻嘻……什么?方凯?他才不是我家属呢……他跟我有什么关系……"

听到方凯这个名字,杨杰忍不住皱眉,害他找不到工作的人力资源总监就叫方凯。

这个赵非烟,竟然是方凯的女朋友!

冤家聚首

会不会是同名同姓?

杨杰又转念一想,怎么可能会这么巧?再说电话里那人不是说要喊来一起吃饭吗?想必这个方凯离这儿一定很近,而这家店就在自己离职的公司附近。所以此"方凯"一定是彼"方凯"!

这女的居然是他仇人的女朋友!

想到这儿,杨杰心里十分不爽,将杯中饮料一饮而尽,举手招呼:"老板!"

赵非烟还以为他要结账,笑眯眯地挂了电话,正要道谢,却听到杨杰又补了一句:"来瓶啤酒。"

赵非烟讶然地看着杨杰,美丽的大眼睛里全是疑惑:"帅哥,你不是答应吃快点儿吗?"

"我是答应了吃快点儿,可现在还没吃完啊!"杨杰不以为然地夹了一块牛肉,放进口中。

"你!"赵非烟气得小脸通红,"你怎么说话不算数?"

那也比你男朋友砸我饭碗强!杨杰冷笑一声,又大声喊了一嗓子:"老板,再来个干锅小黄鱼。"

这是摆明着不打算走了。

赵非烟狠狠地瞪了杨杰一眼,转而走到邻桌跟大个子商量。大个子倒是挺实在,端起碗筷,拎着一个手提袋就坐到杨杰这一桌,还冲杨杰憨厚地笑了笑,然后埋头继续吃。

杨杰哭笑不得地看着大个子,但也不好意思赶人。

赵非烟冲杨杰扬了扬眉毛,"哼"了一声,转身去了门口。

杨杰不急不慢地喝着酒,心中盘算,待会儿要是方凯过来,自己要怎么做才能证明自己目前过得很滋润。

四五分钟后,大个子匆匆吃完,结账走人。又过了一会儿,十来个人嘻嘻哈哈地走了进来,都是浅粉色衬衣配藏青色长裤或筒裙,一看就是赵非烟的同事。带头的是一名高瘦儒雅的中年男子,他跟赵非烟打过招呼,大家陆陆续续坐下后,有个女员工故意调侃道:"林总,说好的请我们吃大餐,结果就是公司对面的小餐馆,连肉都没有,这叫不算啊!"

林总对于这种玩笑似乎早已司空见惯,指着一名肥肥胖胖的男员工,笑着说:"发哥肉多,你去啃几口好了。"

"才不要呢,发哥的肉是酸的!"女员工掩嘴偷笑。

"发哥不是带了包牛肉干过来吗?我是要你找发哥要牛肉干,小丽,你想哪儿去了?"林总笑着说。

这时,发哥在一旁幽幽地叹了口气,说:"昨天还叫人家小甜甜,今天就嫌我的肉酸了!"

众人顿时大笑。

女员工娇嗔道:"你要死啊,谁叫你小甜甜了。"

哄笑中，赵非烟凑在林总旁边，低声说了两句，其间还冲杨杰扬了扬下巴。林总微微点头，目光看似随意地扫过杨杰的方向，脸上笑容丝毫不减。

杨杰桌上的食物已经吃得差不多了，还不见方凯过来。想着就算赵非烟是方凯的女朋友，错的也是方凯，跟赵非烟又有什么关系？

当即起身准备去结账，却发现脚旁有个手提袋，杨杰提起来一看，居然是十来盒还没开封的显卡。

再便宜的显卡也要好几百元一个，这一手提袋的东西少说也有几千块钱。杨杰想起，这袋子是大个子的，拼桌的时候他拎过来的。

杨杰正想着该怎么去联系失主，赵非烟看到这情景，当即走了过来，瞟了一眼手提袋中的东西，冷笑道："喂，这袋子不是你的吧？"

看到赵非烟这种看小偷般的鄙夷眼神，杨杰不悦地挑眉反问："难道是你的？"

"是刚才那位客人的，你别想据为己有！"赵非烟的声音逐渐加大。

餐馆里的客人听到了动静，纷纷朝这边张望，赵非烟的几个男同事更是起身准备帮忙。林总连忙摆手示意他们坐下，自己走了过来。

"居然还倒打一耙！我看明明是你见财起意，想要过来冒领吧？"杨杰反唇相讥。

赵非烟美丽的大眼睛狠狠地盯着杨杰，杨杰也冷笑着与其对视，空气中弥漫着浓浓的火药味。

林总正要出口相劝，外面慌慌张张地跑进来一人，正是刚刚吃饭的大个子，看到手提袋在桌上，他顿时松了一口气，伸手去拿，口中连声说道："还好还好，东西还在。"

赵非烟嫣然一笑:"大哥,你看看有没有少东西,有些人手脚不一定干净。"

大个子愣了一下,还真的向手提袋里瞄了一眼,旋即反应过来,知道自己这么做不太妥当,连忙笑着说:"没少没少,多谢多谢。"

杨杰气得直翻白眼,听大个子这么说,心情才平复一点儿:"没少就好,我杨杰行得正,坐得直,绝不贪图别人便宜,不像某些人,一进来就想占人家便宜!"

"谁占便宜了?"赵非烟大怒,上前逼近杨杰,"信不信我揍你?"

杨杰丝毫不惧,也冷笑着往前一步。

林总连忙拦住赵非烟,大个子见状也推着杨杰走到门口的收银台,笑着说:"兄弟,咱不跟女人计较,我还有事,先走了。"说完,打了个哈哈,告辞而去。

杨杰郁闷地结了账,刚出门,那个林总快步追了出来,将杨杰拉到一边:"你刚才说,你叫杨杰?"

"是的,怎么了?"杨杰狐疑地看着林总。

"我叫林刚。"林总递了张名片给杨杰。

杨杰看了一眼名片,原来这个人是"百年好合"婚介所的总经理,杨杰一头雾水地问:"找我有事?"

林刚脸上挂着温和的笑容:"你之前是不是在方凯那儿上班?"

杨杰眉头一皱,这家伙莫非在帮方凯打听情况?当即冷笑道:"是的,怎样?"

"现在还没找到工作吧?据我所知,你不但被海城印刷行业'拉黑',很多其他行业的人力资源部门也把你'拉黑'了。"林刚一脸诚恳地说。

虽然林刚的脸上看不到任何的嘲讽,但杨杰早已先入为主,冷冷地说:"那又如何?我这么大一个男人,还不至于被饿死!我说,你还有别的事吗?"

"如不嫌弃,可以来我的公司上班,做婚恋师。"林刚笑着说。

杨杰顿时愣住,好一会儿才挠挠头皮:"呵呵,你这招人的角度比较刁钻啊,容我缓缓。婚恋师?就是媒婆对不对?呃,林总,我是做印刷业务的,跟你们这个专业可不对口。"

林刚哈哈一笑:"杨老弟,学什么专业和干什么工作有关系吗?你看我以前还是学化工的呢!"

"咦,你说的我还有点儿怦然心动!"杨杰若有所思,旋即脸一黑,"不过,你公司的赵非烟可是看我很不顺眼啊!"

林刚凑近杨杰,压低声音说:"这就是我要找你的第二个原因,赵非烟最近被评为海城市婚介联盟的首席婚恋师,开始有些膨胀了,我想找个人让她保持清醒。但公司上下都是些熟人,拉不下面子,只有你才是最佳人选。再说了,招不招人,还不是我这个老板说了算,她看你不顺眼又有什么关系?"

林杰听后低头想了一下,数秒后,杨杰满脸堆笑着说:"林总,明天就上班吗?"

林刚回到餐馆,装作漫不经心地将这件事告诉了大家。

"什么?老大,你居然要招他来公司?"赵非烟"噌"的一下站了起来,激动得满脸通红,"我不同意!"

其他同事也都是一副讶然的表情,不明白老板为什么突然做出这个决定。

"非烟,你先别激动,听听林哥怎么说。"一名气质婉约的中年美妇微笑着搂过赵非烟的肩膀。

"嫂子,你是不知道,那家伙可坏了。"赵非烟气鼓鼓地说。

林刚露出温和的笑容:"非烟,我知道你对他没什么好感,但现在公司要扩张,就必须要将圈子再扩大,最好的办法就是用现有的资源进行裂变,但我们在座的圈子已经裂变过多次,效果越来越不明显,所以啊,咱们必须找新的圈子进行裂变。这个杨杰之前是印刷厂的业务员,人脉非常的广,如果将他的朋友圈裂变成功的话,对公司将会有很大的帮助。"

赵非烟张嘴刚想说话,林刚就举起杯子,说道:"非烟,就当是为了公司,委屈你了,我先干为敬!"说完,将杯中的酒一饮而尽。

老板都这么说了,赵非烟自然也不好再闹,只得陪着喝了一杯。

一家婚介所牛不牛,全看会员多不多。就好比买菜,菜市场的生意怎么都要比路边摊要好。为什么?有的挑呗!

别人做会员储备,都是找有结婚意向的大龄青年,从同城的单身聊天群入手,挑出优质客户,进行最原始的积累。但"百年好合"的林刚另辟蹊径,直接去大学拉人,储备了不少高素质的未婚青年,前几年或许还看不出来效果,但等到这些青年走上社会,发现工作以后的圈子远比学校还要狭窄,并开始为终身大事发愁的时候,就到了"百年好合"发挥作用的时候了。

凭借着众多的会员,"百年好合"硬生生地挤入了海城市婚介行业的前二甲。

杨杰此时坐在国贸大厦十七楼的办公室里头,看着面前干净整洁的桌面,上面摆放着崭新的笔记本电脑,心中暗叹,这办公环境还不错,如果旁边不是赵非烟就完美了。

也不知道是不是林刚故意安排,杨杰的座位就在赵非烟旁边,中间的隔断是一面透明的玻璃,抬头他们就能看得到彼此。

似乎感觉到了杨杰的目光,赵非烟转过头来,狠狠地瞪了杨杰一眼,怒道:"看什么看?"

杨杰挑了挑眉:"你要是不看我,又怎么知道我看你?"然后他捂住胸口表情夸张地说,"看哪儿呢?我可不是随便的人。"

赵非烟气得直翻白眼，拿起桌上的 A4 纸，抹了点儿胶水贴在隔断的玻璃上。

杨杰哈哈一笑，不再理会她。按照林刚的交代，杨杰打开电脑进入共享文件，找到了公司的相关资料。

跑车奖励

林刚提供的资料很详细，不但有婚恋师的岗位职责，还有报销流程、请假流程等等，甚至还有公司全体同事的工作证，上面贴有照片以及相关职务，方便杨杰熟悉。

正如杨杰猜想的那样，婚恋师的职责就是将在公司注册的各会员进行匹配，然后通过线下的一些活动，让单身的男女相互了解，进而交往、结婚。这其中涉及一个会员的制度，最高等级是钻石会员，然后是白金会员、黄金会员、白银会员跟普通会员。

既然分了级，各会员所能享受的服务肯定有区别：普通会员只能在网页上浏览其他会员的基本信息；白银会员可以浏览对方的各种生活照片；黄金会员可以跟对方进行文字交流；白金会员可以享受公司安排的线下见面等服务；至于钻石会员，婚恋师会全程跟进，包括筛选对象、安排约会等等，甚至，只要钻石会员一句话，公司可以将相亲对象的祖宗十八代都调查得清清楚楚。

打个比方，钻石会员走进水果店，都不用看摊位上的水果，直接躺在贵宾间，老板就会端着托盘，呈上各种奇珍异果，钻石会员随便瞥一眼，没有自己喜欢吃的，挥挥手："换一批！"

而普通会员走进店里，只能赔笑着问："老板，有什么好吃的。"老板指了指水果摊："自己挑！"最让人郁闷的是，好的水果老板还不摆出来！

也不能怪老板势利，毕竟公司的收入有一半来自高级会员。白金会员一年要交一万八千元的会费，而钻石会员一年的会费更是高达八万八千元。

几百个钻石会员就能使婚介所老板成为亿万富豪啊！杨杰计算了一下，顿时心旌神摇，婚介所原来是这么暴利的行业！

杨杰正心驰神往，公司内部群突然弹出消息，说是全体员工，除了前台，全都带上吃饭的家伙去会议室开会。

杨杰飞快地将各同事工作证记了一遍，这才带上笔记本电脑前往会议室。

进门就看到一个胖乎乎的男子坐在门口，杨杰对他有印象，叫发哥，工作证上的名字叫廖青发，职位是业务部经理。他面前桌上摆了个不锈钢饭盒，看到这个饭盒，杨杰又看了看自己携带的笔记本电脑，不禁对自己的领悟能力产生了怀疑。

吃饭的家伙，难道不是指笔记本电脑？而是真的吃饭的家伙？

"小杨，来这儿坐！"发哥热情地招呼杨杰坐到自己身边。

杨杰连忙走过去坐下，迟疑了一下，终于忍不住问："发哥，你这个饭盒是什么意思？"

"吃饭的家伙啊！"发哥不以为然地解释，"你是新人，不清楚情况，待会儿就知道了。"

正说着，进来一名眼睛很大的女子，看起来有些像港台明星。杨杰皱眉回想着刚才的员工资料，这个人好像是市场部的，叫什么默来着？

发哥在他耳边轻声提醒："这是我们市场部总监，秦默！"

接下来，每进来一个人，发哥就提醒一句。

眼睛笑起来像月牙的是行政部经理罗筱羽，中年美妇是老板娘李云彤……

最后，跟林刚一起进来的是赵非烟，发哥嘿嘿一笑："这个就不用介绍了吧。"

会议桌满满当当坐了十多个人，大多数人带的都是笔记本电脑，也有两个男同事，拿的是跟发哥一样的饭盒。

不一会儿，前台搬了一大盘水果放在桌上，里头都是些洗好的葡萄、提子、橘子等水果。看到发哥毫不客气地往自己饭盒里拿水果，杨杰这才明白，吃饭的家伙原来是这么回事。

"发哥，你可不能再吃了，你从我旁边过，我都能感觉到地板在颤抖！"行政部经理罗筱羽笑着说。

"真有这么抖？那你就拍个短视频呗，说不定还火了呢！"发哥一边说一边塞了一把提子在口中。

"我的手机画面容纳不下你！哪怕是一条大腿！"罗筱羽掩嘴笑道。

杨杰突然有些喜欢这家公司了，同事之间的相处还真是随性啊！

这时，林刚指着杨杰介绍道："都认识一下，这是新来的业务部经理杨杰。"

杨杰连忙站起身，抱拳行礼："我叫杨杰，杨家将的杨，狄仁杰的杰。刚进新手村，'求带'！"

"大家都自己介绍一下。"林刚转而指向廖青发："发哥，你先来。"

大家轮流介绍完毕，轮到赵非烟的时候，她看着自己的手提电脑，头也不抬地说："赵非烟，业务部经理。"

林刚眼中闪过一丝笑意，站起来，环顾众人，稍微停顿了两秒，说道："相信有的同事已经听到了消息，最近公司准备上市，这事……"

听到这儿，众人的目光都投向了林刚的方向。

"是真的！"林刚的气质仍然是那么的儒雅，脸上的表情也仍然是那么的温和，似乎上市这种事情，只不过是在外头吃顿饭那么平常。

其他人可没他那么宠辱不惊，一个个均是眉飞色舞，交头接耳。一旦上市成功，在场众人不说成为千万、亿万富豪，但百万富豪还是有可能的。

"不过。"林刚一句话，会议室顿时安静了下来。

"上市需要用业绩来说话，这个业绩就是公司的营业收益。"林刚环顾众人，缓缓说道，"这件事，就只能拜托各位了。"

"放心吧，妥妥的！"廖青发拍着胸口说道，"本来业绩就有提成，现在更是关系到自己能不能提前实现财务自由，那必须赴汤蹈火啊！老大！"

其他人纷纷激动地表示一定会加油，就差对天发誓了。就连杨杰，也都大声嚷嚷，要弄他十个八个钻石会员进公司。

林刚按下遥控笔的开关，投影幕布缓缓降下，再一按，屏幕中出现了一辆红色的跑车，上面还坐了个美女。

"老大，你这是放错片子了吧？"廖青发连忙提醒。

林刚笑着摇头："不，我没有放错，这是我特地为大家准备的大奖。从现在开始，到过年放假前，谁的业绩第一，谁就是本年度首席婚恋师，这辆跑车就是谁的！"

闻言，办公室顿时响起一阵欢呼，赵非烟更是双眼放光："老大，这车我要定了。"

发哥嘿嘿一笑："非烟，老哥我手中还有十多个钻石会员，发点儿狠，搞定这些会员，这跑车说不定就姓廖了呢。"

赵非烟笑嘻嘻地说："发哥之大，一辆跑车哪里塞得下，你这种重量级人物，怎么都要开SUV才衬，跑车你就让给我嘛。"

廖青发翻了个白眼："就不许我拿来送人啊？嗯，我送给罗经理不行吗?"

罗筱羽笑嘻嘻地点头:"发哥,就这么说定了啊,我的业绩都算你头上,合伙拿下这辆车,到时候我请你吃一个月的大餐。"

"没羞没臊!怎么不干脆在一起算了?"赵非烟刮着脸羞罗筱羽。

大家都在讨论要怎么提高业绩,把跑车开回家,只有杨杰,皱着眉头在笔记本上敲敲打打,好像在查询着什么。发哥好奇地探过头来问:"你在查什么?"

"这玩意怕是挺耗油,要是拿来跑出租肯定划不来,发哥,你有什么建议?"杨杰若有所思地看着发哥。

发哥愣了好一会儿,回答道:"我觉得做婚车出租应该不错。"

为了拿下跑车,公司全体员工可是铆足了劲,尤其是业务部的几位,一个个拼命联系客户,就连之前一些性格孤僻,或者时效过期的会员,都从某个被遗忘的文件夹中找了出来,进行新一轮的精准匹配。

于是,一幕幕相亲大戏在海城各个场所拉开了帷幕。

公园里,夕阳西下。

一男一女沿着鹅卵石铺成的小道缓慢行走,落日余晖将两人影子拉得很长。

长裙女子停了下来,看着眉宇间略显沧桑的格子衬衫男子:"跟你聊得挺开心的,现在时间也不早了,要不……"

格子衬衫男子抬起手腕看了一下手表,恍然大悟地说:"你要回家吃饭了吗?那行,我这就送你回去。"

长裙女子愣了两秒,有些不好意思地说:"我出来的时候跟家里人说啦,不回家吃饭,恐怕他们没有煮我的饭呢。"

格子衬衫男子恍然大悟，拍了下额头："我真是笨！"

长裙女子还以为对方已经明白自己的意思，低着头，略微害羞地等着对方邀请自己去吃饭。

"我车上还有两盒饼干，待会儿你拿去。饼干是我找代购从香港带回来的小熊饼干，真的很好吃。"格子衬衫男子接着说。

长裙女子目瞪口呆地看着格子衬衫男子，好一会儿才勉强笑着拒绝："我不是很喜欢吃饼干，对了，我还有事，先走，改天再聊。"

格子衬衫男子"哦"了一声，挥手告别，待长裙女子消失在他的视线，他连忙摸出手机拨打电话："喂，发哥吗？你给我介绍的都是什么人啊？跟我说了半个小时的韩国明星，我差点儿没忍住就打她了……"

商业步行街，一男一女在各大商铺间漫步。

"上次见面以后，你不是说我这种类型不适合你吗？怎么今天又喊我出来？"圆脸中年男子终于忍不住问道。

"感觉嘛，有时候说不准的。"高瘦如模特的时髦女子手中捧着一袋板栗边剥边吃，抽空回了一句，"这几天我又想了下，觉得我们可以再找找感觉。对了，那天我们也是在这里闲逛，你还记得吗？你还在前面买了颗巧克力给我。"

圆脸中年男子连忙点头："记得记得。"

"我现在又有点儿想吃巧克力了，找找当时的感觉。"时髦女子歪着头看向圆脸中年男子，"你还会给我买吗？"

"那肯定！"圆脸中年男子憨厚一笑，快步走到旁边的巧克力店。

他一眼就看到了上次买的那种巧克力，价格还是一百八十八元一颗。

圆脸中年男子将巧克力买回来递给时髦女子，时髦女子将还没吃完的半袋板栗放到圆脸中年男子手上，接过巧克力剥开包装，轻轻地咬了一口，闭上眼睛感受回味……

乒乓球那么大的巧克力，她用了两分多钟才吃掉。

"怎么样，找到感觉没？"圆脸中年男子微笑着问，一语双关。

时髦女子打量了圆脸中年男子几眼，肯定地说："这次我确定了，你这种类型不适合我。"说完，时髦女子转身就走。

走了两步又回来，从圆脸中年男子手中拿走了那半袋板栗，这才扬长而去。

圆脸中年男子呆愣了半天，拿出电话："喂，小秦吗？你给我介绍的那个妹子是不是从来没吃过巧克力？"

快捷酒店楼下，一男一女漫步走来。

男的身穿白色衬衣、打着领带，一副文质彬彬的模样，体贴地说："累了吧，找个地方坐一会儿？"

手上带着一个钻石戒指、三个黄金戒指，身材略微发福的妇女瞟了一眼快捷酒店的招牌，忸怩着说："随便你。"

两人走进快捷酒店，找前台办理开房手续，妇女很自然地拿出贵宾卡，见斯文男子愕然的表情，妇女再次娇羞地转过头："讨厌！"

走进房间，妇女驾轻就熟地拿浴袍去洗澡，斯文男子连忙拦住了她："丹姐，我们先聊聊。"

"聊啥？"妇女娇嗔着拧了一下斯文男子的胳膊。

"您有没有兴趣了解一下我们的保险，我们公司的保险业务包括……"

相亲"困难户"

"百年好合"公司员工的工作热情空前高涨，大家都想把之前的"困难户"处理掉。对此，杨杰颇为不解，偷偷问发哥："我们现在不是要做业绩吗？做业绩难道不应该大力发展新会员？一个钻石会员会费八万八，多拉几个钻石会员，业绩不一下就上来了？现在这算怎么回事？清理'库存'？"

发哥刚被一个"困难户"骂得狗血淋头，没好气地回答："你有点儿常识好不好？光收钱不做事怎么行？我们也有成功率考核指标的！退一万步来讲，就算没有考核指标，那些会员找不到对象肯定会心生不满，到时来公司闹事或者捅到媒体上去，新客户还敢来吗？所以说，定时清理'库存'很有必要。"

发哥旋即嘿嘿一笑："不管相亲成不成功，你都得定期找几个人跟'困难户'约会，这叫安抚，免得他们找你麻烦。"

杨杰恍然大悟："你说的是找托儿？"

发哥露出狡黠的笑容："我跟你说，上次有个女客户，说自己只考虑高富帅，天天找我吵，后来我没办法了，随便找了个不高不帅也不是很有钱的，你猜怎么着？前几天还给我发结婚请柬了呢，嘿嘿，缘分这种事情，谁也说不清的。"

我跟你说托儿，你跟我扯缘分？你的语文是体育老师教的吗？杨杰起初还一脸鄙视，但很快反应了过来，竖起大拇指："你是说，这些会员其实都是我们的托儿。"

发哥哈哈一笑："孺子可教！不过呢，总会有意外情况出现。所以，你还是得准备几个专业的帅哥美女，以备不时之需。这个资源你可以找老大要，他跟海城艺术学院表演系的老师关系很好。"

杨杰听后兴致勃勃地说："看你们工作得这么快乐，能不能拿两个给我试试手?"

发哥嗤笑了一声:"不是我舍不得客户。首先,这些'困难户'一个个都刁钻得很,稍不如意就骂得你狗血淋头,我怕会影响你的工作激情;第二,你目前最应该做的,就是将你以前圈子里有结婚意愿的朋友发展为会员,建立自己的客户资源,大家都知根知底的,将来介绍起来也方便。"

杨杰哭丧着脸说:"我已经按照公司培训的教程去做了,先给微信的好友群发了自己在婚介所上班的消息,然后每天在朋友圈里头更新各种会员的动态,前几天还有人开玩笑询问这些会员的情况,后来干脆就是石沉大海。"

发哥同情地拍了拍杨杰的肩膀:"最开始都这样,慢慢来,做我们这一行一定要坚持,如果能挺过两年,后面就会苦尽甘来。"

"要坚持两年?"杨杰郁闷不已,"那我现在做什么?"

见状,发哥挠挠头皮:"好吧,我给你一个客户练练手,丑话说前头,如果成了,业绩我们一人一半。"

杨杰大喜,连声说:"那肯定,你七我三都行啊,主要是练手。"

发哥在电脑里头挑选了一会儿,发了份资料给杨杰:"你去研究下。"

杨杰回到座位,打开资料:黄乐民,男,三十四岁,保险公司经理,年薪二十万左右,有车有房,身高一米七五,体重六十五公斤。希望对方在三十岁以下,不一定要漂亮,但不能太丑,身高在一米六以上,体重不要太胖,有固定收入。有没有车、房无所谓,要有爱心,会孝敬长辈。

从照片来看,黄乐民五官还算英俊,身材也还算标准。其自身条件非常好,对另一半的要求也不是很高,为什么就成了"困难户"呢?

杨杰充满疑惑,只好再去请教发哥。

发哥冷笑道:"他的条件就跟他公司的保险合同一样,处处都是陷阱。比方说这一点——对象别太丑就行,可你知道他对丑的定义吗?"

"啥?"

"怎么跟你说呢?你应该知道芙蓉姐姐长什么模样吧?"

"知道知道。"

"凭良心说,她丑不丑?"

"不丑啊!珠圆玉润的,多有女人味。"

"我给他找了个跟芙蓉姐姐有些相像的,他居然说人家奇丑无比,根本都不肯见面。直到给他找了个像高圆圆的,他才同意见面。"

杨杰顿时目瞪口呆,转而问道:"那其他要求也肯定很苛刻吧?"

"那可不!超过二十五岁的一概不见,身高没一米六五的一概不见,年薪在二十万以下的一概不见,没有车、房的一概不见。这些都算了,最重要的是有爱心孝敬长辈这一点。"发哥叹息着说道。

"有爱心跟孝敬长辈这算是基本要求吧?"杨杰疑惑地看着发哥。

"关键是他的基本要求也太高了吧,先说有爱心,他养了三条狗,如果女方要跟他在一起,就必须要帮他照顾狗,洗澡遛弯,统统都得做。"

"原来是这种爱心!"杨杰听后哭笑不得,这是找女朋友还是找宠物护理?

"再说孝敬长辈!"发哥将孝敬两个字念得格外重,"我们一般都会说孝顺长辈,但他写的是孝敬长辈。"

"这有区别吗?"杨杰硬着头皮问。

"区别大着呢。"发哥哼了一声,"逢年过节,买点儿礼物回家看望长辈,这叫孝顺。而他呢,建一个群,把自己的爷爷奶奶、外公外婆、爸爸妈妈、弟弟妹妹都拉进去，但凡跟他相亲的，都得进去发红包，一人一个，这叫孝敬。"

杨杰再次目瞪口呆："这么奇葩？"

发哥有些不好意思地说："这个客户确实难缠了点儿，要不，业绩你七我三好了。嘿嘿，加油，你是最棒的！"

回到座位，杨杰对着黄乐民的资料抓耳挠腮，正好隔壁的赵非烟起身倒水，见杨杰如此模样，"哼"了一声，说道："没有金刚钻，就别揽瓷器活！"

杨杰正郁闷，想也不想就回了一句："看你跟个'金刚'似的，肯定有金刚钻卖，给我来两斤！"

杨杰这话顿时把赵非烟气得够呛，反唇相讥道："我就算是'金刚'，也比你这个对同事动手动脚的老流氓要强！"

"我那是被冤枉的！"杨杰顿时急了。

"流氓都这么说！"赵非烟不屑地"呸"了一声，"你不但是个老流氓，还是一个混吃等死的小白脸。来公司有一个星期了吧，找了几个会员？又成功了几对？零蛋先生，你这么浪费公司的资源，良心真的不会痛吗？"说完昂首而去。

杨杰气得直翻白眼，暗自咬牙，还非得把黄乐民给搞定不可。

不过，这人的要求还真是高！总结了一下，女方既要年轻漂亮，又要有房、有车、有好单位，还要爱狗，对他以及他家人还得很大方……

慢着，这人该不会是竞争对手派来捣乱的吧？不然，怎么可能有这么奇葩的人？

一想到这点，杨杰连忙查找黄乐民的会员记录，他是去年九月底注册的钻石会员，当场就充了八万八的会费，由发哥负责全程跟进。从十月份开始到现在，陆陆续续安排了三十多个女会员跟他相亲，平均每周一两个，都是以失败而告终。根据相亲的女会员反馈，这人说话阴阳怪气的，开口闭口就说女方是冲他的房子、车子、票子去的。

后来发哥也怒了，找了个漂亮的托儿，说是富二代。跟他见面以后狠狠地骂了他一顿，这家伙当场就变乖了，跟发哥说请求继续交往。发哥直接回他一句话："不好意思，人家没看上你！"

这么看来，这家伙也不是一味地捣乱，还是想找个对象的，只不过，目前和他相亲的会员无法对他形成绝对的压制。

这家伙该不会有受虐倾向吧？杨杰脑中突然蹦出来这么个念头。

得找个办法试探试探！

但要试探的话，肯定不能找公司的会员。如果去跟其他会员说，有个男的比较变态，你去跟他接触下。不仅有可能会被人打死，还试探不出结果。

可现在自己手上也没有托儿啊！嗯，刚才发哥说了，老大认识表演系的老师，可以找他要点儿资源。

杨杰正寻思，手机响了一下，打开一看，是舅舅发来的语音："小杰，听说你现在在海城市做媒婆啊。"

杨杰有些郁闷地回复："是婚恋师！专门解决剩男剩女婚姻大事的专家。"

"那不就是媒婆？我说，你舅妈的姑妈的女儿小茹现在也在海城，还没结婚呢，你能不能帮她找个男人……哎哟，打我做啥，我又没说错话！"舅舅那边传来哀号的声音，应该是舅妈责怪他口不择言。

"舅妈的姑妈的女儿，那不就是舅妈的表姐或者表妹？"杨杰好不容易捋顺这个关系，"舅妈今年都有五十多了吧，她表姐表妹还没结婚？还是说想再找个老伴？"

"去去去，才三十一呢，别瞎说！"舅舅连忙解释道，"她叫张亚茹，在一家大公司做高管，身材好、长相好，有房、有车。她妈妈把这事儿交给我，现在我全权转交给你了，今年过年你必须给她找个人结婚。你放心，她要是敢不听你安排，你就打电话给她妈妈，她最怕她妈妈……"

听完舅舅的介绍，杨杰脑中突然灵光一闪，连忙问舅舅要了张亚茹的电话号码。打去电话，约好了见面时间。

求婚现场

老王火锅位于春风路万丰广场的三楼。

杨杰站在门口东张西望，他跟张亚茹约好一起吃火锅。

看了看时间，差十分五点，是自己来得太早。杨杰索性趴在三楼栏杆边，百无聊赖地看着楼下大厅来来往往的人群。

片刻后，他的目光停留在一个人身上。

这人并没有穿奇装异服，外貌也没有惊世骇俗，奇怪的是这人走着走着，突然就不动了，有如雕塑般矗立不动。

这是一个穿着黑色西装的男人，右手拎着一个公文包，左手手腕抬起似乎在看表，这个动作已经持续了十多秒了，就好像被人施了定身术，站在人来人往的广场中间，显得极为突兀。

咦，这个人该不会出了什么问题吧？杨杰有些疑惑地看着他。

西装男子的行为也引起了其他人的注意，一名身穿运动型卫衣的年轻男子走了过去，伸出手想拍西装男子的肩膀。但他的手在距离西装男子肩膀还有一尺远的时候，竟然也僵住了，如同被传染了一样一动不动地站在原地。

如此一来，就变成了两个人矗立在广场中间。

注意到这种情况的人越来越多，大家纷纷放慢了自己的脚步，冲着两人指指点点。

就在这个时候，天籁般空灵的音乐声响起，一名穿着浅绿色纱裙的姑娘跑了过来，身材婀娜，动作轻盈，有如精灵般来到两名男子身边，旋转了两个圈，纱裙旋出一团犹如荷叶般的影子，伸手在两名男子的头上各点了一下。

突然，空灵的音乐变成了动感的音乐，这两名男子随着节奏跳起了舞蹈。一会儿，更多的男女从人群中走了出来，加入舞蹈之中。

杨杰哑然失笑，原来是为了引人注意耍的小手段。

音乐的节奏感很强，舞蹈也非常好看，杨杰忍不住跟着摇头晃脑打着拍子。

跳舞的几个小姑娘娇笑着跑到旁边，把两名维持秩序的保安拉到了中间，保安起初还假装不知所措，随即来了一连串的空翻动作，更是惹得众人鼓掌。

杨杰目光四下搜索，看看还有没有其他没有上场的演员。

没想到居然看到了赵非烟，她今天身穿浅蓝色的短袖针织衫，坐在咖啡店的露天休息椅上，饶有兴趣地看着众人跳舞，她旁边还坐着一个英俊帅气的年轻男子。

真是冤家路窄啊！

杨杰正要将目光移开，却发现赵非烟做了一个手势，然后，他看到场中那几名小姑娘立马冲到露天咖啡吧的另一张桌子边，拉起一名身穿红色西服的男子到场中，而跟红色西服同桌的白色长裙女子先是一愣，随即又是疑惑又是好笑地捂着嘴，看自己男友如何处理这种情况。

红色西装男子被拉到场中间后，笨手笨脚地学着众人跳舞，惹得白色长裙女子掩嘴娇笑不已。

就在这时，红色西装男子突然舞风一变，动作大开大阖，举手投足之间竟然颇有几分舞者的味道，而之前跳舞的那些人，一个个都跟在他的后面，场上情形瞬间变成了以红色西装男子为主导的群舞。

白色长裙女子眼睛瞪得老大，似乎不相信她男友会跳舞，而且能跳得这么好？跳了一会儿，红色西装男子似乎忘记了应该怎么跳，呆在原地不动，白色长裙女子再次笑得双眼如月牙一般眯了起来。

然而，随着红衣西装男子的呆立，音乐也戛然而止，所有跳舞的人都停了下来，保持着固定的动作，就好像所有人同时被人定身。

旁边飞快跑来两名工作人员，将一面红地毯铺在了红色西装男子跟白色长裙女子中间，再然后，所有的人又都动了，围在红地毯两侧欢快地鼓掌，而红色西装男子手中不知什么时候多了一大捧玫瑰，一朵朵红得耀眼，就好像是地上的红地毯，又好像他身上的红衣服。

"晓晴！我爱你！"红色西装男子的声音从音响中传出，在他捧的玫瑰花里头，原来还藏了一支麦克风。

白色长裙女子月牙般的笑眼缓缓地瞪圆，激动、惊喜、狐疑、不可置信、幸福……所有的情绪争先恐后地涌现在她眼中。随即，她双手紧紧地捂着嘴，生怕一松开就会喊出声。

红色西装男子沿着地毯往前走，走到白色长裙女子面前，单膝跪地，从身上摸出了一个首饰盒。

白色长裙女子肩膀耸动，眼中有大颗的泪珠落下。

"嫁给我吧！"红色西装男子诚恳的声音显得无比坚定。

白色长裙女子终于松开捂着嘴巴的手，脸上的妆容早已因泪水而晕开，她用力地点了点头，展颜一笑，有如春天百花盛开。

顿时，所有人都在欢呼，不少女孩子感动得双眼发红，死命地揪着自己的男友。而她们的男友则是在暗中计算，今天这场求婚的大戏需要多少钱才能完成？或者，自己要怎么做才能更有创意？

就连杨杰都有些感动，趁着没人注意，悄悄地揉了揉眼角，暗骂了一句，自己这是老了吗？居然这么不争气？

杨杰假装如无其事地左右张望了一下，忽然发现他左边不到三米的地方，有个小男孩正往栏杆外面爬。而男孩旁边站着一个中年妇女，此时，她只顾着看广场中的求婚，感动得痛哭流涕。

杨杰想要出声提醒中年妇女，但此时小男孩已经爬上了栏杆，他生怕吓到小男孩。当即往前猛冲，欲图伸手将其抓住。

旁边有个女孩看到了这一幕，忍不住尖叫出声，小男孩吓了一跳，慌张之下手一松，身体顿时向下坠落。

此时，杨杰距离小男孩还有一米远，伸出手没有抓住小男孩。他脑子一热，咬牙往前一扑，右手奋力往前一探，总算是抓住了小孩的衣领，而自己的身体也大部分处在栏杆外，全靠左脚膝弯跟左手手指勾在栏杆边缘，支撑着自己跟小男孩的重量，一大一小两人在空中摇摇欲坠。

杨杰背后生出一层冷汗，想喊人帮忙，却又怕自己一出声就会掉下去。

有两名男子看到这边的情况，赶紧冲过来帮忙，随后又过来三四个人，众人一起把杨杰跟小男孩拉了上来。

一旁的中年妇女吓得脸色苍白，上前跪在地上死命抱着小男孩，全身簌簌发抖，口中翻来覆去地跟杨杰道谢。直到小男孩终于回过神，"哇"的一声大哭起来，中年妇女这才抱着孩子起身，加了杨杰的微信号，说是日后一定报答，然后匆匆离去。

第二章　苦练《婚恋宝典》

　　职场如战场,想要杀出重围,必须苦练"对敌"本领,修得绝世神功,方能使自己立于不败之地!

美女托儿

　　杨杰平复了一下心情,拿出手机打电话给张亚茹。正好,旁边一名女子手中的手机响了起来,循声望去,只见该女子栗色波浪长发、淡紫眼影、性感红唇,白色T恤勾勒出曼妙的身材,牛仔短裤衬出雪白的大长腿,全身上下充满了成熟而又迷人的魅力。

　　"杨杰?"美女摇了摇手机,美丽的大眼睛扑闪扑闪。

　　"张亚茹?"杨杰挂断了电话,反问了一句。

　　"我就是!"美女用看怪物一样的眼神看着杨杰,"你用得着这么拼吗?"

　　"当时也没想那么多,嘿嘿,我们先去吃饭吧。"杨杰其实也挺后怕,不想再说此事,带着张亚茹走进店内。两人相对而坐,因为有点儿亲戚关系,一通闲聊下来,两人变得熟络很多。

　　杨杰舅舅所说的大公司高管,其实就是海城大酒店的总经理助理。

不一会儿菜上齐了,中间是鸳鸯锅,一麻辣一清汤,台面则摆了一些羊肉、牛肚、腐竹、山药、白菜之类的配菜。

杨杰在麻辣锅里头倒了一碟牛肚,笑着说:"都是自家人,我就不跟你客气了,要吃自己加啊!"

张亚茹往清汤锅里放了点儿腐竹,笑盈盈地看着杨杰:"那是,那是,你是我的晚辈嘛。"

杨杰也不以为意:"你高兴就好……对了,按照辈分,我得管你叫什么?舅妈的姑姑的女儿,我是叫你姑妈还是舅妈?"

张亚茹也有些拿不准,喝了一口饮料:"那你叫我姑姑好了。"

"姑姑?这让我想起了小龙女跟杨过。"杨杰哈哈一笑。

张亚茹什么大场面没见过,哪会在乎这种小玩笑,"呸"了一声:"你想得美!"

杨杰也不介意:"我说姑妈,这次我是有个事请你帮忙!"

"除了借钱,什么都好商量。"张亚茹笑着说。

"我这儿有一个客户……"杨杰将黄乐民的事情简单地说了一下。

张亚茹似笑非笑地扫了杨杰两眼:"你该不会是想要我去做托儿吧?"

杨杰一本正经地说:"我像那种卑鄙的人吗?"

"像!"

"好吧,我就这么卑鄙。"杨杰装作一副浑不吝的模样,而且大大方方地说出了他的计划,"你呢,过几天跟他去相个亲,记住,气势一定要压住他,说话都不要用祈使句,直接命令就好,看过宫斗剧吧?皇太后使唤宫女的那种口气!"

张亚茹只是笑着喝饮料,既没有答应也没有拒绝。

"其实，我怀疑他是竞争对手派来捣乱的，要么就是有轻微的受虐倾向。"杨杰接着解释，"我得搞清楚到底是怎么回事，所以才找你帮忙。"

"我能得到什么好处？"张亚茹眼珠一转，笑盈盈地问。

"我们公司但凡有富二代、高富帅什么的，我第一个拿出来跟你约会！"杨杰信誓旦旦地表示道。

"呸！那我不是变成了你长期的托儿？"张亚茹一眼就识破了杨杰的诡计。

"呵呵，你这么直接会没朋友的。"杨杰笑着去捞锅里的牛肚。

吃了两片腐竹，张亚茹却同意了："看在我表姐夫的面子上，这次就答应你。条件就是接下来的一个月，每个周六你都得请我吃一顿好吃的。"

"行行行！"杨杰大喜，"那下次呢？"

"你还想下次？"张亚茹假意拿起饮料要泼杨杰。

杨杰本能躲避，手中的筷子不小心从旁边路过的一名男子身上划过，抬头一看，男子高大英俊，而且有些眼熟。旋即想了起来，这就是刚才在楼下跟赵非烟坐在一起的男子。

他身上穿的T恤没有任何的标志，但看得出来面料非常好，而杨杰筷子上的火锅酱料正好从衣服中间划过，留下一道红褐色的酱渍，极为刺眼。

"不好意思，不好意思。"杨杰连忙道歉，"你这衣服我给送去干洗店，你看行不？"

英俊男子还没说话，匆匆走来一人，口中喊着："方凯，怎么了？"

听到这声音，杨杰忍不住眉头一皱，循声望去，只见赵非烟快步而来，一眼就看到了英俊男子衣服上的酱渍，然后又看了看杨杰手中的筷子，顿时明白了怎么回事。赵非烟瞪大双眼，愤怒地说："姓杨的，你赔衣服！不然我就揍死你！"

杨杰马上就反应了过来，眼前这男子也叫方凯，他才是赵非烟的真正男朋友，之前是自己误会了她。想到这点，杨杰顿时有些赧然，讪讪地道歉："赵非烟，这事儿是我不对。而且，我们之前可能有些误会，我可以跟你解释。"

"解释啥？有什么好解释的？"赵非烟冷笑道，指着方凯的衣服，"这是我送给方凯的生日礼物，私人订制款，我特地找人从意大利带回来的，算上代购费，两千七百块。"

杨杰原本还想着化干戈为玉帛，不管赵非烟提什么要求，都先答应她，然后再跟她好好解释一下之前的事。但一听赵非烟狮子大张口，顿时急了："你这什么T恤？居然这么贵？什么私人订制，我听都没听说过，你怎么不说上面还镶了钻呢？"

"土包子！"赵非烟面带嘲弄地看着杨杰。

张亚茹从身后凑了过来，贴在杨杰耳边，悄声说："如果真是私人订制的话，还真要这么贵。"

杨杰顿时瞠目结舌，只好郁闷地说："那好，我赔钱就是！"

赵非烟双手抱胸，翻了个白眼："赔钱？我要你的钱做什么？我买这件衣服，就是因为国内没有……也不为难你，你再去买件一模一样的原版T恤来，这事就算了。"

"喂喂，我们没说不赔，你说话能不能客气点儿？"张亚茹忍不住插了一句。

赵非烟目光扫过张亚茹，美女对美女，本能地排斥，赵非烟的脸更臭了："怎么？我还要哭着喊着求你们？"

张亚茹正要接话，杨杰连忙拦住了她，低声解释："我跟她还有其他恩怨，待会儿再跟你解释。"

方凯看了看杨杰跟张亚茹，转头温和地对赵非烟说："就算他们再买件一模一样的，那也不是你买的，意义完全不一样，我可不会穿。再说了，我们出来开开心心地吃火锅，何必为这种事影响心情？你大人有大量，就让他赔钱好了。"

"算你运气好，方凯不跟你计较。"赵非烟"哼"了一声，"赶紧赔钱！"

杨杰默默地掏出手机："微信转给你，我加你好友。"

赵非烟嗤笑道："我可不想有你这样的色狼好友，直接扫码支付就是。"说话间将手机切换到收款二维码页面，待杨杰扫过以后，赵非烟挽着方凯的手臂扬长而去。

剩下杨杰跟张亚茹相对无言，片刻后，张亚茹颇为自责地说："都怪我，要不是我吓唬你，也不会有这么一出，这钱我一会儿转给你。"

杨杰说什么都不肯收，张亚茹只得作罢，问："你们认识？"

"公司同事！"

"她开口就说要揍你，难道你打不过她？"张亚茹接着问。

说到这儿，杨杰更是郁闷。第一次跟赵非烟发生冲突的时候，赵非烟就叫着要揍他，当时他还以为赵非烟是逗口舌之快。后来发哥私下里透露，赵非烟学过跆拳道，段位已经达到黑带。杨杰只能苦笑道："她学过跆拳道，我还真打不过她。"

"那她说你是色狼又是怎么回事？"张亚茹对这个比较感兴趣。

"那是前公司特地编排抹黑我呢。"杨杰不想再提之前的恩怨，连忙转移话题，"还好这男的比较讲道理，不然我那同事肯定会闹到喊警察来。"

张亚茹"扑哧"一笑："如果他不要你赔钱就更完美了，是不是？"

"哈哈，那是那是。对了，这男的可是个富二代，真可惜，好白菜都被猪给拱了。"杨杰笑着说，"来，吃白菜吃白菜。"

张亚茹狠狠地瞪了杨杰一眼："你才是猪！"

吃了一会儿，杨杰正准备去结账，方凯却走了过来，微笑着跟张亚茹点了点头，转过头跟杨杰说："杨杰是吧，我听非烟说起过你。"

杨杰有些心痛刚才赔的钱，悻悻地说："你是过来警告我，以后不要惹赵非烟的吗？"

方凯哈哈一笑："我知道非烟的脾气，刚才要不顺着她，吵上个把小时都有可能，所以我才那么说。其实，衣服弄脏了拿去洗就是，哪能让你赔钱？"说完，从身上摸出了一叠钱，放在杨杰桌前，"这是两千七百块，你收好了。"

杨杰顿时目瞪口呆，反应过来后，拿起桌上的钱递过去，连声说："错了就是错了，该赔的还是要赔。"

方凯根本就不接钱，而是拍了拍杨杰的肩膀："就当我交了你这个朋友，先这样，我跟非烟说上洗手间才过来的，她还在等我呢。"说完转身就走，走了几步又回头一笑，"单我已经买了，你要过意不去，下次请我就是。"

杨杰跟张亚茹面面相觑，好一会儿后，张亚茹笑着说："还真是好白菜都被猪给拱了。"

歪打正着

黄乐民跟张亚茹的相亲定在月光西餐厅二楼靠窗的位置，位置是杨杰定的，他坐在街对面麦当劳门口的位置，这个角度正好可以看到两人见面的情况。

即便相距这么远，杨杰仍然带了本杂志，遮住了自己的大半张脸,鬼鬼祟祟地朝对面张望。

约好的时间是五点,这都五点过五分了,两人一个都没到。杨杰有些急了,连忙给张亚茹打电话,张亚茹笑着说:"你不是要我在气势上压倒他吗?不迟到怎么有气势?"

杨杰无语地挂了电话,也懒得给黄乐民打电话了,估计他也是这么想的。

五点过十分,黄乐民优哉游哉地出现在对面。没看到相亲对象,他顿时不乐意了,坐都不坐,一个电话打给杨杰,口气非常不好:"喂,你们是怎么弄的?相亲的人呢?怎么一点儿时间观念都没有?"

你自己不也迟到了?杨杰一阵鄙夷,信口胡诌道:"刚才那边还打电话给我呢,说你怎么还没到,我琢磨着她应该是去洗手间了。"

黄乐民气呼呼地挂了电话,坐了下来。虽然看不清他的脸,但想来脸色应该很精彩,杨杰有些后悔,应该带个望远镜来的。

又过了十来分钟,张亚茹才出现在对面。她身穿浅灰色的套裙,头发盘在头顶,看起来要职业许多。

咦,怎么张亚茹看起来要矮了许多?而且好像也胖了许多?难道是角度的原因?

杨杰眯着眼睛,心中越发后悔没有带望远镜。

对面的黄乐民似乎有些呆住了,坐着半天都没动,杨杰忍不住冷笑,没见过这么性感魅惑的美女吧,馋死你个土包子。

但接下来发生的事情,让杨杰有些目瞪口呆。只见黄乐民猛地站了起来,倒水沏茶大献殷勤,而张亚茹却是坦然受用。

杨杰顿时看不懂了,口中喃喃自语:"他这是没见过美女吗?"

"现在知道我漂亮了?"旁边传来一道声音。

杨杰吃了一惊,转头望去,只见张亚茹满脸笑意地站在旁边。

"你怎么在这儿?"杨杰顿时抓狂了,"那对面的又是谁?"

"黄乐民的上司霞姐啊,她们公司的大型会议都是我们酒店承接的,我跟她关系还不错。"张亚茹拿出一个望远镜,看着对面调整着焦距,口中啧啧称叹,"上司就是上司,气场十足啊。你看,黄乐民现在大气都不敢出呢。"

杨杰心痒难耐,连忙去抢望远镜,张亚茹却不肯,说自己也要看戏。

"那一起看!"杨杰建议。

"呸,这像话吗?"

"你不是我姑姑嘛,有什么关系,待会儿我请你吃个甜筒。"

"一杯'圣代'!"

"行!"

两人一人看一个镜头,难免脸会碰到一起,但杨杰一心关注对面情况,倒也没想其他,反倒是张亚茹,脸红了好一会儿才逐渐消退。

只见对面两人已开始点菜,一边点一边聊天,看得出来,霞姐居高临下,气势凌人,黄乐民只能是唯唯诺诺。

"你害死我了。"杨杰喃喃自语,"黄乐民现在所受的委屈,待会儿肯定会加倍还给我。"

张亚茹"扑哧"一笑,解释道:"听你说这个事儿的时候,我就想到了霞姐,你知道为什么吗?因为我以前跟霞姐聊天的时候,就猜出来她对黄乐民有意思,你就放心好了,只要霞姐摊牌,黄乐民要么臣服,要么辞职……你觉得他会辞职吗?"

杨杰又惊又喜,转过头就问:"真的?"

激动之下杨杰居然忘记了张亚茹正跟自己脸贴脸,这一转头,嘴唇就从她脸上划过。

张亚茹脸色飞红,连忙躲开,嗔怒:"你个色狼!做什么?我可是你姑姑。"

杨杰下意识地舔了舔嘴唇,张亚茹气得跺了跺脚,转身就走。

"喂,姑姑,你的'圣代'。"杨杰连忙喊了一句。

"下次再说!"张亚茹头也不回。

杨杰愣了好一会儿才坐了下来,既然说下次,那就说明没生气。没生气跑什么跑嘛,我又不是故意的,女人真是搞不懂!

杨杰吃着薯条,喝着可乐,一直等到对面相亲结束,杨杰才开始惴惴不安起来,黄乐民会不会像张亚茹说的那样,屈服于上司呢?

电话铃声响起,果然是黄乐民打来的,他的声音听起来既不开心也不愤怒,平平淡淡地说:"感谢杨老师,我终于找到了属于我的幸福,肯赏脸的话,国庆节来喝我们的喜酒。"也不等杨杰回答,直接就挂了电话。

喝喜酒?这么快?姜果然还是老的辣啊!

杨杰连忙赶回公司,笑嘻嘻地跑去发哥那边请功。听说杨杰搞定了黄乐民,发哥目瞪口呆,好一会儿才缓过来问怎么回事。

杨杰将情况说了一遍,发哥顿时一脸后怕:"你呀,还真是狗屎运!这事儿要是不成,黄乐民非得骂死你不可!"

杨杰深有同感,他原本只是想去试探试探,也没想到张亚茹自作主张来了这么一出。

但不管怎么说,自己总算是成功了一对,而且还是"困难户"。

周会的时候,杨杰被林刚一顿夸,当场给他发了一个二百块的红包。然后发哥建议他去买点儿零食上来庆祝。

买零食花了二百零八元,杨杰净亏八元。

有了这个开头,林刚又分了些客户给杨杰,杨杰的工作算是逐渐走入正轨。更让杨杰开心的是，他每天在朋友圈发的广告，终于有了效果。

有个做红酒的客户打电话过来，寒暄了两句后直奔主题："今天早上你发的那个阿楠，是个什么情况，我这边有个兄弟对她有兴趣。"

杨杰对自己发的广告肯定张口就来："阿楠是幼儿园老师，离异，没有孩子，有一套八十平方米的小房子，但没有车。"

红酒商倒也不见外："别整那些虚的，我就问你，这个阿楠叫什么名字，本人长相是不是跟照片一样？"

"叫胡亚楠！至于相貌方面，哥你尽管放心，胡亚楠那是真漂亮，绝对没有用PS。"杨杰信誓旦旦地拍着胸口说道。

隔壁传来赵非烟的冷哼声。

"是这么回事，我这个兄弟叫小东，还没结婚，我就把你朋友圈的那个女孩给他看了，还真是巧了，他说这个阿楠很像他的初恋情人胡亚楠，你确定是胡亚楠没错啊。"

杨杰也觉得好笑，这也太巧合了吧，当即肯定地说："没错，胡亚楠，老家是海城市麓县的，照片绝对是她本人。"

片刻后，那边换了声音，应该就是小东，只听他激动地说："杨大哥，杨总，我要怎样才能跟她见面。呃，我是不是要办个会员？红钻还是黄钻？"

听小东这着急的样子，杨杰笑着把会员制度稍微解释了一番，并建议："你如果只是为了胡亚楠而来，那注册个普通会员好了，我可以安排你们见面。当然，你不注册会员也行，但时间要稍微往后一点，毕竟我得先满足会员的需求不是？"

小东当即加了杨杰的微信，二话不说就注册了白金会员，条件只有一个，尽快安排他跟胡亚楠见面。

"唉,有钱真好,原本一个普通会员就能解决的事情,非要弄个白金会员。"杨杰得意地炫耀,声音正好能让赵非烟听到。

赵非烟听后冷冷一笑,拿起手机拨了个电话:"方凯,你跟你那些朋友们都说一下啊,别注册个钻石会员就天天吵着要安排相亲,哪有那么多优质的女会员给他们啊?好啦,就这样。"

挂了电话,赵非烟拢了拢鬓角发丝,嗤笑了一声,说:"井底之蛙!"

声音也正好能让杨杰听到。杨杰郁闷地翻了个白眼。

意外抢单

距离林刚提出跑车奖励已经过去一个月了,公司员工起初还斗志昂扬,但最近却有些垂头丧气。原因很简单,赵非烟实在是太猛了,其他人根本连她的零头都比不上。不说别的,光是钻石会员她就拉了十四个进来,其他的白金会员、黄金会员,她自己都懒得算。不仅如此,她还促成了五个"困难户",其中有两个还是钻石"困难户"。

发哥的业绩排在赵非烟之后,但差距实在是太远了,还不到赵非烟的三分之一,这还是罗筱羽把业绩算到了发哥头上,再加上黄乐民的那一单,业绩也是发哥的。

排第三的是总监秦默,她一直都不露声色,前几天悄悄地举办了一个单身沙龙,当天就搞定了七八个会员,但仍然不及赵非烟的四分之一。

可以这么说,"百年好合"的其他员工的业绩全部加起来,都比不上赵非烟,海城市的首席婚恋师就这么厉害。

这样一来,年终大奖红色跑车根本就是赵非烟的囊中之物,只是时间问题罢了。所有人都这么想,激情自然消退。

这种情况可不是林刚愿意看到的，他当即又追加了两个奖项，第二名是家用轿车，第三名是"甲壳虫"。其实第二名跟第三名的车相差不了多少，林刚这么做的主要目的是让其他员工重新点燃工作的激情。

不仅如此，他还补充了一条：将众人的业绩跟公司上市后所分的股票份额挂钩。举个例子，发哥原本可以分到1%的原始股份，在接下来的这段时间内，如果他能完成十万的业绩，就能再增加0.01%的股份；如果能拿到一千万的业绩，那就能增加1%的股份，以此类推。

同样，这些业绩都跟提成不冲突，该拿的提成照样拿。

不得不说，这一招可比奖励汽车实在多了，毕竟汽车就三个人可以拿，但股份却是人人都有，业绩越好股份越多。

一时间，公司上下再次热火朝天地忙活起来。

杨杰起初有些奇怪，林刚为什么会采取这种金钱刺激的办法，这样只会让员工的胃口越来越大，一旦哪天没有了更强烈的刺激，员工多半会消极怠工，跟"升米恩，斗米仇"一个道理。再一想，现在是非常时期，用些非常手段也说得过去，杨杰当即就释然了，将这个问题丢在一边。

他现在最关心的是如何增加自己的业绩，毕竟这跟自己的收入挂钩。

秦默的那个单身沙龙值得借鉴，找上三四十名会员搞个聚会，灯光暧昧点儿，音乐销魂点儿，再准备点儿浪漫的红酒跟玫瑰，弄上两个托儿，现场来点儿煽情的"桥段"，应该能成功几对。

正寻思着，杨杰听见隔壁赵非烟在打电话："方凯，我想弄一个游艇聚会，你有没有这方面的资源？嗯，嗯嗯……还不就是想给你那些朋友营造点儿浪漫气氛。"

不知道对面的方凯说了啥,赵非烟又"嗯嗯"了几声,旋即高兴地说:"对啊,游轮,我怎么就没想到呢?"

他们很兴奋地讨论了几句细节问题,赵非烟突然脸一红,"呸"了两声:"想得美,我才不亲你呢,我们只是普通朋友!"

说完,她兴冲冲地挂了电话,一溜烟儿地冲向林刚办公室。

杨杰冲着赵非烟的背影做了个鬼脸,阴阳怪气地学赵非烟:"我们只是普通朋友,哼,装给谁看呢?"

杨杰转而寻思,游轮?这倒是个办法,在一望无际的大海上,游轮几乎就是一个封闭的空间,只能跟身边的人去接触。白天阳光甲板,晚上香槟酒会,不但浪漫而且高端。到时候,相亲的成功概率绝对会大大提升。

赵非烟的脑子还真是聪明!杨杰不禁感叹,像赵非烟这种人,要是放在宫斗剧里面,演两集就能统一后宫,来个大结局。林总还指望我能给她当头一棒,呵呵,不存在的,她没把我给弄死已经是祖上积德了。

以赵非烟现在的声势,她的方案费用立马就被批下来了。林刚还要大家都发动自己的客户参加。

"要是我的客户跟赵非烟的客户好上了,这业绩算谁的?"发哥纠结地问。

"一人一半!"林刚在这方面还算公平。

发哥当即喜笑颜开:"那敢情好,到时候我请非烟吃冰激凌,小布丁!两个!"

赵非烟笑着"呸"了一声:"发哥,占了我这么大的便宜,两个小布丁就打发了!"

其他同事也都笑嘻嘻地冲赵非烟说"沾光沾光""到时请客"等等。大家心里都明白,赵非烟的那些钻石会员都很优秀,一人一半，大家确实是占了便宜。

"都是同事，说这些就没意思了。"赵非烟得意地将目光从众人身上扫过，在看到杨杰的时候，她脸上的笑容顿时消失，眼睛看向天花板："不过，某些人的客户，我可要按一九来算业绩，我九他一！"

她没有点名，但所有的人都望向杨杰。现在公司里头，每天能气得赵非烟七窍生烟的，也就只有杨杰了。

赵非烟有个毛病，一生气就吃得多，杨杰来公司一个多月，她胖了两斤，光是这一点，她就恨得杨杰牙痒痒。

"你全要都行！我懒得跟你争！"杨杰摊手微笑，一点儿都不在乎。

实际上，他并不是不在乎，而是他仅有的三个客户都明确表示不会参与。

第一个客户是程序员"直男"，说老板恨不得自己二十四个小时待在公司，请假十天半月去相亲？呵呵，不存在的！

第二个客户是小东，他现在已经找到了初恋胡亚楠，相亲是肯定不会再去了，但如果是请他跟胡亚楠一起旅游的话，倒可以考虑。

第三个客户是某工厂的一个技术主管，女的。她倒是非常想去，但她晕船，反应很大的那种。如果在船上待十天半月，能不能活着回来都是个问题。

甚至，杨杰都打电话给张亚茹了："姑姑，我现在就给你办个会员，然后你就能参加游轮聚会了。到时候会有很多高富帅跟你在辽阔的大海上畅快玩耍，凭你的姿色，半个月下来，怎么都能搞定一个吧？"

不料，张亚茹对游轮聚会根本不感兴趣，反倒是提醒杨杰："这个周六我们不去那些饭店吃了，没意思，去吃烧烤吧？"

"喂,你怎么也是海城大酒店的高管,一天天就惦记着吃吃吃,而且还是吃那些路边摊,能不能有点儿出息?"杨杰恨铁不成钢地教训她。

"我是你姑姑,什么时候轮到你来教训我了?"张亚茹佯装生气地说,"周六晚上,中山街,就这样了。"

"别,别挂电话。"杨杰连忙喊,"你不去也没关系,明天我带个会员过去,看看你们俩有没有可能。"

"不要!"张亚茹断然拒绝,"我们俩吃夜宵,你带其他人来做什么?"

"你妈妈可是把你的终身大事委托给了我舅舅,而我舅舅又打包转让给我,再三交代要帮你找个男人的。"杨杰嘿嘿笑道。

"杨杰!"张亚茹这次是真的生气了,"你说话怎么这么难听?什么叫找个男人,我就这么缺男人吗?"

杨杰顿时心里发虚,张亚茹虽然名义上是他姑姑,其实两人毫无任何血缘关系,但不知怎么回事,他很怕张亚茹生气。当即赔笑着说:"那什么,姑姑,你别生气!"

张亚茹却更加恼怒:"你别老是姑姑、姑姑地叫,我有那么老吗?烦死了。"

杨杰迟疑着说:"那我叫你什么?张总?茹姐?美女?小茹?还是取个外号,萝卜白菜什么的?"

张亚茹沉默了好一会儿,突然噗嗤一笑:"那你叫我大白菜好了,古代白菜谐音发财呢。好啦,不跟你开玩笑了,你要带谁过来?先跟我说说情况。"

"徐智勇,三十四岁,软件工程师,年薪二十万,年底还有十个月的奖金。房子买在红山区,全款买的,买房子的时候借了三十多万吧,我琢磨明年就能还清,车子还没有……"杨杰在描述会员资料的同时，不断加入自己的意见，毕竟张亚茹是他亲戚。

"性格呢？"张亚茹打断了杨杰的话，"你觉得他人品如何？"

"接触过一次，感觉挺老实的，当然，大部分的程序员外表都很老实，但实际上心里活动特别多。"杨杰毫不掩饰自己的看法，"跟他们这种人过日子吧，也好也有不好。"

"怎么好？怎么不好？"张亚茹饶有兴趣地问道。

"好就好在，工资高，应酬少，不用担心他出轨。"

"不好呢？"

"加班多啊！你睡觉的时候他在加班，你起来的时候他在睡觉，两个人在一起相处的时间太少了，时间一长，感情容易变淡。"杨杰理性地分析道。

张亚茹这次倒没生气，还爽快地答应了下来："那行，周六，中山街见。"

对于程序员来说，智商是肯定不缺的，但情商就不一定了。徐智勇的情商不算低，但也绝对说不上高。

杨杰再三交代，这次见面就相当于是普通朋友出去"撸串"，穿得随意点儿就行。但他还是穿了一套正儿八经的西服，皮鞋更是擦得锃亮。

"老大，都跟你说吃烧烤了，你没去过中山街吗？"穿着T恤、短裤、凉鞋的杨杰郁闷地问，"一路上全是烟熏油腻，你穿这身合适吗？"

徐智勇笑呵呵地说："咱不是想着给对方留个好印象嘛，你都说她是大酒店的高管了，平时接触的人肯定都很有素质，咱不能让人瞧不起，是不是？"

"那随你吧，我就是觉得你这套西服可惜了，啧啧，这得好几千块吧！"

"不怕，干洗再熨一熨，跟新的一样。"

两人站在中山街口一通闲聊，十来分钟后，张亚茹带着一名瘦瘦高高的女子过来打招呼。

张亚茹的穿着跟杨杰类似，T恤加牛仔短裤搭配拖鞋，反倒是那名瘦高女子，穿着一条黑色长裙。虽然不知道是什么牌子，但看起来面料柔顺，显得人性感十足，想来不便宜。

"这是我朋友温盈盈。"张亚茹介绍，"刚好在路上遇到，她也没啥事，就一起过来吃吃烧烤咯。"

"你好你好。"杨杰上前握手。

徐智勇知道张亚茹是相亲对象，未免有些紧张，说话结结巴巴的，反倒是跟温盈盈握手的时候，落落大方，轻松自在。让杨杰意外的是，温盈盈看起来对徐智勇倒是很感兴趣，目光一直停在徐智勇身上。

杨杰想到一种可能，这温盈盈搞不好是张亚茹特地喊来的，什么碰巧遇到都是借口，不由得有些恼火。

看了一眼温盈盈的长裙，杨杰说："你穿成这样，坐在路边矮桌怕是不太方便……呃，不是走光，而是长裙会拖到地上，到时候沾到地上的油渍可不好洗。"

"认识新朋友，开心最重要，裙子就算脏了又有什么关系呢？"温盈盈看起来斯斯文文，说话却豪迈得很。

"那就走吧。"杨杰笑着在前面带路。

张亚茹凑了过来，小声地对杨杰说："没跟你打招呼就多带一个人，你不生气吧？"

"你以为我不知道你打什么算盘？肯定又想反主为客。哼，反正今晚的主角是你跟徐智勇。"杨杰毫不留情地戳穿了张亚茹的心思，"不然我就给你妈妈打电话！"

张亚茹也不理会杨杰的话,反问道:"你觉得温盈盈怎么样?"

"她家里是不是有矿?感觉她很有钱的样子。"杨杰嘿嘿一笑。

"还真有矿!金矿老板的女儿。"张亚茹轻笑,"家里资产上亿,而且还是独生女,你要是能和她在一起,往后的日子就不用愁了。"

就在两人叽叽咕咕的时候,身后传来温盈盈惊喜的声音:"你会做游戏外挂?"

"小意思了,这只是入门级别。"徐智勇和温盈盈聊天毫无压力,谈笑自如,"对了,你平时玩什么游戏?"

"苍穹。你玩过吗?"

"这还真巧,我玩了差不多有十年呢!"

"太巧了,你在什么区?"

"仙境风云!"

"哇,我也是,你叫什么?"

杨杰找了家烧烤摊,招呼大家坐下。这时,徐智勇脑袋突然开窍,去旁边报刊亭买了一份报纸,在温盈盈的座位下垫了一层。温盈盈开心不已,懒得理会杨杰跟张亚茹,跟徐智勇说着游戏里的事情,神情极其兴奋。

杨杰凑在张亚茹耳边恶狠狠地说:"你是不是故意的?知道他们都喜欢玩游戏?"

张亚茹掩嘴娇笑:"我只知道温盈盈一直想找人做外挂,这才喊她来认识你说的电脑高手,至于他们都玩什么游戏,我可真不知道。"说完,张亚茹白了杨杰一眼,"如果他俩真成了,你不正好解决了一个会员?"

张亚茹这一眼风情万种,杨杰顿时心跳加速,吞了口唾沫,说:"他本来是跟你相亲的!"

"我又不是你们公司的会员,你不用那么着急。"张亚茹笑嘻嘻地说。

"说到这个我就来火,你倒是注册个会员啊,不说钻石,怎么也得来个白金,算是对我的支持吧?"

"没钱!"张亚茹翻了个白眼。正好老板端了一盘干烤鱿鱼丝上来,她当即喜滋滋地拿了一条鱿鱼丝,放在芥末中搅拌,小心翼翼地咬了一口,旋即眉头大蹙,似乎被芥末的味道给辣到。尽管如此,她还是继续咀嚼,直到将其咽下,喝了口饮料后,双眉舒展,露出小女人的满足表情。

杨杰看她吃得这么表情丰富,倒也不想再破坏气氛了,招呼徐智勇两人开吃。

然而,徐智勇两人正聊得热火朝天,只是"哦"了一声,又继续说着游戏中的趣事,杨杰只得苦笑。到了后来,四人各说各的,就好像是两对互不相识的情侣在拼桌。

吃了半个小时左右吧,温盈盈说得兴起,拿出钱包数了五百块放在桌上:"今晚的烧烤我请了,你们俩慢吃,我跟徐智勇去网吧!"说完,起身拉着徐智勇就走。

徐智勇望了张亚茹一眼,又看了杨杰一眼,最终什么都没说,就这么跟着温盈盈走了。

只剩下杨杰跟张亚茹两人面面相觑,好一会儿后,杨杰恶狠狠地咬了一口鸡翅,喊道:"老板,再来十串烤肉。"

杨杰怎么都没有想到,就这么一晚上的工夫,徐智勇就跟温盈盈成了好朋友,而且,两人进展非常迅速,三天后,徐智勇发短信告诉杨杰,自己跟温盈盈确定了关系,现在已经是男女朋友。至于张亚茹那边,就不麻烦杨杰再安排了。

"还真是'无心插柳柳成荫'。"杨杰在阳台跟发哥一边聊起这件事一边发出感叹。

"你应该去买点儿彩票,双色球什么的。就你这狗屎运,中个几十万应该没问题。"发哥弹了弹烟灰,似乎记起来什么,"对了,老大要我问你,你要不要住单身宿舍?"

"公司还有宿舍?"杨杰讶然地问道。

"以前没有,每个月发三百块房租补贴。但现在不是谋划上市嘛,老大想着凝聚团队,就租了个大套间,四室两厅双阳台双卫生间,宽带、家具、家电一应俱全,我们只需拎包入住就行。"发哥笑着说,"公司的同事大多已结婚,剩下的单身不多,就问你住不住?"

"当然住啊!"杨杰眉开眼笑,"一个月可以省好多钱呢,干吗不住?"

"不过,有个事情得提前跟你通个气。"发哥欲言又止。

"放心,我从小就爱讲卫生,勤洗澡、勤换衣,绝对不会有什么臭袜子、臭鞋子。还有,我这人绝对守口如瓶,就算发哥你在隔壁弄得惊天动地,整晚不眠不休,我也不会说出去半个字。"杨杰把胸口拍得"咣咣"响。

发哥顿时笑得合不拢嘴:"小伙子真会说话!哈哈,不扯这个,房间呢就在对面的鑫源小区,现在有三个人准备搬进去,我、罗筱羽、赵非烟,嗯,你明白我的意思了?"

一听到赵非烟的名字,杨杰也是有些头疼,白天在一起上班已经吵得不可开交了,到晚上还住在一个屋檐下,这还得了?

之前是自己误会了她,上次在老王火锅店他还想解释来着,但赵非烟的故意刁难又让他忘记了此事。接下来的几天,两人在公司互怼,解释?呵呵,不存在的。

现在既然要"同居",那还是找机会解释一下吧。

一想到这点,杨杰笑着说道:"发哥,你尽管放心,我跟赵非烟其实是有误会，说清楚就没事了，我待会儿就去找她。"

发哥哈哈一笑："对嘛，这才是男子汉，没必要跟女孩子计较。"

刚说完，阳台的门开了，赵非烟冷笑着走了进来，站在杨杰面前，双手抱胸："杨杰，你这个小人，不给我一个解释？"

杨杰愣住，这才刚说要去解释，赵非烟就冲了出来，她是长了顺风耳吗？还是一直守在门口偷听？

转念一想，管他呢，现在不正好解释吗？杨杰挠挠头皮，不好意思地说："是这样的，我前公司的总监也叫方凯，就是他害得我找不到工作，我对他自然没好感。那天在'川湘情'餐馆吃饭，我听你打电话说到方凯，还以为你是他女朋友，所以才会出尔反尔。现在知道这是误会，所以跟你道歉啦！"

发哥呵呵笑道："原来是这么回事，我就说嘛，小杨不像是不讲道理的人。"

赵非烟听杨杰这么一说，也愣了一下，然后继续冷笑道："没跟你扯这个，我说的是温盈盈这件事。"

"温盈盈？你是说徐智勇新认识的女朋友？她怎么了？"杨杰讶然地问道。

"她是我的客户，钻石会员！"赵非烟冲杨杰咆哮道，"这次游轮聚会她是我最重要的女嘉宾之一，但刚才她打电话给我，说你杨杰已经帮她介绍了一个对象，这次的游轮聚会她不会去参加了！"

杨杰顿时目瞪口呆，抢客户、抢业绩在任何一家公司都是大忌，想不到自己竟然犯了这么大的错误。

婚宴席上奇葩事

办公室内，林刚左手托下巴，右手在桌上有节奏地敲击着，眉宇间全是惆怅。在他面前，杨杰跟赵非烟各坐一端，神情各异。

杨杰目光游离，时不时地偷瞄赵非烟一眼，脸上有些讪然。而赵非烟却是苦大仇深地望着林刚，一副青天大老爷你要是不替民女做主我就弄死你的架势。

空气中弥漫着杨杰的尴尬以及赵非烟的愤怒。

终于，林刚的手指停止了敲击，柔声问道："非烟，你一定要把杨杰开除？"

"他不走，我走！"赵非烟斩钉截铁地说。

林刚当即拍板："既然你决定了，我肯定听你的，杨杰，实在是不好意思，麻烦你去跟秦默交接下手上的工作，我会跟财务打好招呼，工资跟提成都不会少你的。唉，两虎相斗必有一伤，你们俩谁受伤，我都不忍心啊！"

杨杰只能是郁闷地点点头，心中着实有些不舍，在这儿上班非常的舒服，一个个都是人才，说话也好听……

杨杰轻咳一声："感谢林总这段时间的照顾……"

杨杰正说着场面话，却发现林总冲他眨了眨眼，杨杰一愣，还以为自己看错了，林刚又冲他眨了眨眼，然后冲着赵非烟方向挤了挤眼睛。杨杰隐约明白了林刚的意思，话锋一转："不过，林总你说得对，两虎相斗必有一伤，我要是再留在公司，到时候抢了赵非烟的一等奖，她脸上肯定不好看……"

"你能抢走我的一等奖？"赵非烟冷笑不已，"你这样的，就算再来十个，我都不会放在眼里。"

林刚连忙劝解："大家怎么说也是同事一场，有话好好说。杨杰你能力还是有的，如果再待上一两个月，或许有可能跟非烟一较长短，但现在的话，你还是差了点儿。"

这哪里是劝解，分明是火上浇油。听林刚这么一说，杨杰知道自己没会错意。

赵非烟果然不乐意了："老大你什么意思,他待上一两个月业绩就能超过我?"

杨杰假装谦虚："林总你太抬举我了,一两个月还是不行的,怎么也要三个月,毕竟我是新手嘛!"

赵非烟气得满脸通红："姓杨的,你真是不知道天高地厚!"

"天多高地多厚我确实不知道,我只知道,只有懦弱的人才不敢面对挑战,而是找借口来赶走自己的对手,若不是害怕,何必胆怯?"杨杰微笑着冲林刚拱手,"林总,感谢这段时间的收留,原本想跟你一起打江山,可惜,有人容不下我。罢了罢了,不招人妒是庸才。"

赵非烟大怒："那你留下来,跟我分出胜负再走!"

杨杰摇头："我还是走吧,别到时候我领先某人,某人再想方设法赶我走,那就没意思了。"

他说的这句话,并没有用"万一""一旦""有可能"等模糊词语,就好像他的业绩一定就会超过赵非烟。

赵非烟狠狠地咬牙说道："在没有分出胜负之前,我赵非烟绝对不会再赶你走!"

杨杰跟林刚交换了一个眼色,得意无比,口中却叹息一声："希望你能做到,没其他事的话,我先出去了。"

翌日,杨杰背了个双肩包,右手提着方格蛇皮袋,左手拎着红色塑料桶,里面放了十来个衣架以及牙刷、毛巾等,有如逃难般搬进了单身公寓。

发哥跟罗筱羽目瞪口呆地看着杨杰,发哥吃惊地问："你的全部家当都在这儿了?"

"对啊!"

"你之前是住桥洞吗?"发哥疑惑地问道。

"之前租的房子也有家具家电，我一个单身也不可能有锅碗瓢盆，再加上一些用了很久的东西都扔掉了，剩下的就这么多啰。"杨杰笑眯眯地说，"这边不是啥都有嘛，对了，我的房间是哪一间？"

发哥指着客厅对面的走廊："最里头，左边那间。"

杨杰随意打量了下房间的格局，进门是客厅，客厅右边是阳台，左边是卫生间、厨房、餐厅，正前方是一条过道，过道左右各有两间房。

杨杰走进自己的房间，里面衣柜、床铺、床垫一应俱全，还真是拎包入住。他飞快地整理好被褥，挂好衣服，转而看到对面房门紧闭。心中寻思，这对面住的该不会是赵非烟吧？

杨杰走到客厅，只见罗筱羽斜靠在沙发上，敷着面膜正在看电视。发哥则如同一摊烂泥，躺在旁边看手机，似乎看到了什么有趣的段子，笑得全身肥肉乱颤。

"出去吃烧烤不？我请客。"杨杰笑着问罗筱羽。至于发哥，杨杰都不用问，有吃的发哥绝对去！

果然，发哥瞬间坐了起来，叫罗筱羽："走走走，烧烤走起。"

"不去！"罗筱羽按了按脸上的面膜，断然拒绝，"晚上吃东西容易长胖，而且，烧烤对皮肤不好。"

"罗大美女，你这话就不对了。"杨杰信口胡诌，"著名科学家'沃硕德'研究发现，晚上适量吃点儿生蚝能补充胶原蛋白，尤其能让脸上皮肤光泽有弹性。"

"真的吗？"罗筱羽顿时大感兴趣，目光灼灼地盯着杨杰，都顾不上看电视了。

"你别听他瞎说。"发哥直接戳破了杨杰的谎言，"'沃硕德'，'沃硕德'，念快一点儿就是我说的！"

罗筱羽顿时翻了个白眼："还以为是真的呢，那我不去了，在家敷面膜。"

谎言被戳穿,杨杰一点儿都不以为耻,笑着说:"其实面膜跟钻石一样,都是二十一世纪最大的谎言。所谓的钻石根本就不保值,所谓的面膜根本就没有任何营养能被脸部吸收。"

"这又是'沃硕德'的研究发现?"罗筱羽翻了个白眼。

"还别说,这个倒是真的。"发哥顿时来了兴趣,"人类皮肤最大的作用就是隔绝外部元素的进入,除了水分以外,能通过皮肤的元素非常少,现在市面上的那些面膜,其实就是一张湿纸巾,除了保湿,再没有其他作用。"

罗筱羽嗤之以鼻:"那为什么我用过面膜以后,感觉皮肤好了很多呢。"

发哥一脸认真地掰着手指头分析:"第一,你每天都保湿补水,跟之前干燥的皮肤相比,自然要更好看。第二,敷面膜的这半个小时,你们女孩子很少说话,让脸部肌肉得以充分休息。第三,一个人的情绪会影响自己的气色,你都自我感觉良好了,这种心情上的自我暗示,可比什么化妆品都好使。"

"你分析得很有道理。"罗筱羽目光重新望向电视屏幕,"但我还是不去!"

杨杰和发哥无奈地对视了一眼,只好放弃了劝说罗筱羽出门的想法。

夜幕降临,小巷的路边出现众多流动摊贩,麻辣烫、臭豆腐的叫卖声不绝于耳,烧烤摊更是其中不可或缺的。

有发哥坐镇,杨杰豪气地对老板说:"来两个烤鱿鱼,五十根脆骨,十根韭菜,四个鸡翅,两打生蚝……"

发哥连忙制止道:"先不要点那么多,老板,你听我的,脆骨二十根,生蚝半打,鸡翅两根……"

杨杰讶然地看着发哥："发哥，这不是你的风格啊，是担心我没钱吗？放心啦，夜宵我还是请得起的！"

发哥一脸不屑地说："真是没见过大场面！一下烤这么多，吃着吃着不就冷了？冷了的烧烤还能吃吗？烧烤就得一边吃一边烤。"

烧烤摊主哈哈一笑："这位老板对吃很有研究啊！"

说归这么说，但摊主眼中却闪过一丝郁闷。眼前这两人看来是打持久战的，如果是半夜三更再来，他绝对欢迎，但现在正是生意最好的时候，两个人一张桌子，吃上三四个小时都有可能……唉，爱恨交加啊！

"发哥，你做这行多久了？"杨杰用筷子搅拌着酱料。

"到今年九月份就三年了。"发哥捏着一条鱿鱼丝，待杨杰将酱料拌匀后，蘸了蘸，丢进口中大嚼。

杨杰笑嘻嘻地说："看不出你还是元老呢。"

发哥哈哈一笑："元老算不上，'滚刀肉'倒是真的，我跟你说，这三年别的不说，各种奇葩我可是见了不少。"

"不就相个亲嘛，还能有多奇葩？"杨杰不以为然地说道。

"嘿，黄乐民这个人你又不是没接触过，他算不算奇葩？"发哥冷笑道。

"确实有点儿。"杨杰点头承认道。

"跟你说，比他奇葩的还有一大把。"

正好这个时候摊主把韭菜送了过来，发哥立马抓起一串往口中送，一边吃一边说："骗钱的，骗色的，什么人都有。"

"骗钱骗色？"杨杰颇为不解。

"之前有个女会员，算是长得挺漂亮的，我们给她介绍了一个老师，结婚前要了八万的彩礼，这彩礼在海城市不算多但也不算少，是不是？结婚当天，这个女会员的妹妹，也不知发什么神经，堵在房间里面要红包,新郎给了七八千块都不肯开门。最后新郎直接把门撞开,这下娘家就不同意了,双方直接动手,嘿嘿,第二天就离婚了。"发哥笑着说。

"哈哈,她妹妹的良心不会痛吗?还有,她妹妹这么做,新娘在房间里也不制止?"杨杰一阵好笑,"还真是奇葩!"

"奇葩的事还没说呢。"发哥将吃剩下的竹签放在桌上,龇牙咧嘴地笑,"这女的拿了八万彩礼,离婚后两家因为彩礼钱一直争论不休,还差点儿闹上法庭,最后还是我们公司从中调解,女方才退了一半的彩礼钱。但你仔细想一想,其实这女的啥也没干,最后就挣了四万块。"

杨杰听得目瞪口呆,好一会儿才苦笑着说:"还真是'生财有道'。"

"这还不算什么。"发哥兴致来了,跟杨杰说起各种奇葩的事。

"有个一米四五的女护士,非要找一米八以上的猛男……

"有个铁公鸡,相亲的时候带着女方逛了半天公园,连矿泉水都没舍得买一瓶,最后还问女方要了十块钱,说是乘坐公交车的来回车费以及手机话费……

"有个男的跟一白富美吹牛,说自己是上流社会的人,经常出入高级场所,跟白富美门当户对。结果,当晚白富美去酒吧,竟然看到往来的一批男服务员里头就有他……"

发哥这一说就是三个多小时,桌上的竹签已经堆成了小山。

杨杰听发哥经手过这么多的相亲案例,想来他在工作方面很有经验,于是说道:"发哥,咱们先不说这些奇葩事了,你告诉我,要怎样才能做好婚恋师?我打算跟赵非烟去争那辆跑车!"

闻言,发哥眼睛瞪得老大,好一会儿才说:"老弟,你这也没喝酒,怎么就醉了?"

杨杰一脸认真地说："我没醉，我就是看她不顺眼。你知道吗，昨天她要老大开除我呢，这口气我可咽不下去。"

发哥嚼着鸡翅膀，嗤笑着说："老弟，不是我不肯教你，我要有那本事，自己就去抢了，还非得教给你去抢？你也看到了，全公司上下加起来，都没有赵非烟的业绩高。"

杨杰叹息了一声，愁眉苦脸地说："赵非烟她不就是有个好男友吗？不然她哪有这么好的业绩？"

发哥摇头："你这话我不同意，赵非烟的男友再有钱，也不可能去左右别人的想法，他只是提供了一个平台，能不能拉到会员，能不能帮会员相亲成功，这都是赵非烟自己的本事。那些钻石'困难户'你又不是没接触过。"

"她怎么就那么厉害？"杨杰忍不住感叹道。

"跟你说个秘密。"发哥煞有其事地左右张望了一番，"她之前客户的相亲成功率也就百分之十左右，后来有个情感大师指点了她，从那以后，她客户的相亲成功率就直线上升到了百分之四十。"

杨杰听闻吃惊不已："十个里面成功四个，这已经是非常非常高的成功率了。那个大师真有这么厉害？你见过没？"

发哥有些不好意思地挠挠头皮："我还真见过，不过，大师说我没有慧根，不肯教我。"

"大师在哪儿？"杨杰大喜，"我去拜访下，万一他看我顺眼，说我有慧根呢。"

"你的意思，他看我不顺眼？"发哥斜眼看着杨杰，冷笑道。

杨杰一愣，旋即哈哈大笑，解释道："他可能觉得你命中带财，不需要去学什么，也定能飞黄腾达！"

发哥闻言转怒为喜："会龙山白鹿村，明空大师。"

杨杰顿时目瞪口呆，还真是大师啊！

学艺

会龙山位于海城市的西北方向，说是山，其实就是个丘陵，从山脚走到山顶，也就十来分钟的事情。

山顶有一个小村落，据说是古代某个逃亡的贵族，来到此地，见此处风水不错，便在此安家落户。

杨杰此时站在村口，看着周边的几间平房，心中寻思，发哥也没有告诉我明空大师的家具体在哪儿？难道我要挨家挨户敲门问吗？

这时，左边的一间房子里走出来一个三十来岁的男子，身上穿着一件黑色的夹克衫，方脸浓眉，面无表情，显得颇为严肃。

杨杰硬着头皮迎了上去，说道："您好，这位先生，问个事。"

男子停了下来，扫了杨杰一眼："何事？"

"你们这儿是不是有个……明空大师？"杨杰有些不好意思地问道。

男子微微一愣，然后点了点头："我就是明空。"

"咦，大师很年轻啊！是这样的，我是'百年好合'婚介所的婚恋师杨杰，想学点儿情感方面的知识，以便更好地帮助有情人终成眷属。"杨杰眼巴巴地看着明空，"听说大师在这方面造诣颇深，还望指点迷津。"

明空一脸迷茫地看着杨杰："你是在恶作剧吗？"

"大师你就别装了，我同事赵非烟不就是在你的指点下突飞猛进，成为相亲专家的吗？"杨杰谄媚地笑着。

明空眼神闪烁了好一会儿，"嗯"了一声，伸出四根手指头放在杨杰面前。

杨杰心里有些不安，嘴上疑惑地问道："大师你这是？"

明空一脸鄙夷地看了一眼杨杰："拿四百块钱来，我就告诉你怎么突飞猛进。"

杨杰其实已经猜到了对方是在要钱，心里嘀咕，就算要钱，也得含蓄点儿吧，哪有你这么理直气壮的？

杨杰讪讪地摸出钱包，却发现里面现金不够四百。

明空越发鄙夷地看着杨杰，反手摸出一部手机，切换到收款码页面。

杨杰转了四百元给明空。明空看了眼余额，突然就热情了许多："我说，要不要充个会员？红钻包年八千，皇冠一年三万，一次充值八千可参与抽奖，一等奖法国龙虎精油一桶，五十斤装的……"

杨杰听得目瞪口呆，好一会儿才说道："大师，我觉得按部就班比较适合我。"

"行。"明空在微信上一番搜索，找到一个叫迷梦的公众号，递给杨杰看，"你关注她。"

杨杰再次目瞪口呆："什么意思？"

"只要看过她写的鸡汤文，你就知道为什么有的女人会那么做了。然后你再对症下药，保管药到病除！"明空说完，转身就走。

这也行！杨杰挠着头皮，总觉得哪儿不对劲。

"明空大师！"旁边传来一名女子惊喜的声音。

杨杰循声望去，只见旁边四五米远处，有一名五十来岁的中年妇女，短发微卷，脖子上戴珍珠项链、身穿花色长裙，笑容满面地朝旁边的一间房子走去。

随即房门打开，里面走出来一个人，这个人并不是杨杰刚才所看到的明空大师，而是一名戴着眼镜，看起来很是儒雅的英俊男子。

这个人也叫明空？杨杰顿生疑窦，一个村子里头有两个明空？这不科学啊！难道一个是明空，另一个是明空的升级版？

"明空大师，你今天怎么还没更新朋友圈？该不是屏蔽我了吧?"中年妇女走到英俊男子旁边,笑眯眯地说,"我可是充值会员哦。"

英俊男子连忙解释:"今天一直在忙……"

杨杰下意识地望向收他钱的那个明空,只见那家伙正加快脚步下山。杨杰顿时反应了过来,拔腿就追,口中怒吼:"有种别跑,你这个骗子!"

冒牌的明空如同一只兔子,往山下狂跑,边跑边骂:"有种别追,你个穷鬼!"

这家伙对山路非常熟悉,跑了几十米后,就钻进了旁边草丛,连滚带爬地往山下狂奔。杨杰见状也不敢再追,生怕一不小心摔下山去,估计四百块也治不好。

但想想还是觉得不甘心,杨杰于是捡了两块石头对着骗子扔了过去,虽然其中一块似乎砸到了他,但他却仍然若无其事地向前跑着。山坡上传来他嘲弄的声音:"连四百块的学费都不舍得,简直就是穷鬼,败类……"

杨杰悻悻然地回到村口,正好看到中年妇女心满意足地离开。杨杰上前走到英俊男子面前:"你是明空大师?"

英俊男子打量了杨杰两眼,反问:"你被骗了四百块?"

"你怎么知道?"杨杰一时没反应过来。

"你们俩大喊大叫的,整个会龙山都听到了。"英俊男子从衣兜里掏出身份证,递给杨杰,"我可不是骗子。"

杨杰看到身份证姓名处写着李明空,心里有了底,又将身份证还给了明空大师。

杨杰尴尬地笑着,将自己的来意说了一遍。

明空大师听闻眉头微蹙:"是赵非烟介绍你来的?还是那个胖子介绍你来的?"

"是发哥……是那个胖子介绍我来的。"

"这样啊……"明空大师惋惜地摇头,"我看你也没什么慧根,不好意思,我帮不了你!"

"咦,大师你这话里有话啊。"杨杰听出了明空话里的古怪,"我要是赵非烟介绍来的呢?"

"那就有慧根!"明空毫不迟疑地回答。

杨杰目瞪口呆,仔细想了一下,试探着问了一句:"你看发哥不顺眼?"

"我不是针对他,我是针对所有的胖子!"明空大师看来也是性情中人,英俊的脸上浮现出愤怒的表情,"我的初恋情人就是被一个胖子给包养了,我告诉你,全天下的胖子没有一个好人。既然你是胖子介绍来的,对不起,我不教!"

杨杰突然想骂人,但又不知道该骂谁?骂发哥?人家一片好心!骂明空大师?人家也算是性情中人!

又说了几句好话,明空大师都是断然拒绝,杨杰只得郁闷地转身。走了几步,杨杰脑中突然灵光一闪,回过头来:"大师,你是在测试我的慧根吗?"

明空大师似笑非笑地看着杨杰:"怎么这么说?"

"你既然被人称作大师,想必定然不同于一般人,虽然不至于像和尚一样大彻大悟,但也不可能把喜怒哀乐都摆在脸上,这不符合你大师的身份。"杨杰笑着说,"你肯定是在测试我!看我会不会轻易放弃,看我会不会被表面现象所迷惑。"

明空大师微笑着点头:"不错,不错,还有点儿慧根。"然后,伸出四个手指头在杨杰面前晃了晃。

"大师您这是……四百块钱的学费?"

"不,学费一千!"

"那你伸出四个手指头是什么意思？"

"这是我送你的见面礼，不要让别人猜到你的想法。"

虽然有些心痛，但杨杰还是转了一千块给明空大师。杨杰跟着明空大师走进一房间。房间里面并不是杨杰所想象的光线灰暗，一副神秘诡异的样子，而是布置得有如酒店客房，冰箱、电视机、电脑、会客沙发、独立卫生间一应俱全，墙上挂着不知道是谁的书法，上面用草书写着四个字，杨杰不是很确定地念："妇女之宝？啧啧，大师果然是情感专家。"

明空大师嘴角一抽："书法是要从右到左念的。"

"'宝之女妇'，虽然有点怪怪的，但也还行吧。"杨杰不懂装懂地点评道。

"是宾至如归！"明空翻了个白眼，招呼杨杰坐下，拿出手机定了一小时的闹钟，"一千块的课程只有一个小时，从现在开始计时。"

杨杰一听赶紧说道："大师请说。"

"男女情感包含的知识点太多，想要在这方面有所成就，少说也要学上一年半载，中间再经历过几场刻骨铭心的爱情……不过，既然你是婚恋师，我们就专攻相亲这一块好了。"明空大师扯开冰箱门，"你是喝奶茶？可乐？还是矿泉水？要不冰激凌？有蛋筒和小布丁。"

你这么坑，好意思让别人称呼你为大师吗？杨杰虽然很想这么问，但口中却是笑着说："矿泉水就好了。"

"八块！"

杨杰黑着脸，飞快地付钱，生怕明空大师在这件事上继续纠缠。

"相亲，无非就是给对方留下好感。我们先说说男方，第一印象非常重要，所以穿着要得体，不一定要多贵重，但要干净整齐，不要奇装异服，衣服上面更不能有油腻污渍。"明空大师望着杨杰，"这么说，你能明白吧？"

"明白！"杨杰点头。

"然后是谈吐，这就涉及聊天技巧了，先跟你说两个要点：第一，切忌'跪舔式'聊天。一味地附和妥协，只会让对方觉得你毫无主见。举个例子，对方说某个电视剧里面的女二号很坏，你说'是的是的'，然后两人一起把女二号骂了个狗血淋头。但你也知道，女人是善变的，万一她突然来一句，其实女二号也很可怜，情有可原，这个时候你怎么办？是不是很尴尬？"明空大师耸肩摊手，"如果你一开始就提出自己的观点，说女二号很有可能是被别人利用了，然后再举例，聊上个把小时毫无难度。"

杨杰深以为然地点头："大师所言极是。"

"有一点你得明白，女孩嘴里说喜欢的，跟她自己真正喜欢的，绝对不会是同一个。所以，聊天的第一个要点就是，男人得有自己的主见，不能一味地附和。"明空大师做了个小结。

杨杰连忙拿出手机，开启录音，重复了一遍该要点。

明空大师见杨杰如此慎重地做笔记，心里感到很欣慰，接着说："聊天的第二个要点，不要以为靠幽默就能打动对方。"

杨杰讶然地说："难道逗女孩开心不好吗？"

"相声演员也能逗得女生捧腹大笑，但爱上相声演员的又有几个？顶多把你当作玩伴或者'蓝颜闺密'。《笑傲江湖》看过没？令狐冲幽默吧？经常逗得小师妹开心吧？结果呢？小师妹还不是爱上了林平之。"明空大师正色道，"你是婚介公司的婚恋师，难道没有发现，现在征婚的又有几个把幽默风趣作为相亲条件写上去的？"

杨杰苦笑道："还真没有。"

"所以，要牢记这一点，不要把幽默看得太重要，不要以为把女方逗开心就代表相亲成功，骗骗小姑娘可以，但现在相亲的又有几个是小姑娘？"明空大师总结第二点。

"对对对。"杨杰连忙将重点记下来。

接下来，明空大师又跟杨杰说了男方相亲的时候，需要注意到的细节问题。待杨杰都记住后，他又反过来又从女性的角度来阐述这几个问题。

"嘀嘀嘀"，闹钟响起，明空大师停下了教学："好了，一千块的课程到此结束，如需了解更多，请充值！"

杨杰觉得这一个小时的课程已经足够他消化一段时间了，于是笑着说："今天就到这儿吧，下次遇到问题再来找大师。"

明空也不勉强，起身将杨杰送到门口，临走前还拎了个垃圾袋，要杨杰帮他带去村口的垃圾桶，笑着说："不让你白帮忙，送你十二个字，'准备充分、注意细节、出奇制胜'。只要能做到这三点，相亲成功率一定会直线上升。"

实战出真知

回来后，杨杰整理了一下笔记，发现本次白鹿村之行最大的收获，就是明空大师最后说的那十二个字——准备充分、注意细节、出奇制胜。若真能做到这三点，哪怕是"妈宝男"对上"扶弟魔"，又或者"凤凰男"对上"孔雀女"，想来都不成问题。

杨杰感觉自己功力大增，想着找个人练下手。自己的三个客户，徐智勇现在跟温盈盈打得火热，小东找到了胡亚楠旧情复燃，还剩下工厂那名技术女主管李丹丹，嗯，就是她了。

李丹丹的要求倒也不是很多，身高一米七五以上，有稳定工作，每个月的工资能在四千元以上就行，至于车、房倒是没有特别要求。嗯，有一点，她非常讨厌抽烟喝酒的人，所以，她再三强调男方不能抽烟喝酒。

可是这样的男方去哪儿找呢？杨杰在公司资料库里的普通会员的档案中一阵翻找。

公司有一个规定，钻石会员以及白金会员是谁拉进来的就归谁跟进，其他同事不能去打该会员的主意。当然，如果有合适客户的对象，可以跟负责的同事商量，相亲成功的话业绩两人五五分。上次杨杰的抢单，虽是无心之举，但确实犯了大忌。

黄金、白银会员虽然也有专人负责，但要求就没这么严格，跟负责跟进的婚恋师打个招呼就行，成功以后请顿饭，意思意思就行。

至于普通客户，就是公司所有员工的公共资源，谁都可以在其中挑选合适自己客户的相亲对象。但普通会员条件比较差，如果不是实在找不到合适的人选，大家一般都不会去找普通会员。

杨杰手上没有高级客户，其他同事又忙着游轮相亲聚会，没空搭理他，所以他只能在普通会员里面挑了。

杨杰找了十来分钟，才找到一个勉强符合李丹丹的要求的：苏晓兵，身高一米七六，广告公司平面设计，有车没房，每个月工资在六千块左右。对于相亲对象要求不多，为人善良就好。

苏晓兵和李丹丹各方面条件都挺合适的。但有一点，苏晓兵抽烟！而且还是一天一包的那种。

如果男方答应戒烟的话，应该有得谈。杨杰在纸上写写画画地谋划了好一会儿，才分别给两人打电话，交代相关事项，约好见面时间。

园岭路，川湘人家饭店。

苏晓兵今天穿了件红色格子衬衫，扣子并没有扣上，里头是白色打底T恤，配上洗得发白的牛仔裤，对他来说，这身打扮算得上是中规中矩了，最起码没有穿拖鞋短裤来相亲。

不过，杨杰交代他的，他并没有全部照做，最起码胡子头发就没有梳理，仍然是如同乱草。

在角落暗中观察的杨杰一阵郁闷，非要胡子拉茬的才显得自己有性格吗？

不久，杨杰看到李丹丹从门口走了进来，一条黑色牛仔裤配一件浅蓝色短袖针织衫，脸上没有涂抹任何化妆品，就这么素面朝天地过来了。

杨杰满脸黑线，李丹丹啊李丹丹，不是交代了你要化点儿妆过来吗？一张脸蜡黄蜡黄的，还有雀斑，这第一印象能好才怪！

张望了一番，李丹丹看到了苏晓兵，上前询问："你是苏晓兵？"

苏晓兵正在看菜单，作为设计师，他并不是看菜单上的菜肴价格，而是在研究这份菜单的排版格式以及制作工艺。听到李丹丹的询问，苏晓兵抬起头，稍微愣了一下，反问："你是李丹丹？"

杨杰脸上黑线又多了几根，细节啊，细节啊，不说起身去帮相亲对象搬椅子，怎么也得站起来打个招呼吧，就这么大大咧咧地坐着，你以为你谁啊？

李丹丹反倒不在意这个，自己拉开椅子坐下："等很久了吧？"

"才来，没多久。"苏晓兵将菜单递了过去，"也不知道你喜欢吃啥，自己点。"

李丹丹接过菜单，随便翻了两页："农家一碗香跟清炒莴笋丝就行。"说完把菜单递还给了苏晓兵，苏晓兵也不劝，叫来服务员点菜，又加了土鸡煲跟爆炒牛肚，最后要了两瓶橙汁。

二人相对无言，好一会儿后，苏晓兵嘿嘿一笑："之前没相过亲，没什么经验，做得不对的地方，多多包涵。"

李丹丹莞尔一笑："你们做平面设计的都这么艺术吗？头发胡子很有个性啊。"

苏晓兵坦然道："他们艺不艺术的我不知道，但我自己是懒，懒得刮胡子，懒得去打理头发。"

杨杰在旁边听得目瞪口呆。

李丹丹笑了笑："如果你结婚了，老婆要你刮胡子剪头发，你会不会答应？"

苏晓兵沉默了一下："这个不好说，如果她能把家里收拾得整整齐齐，我也不好意思这么邋遢是不是？再说了，有了老婆，我不用再去为吃什么穿什么而分神，说不定就有时间修理自己了。"

"对了，你抽烟吗？"听到李丹丹这么一问，杨杰的耳朵顿时竖了起来。

"一天一包。"苏晓兵想都不想地说，"做设计的，有时候缺乏灵感，抽烟可以让自己静下心来，其实，我抽烟并不严重。"

"一天一包还不严重？"李丹丹反问道。

"我自己最多抽七八根，其他的都散给别人了，而我又不习惯抽别人的烟。"

"这样啊。"李丹丹点了点头，"你喝酒吗？"

"一年到头喝酒的次数不会超过五次。"苏晓兵看着李丹丹，反问道，"你好像很纠结别人抽烟喝酒这个事？"

"是这样的，我有乙肝！"李丹丹直截了当地说。

杨杰顿时脑袋一蒙，想着这事儿估计要砸。

反倒是苏晓兵一点儿都不在乎，照样夹菜吃饭："我爸就有乙肝，这没什么的。"

看着两人聊得还算顺利，杨杰忍不住松了一口气，早知道你们都是直来直去的性子，我也没必要交代你们注意细节了。

互相有好感的两个人，接下来就应该顺理成章地继续发展，按照他们的性格，估计一个月以后就能确定关系，甚至走进婚姻的殿堂。

明空大师的那些经验似乎也用处不大啊!杨杰想到自己的一千块钱,顿时觉得有点儿亏。

那边两个人聊得非常开心,甚至吃完饭以后,两人都是争着付钱,最后决定"AA",付过钱后两人起身离开。

杨杰得意扬扬地跟发哥打电话,说自己又成功了一对。发哥问了具体情况,冷笑道:"这两个人要是成了,我立马挥剑自刎!"

发哥这种话都说出来了,那就说明这两人之间绝无可能,杨杰忍不住问道:"发哥,你怎么这么肯定?"

"两人都是直爽性子,真要有意思,今天苏晓兵请,下次李丹丹回请,这一来二去的不就成了?跟你说,'AA'的意思就是互不相欠。我就问你,他们有没有加微信?"

"好像还真没有。"杨杰被发哥说得一愣一愣的,想了一下说,"我看他们都很直爽啊!难道不会相互吸引?"

"相互吸引的永远是磁铁的不同极,习性接近的只会彼此排斥。"发哥笑着说,"我知道你不甘心,这样吧,以他们俩的性格,半个小时之内,肯定会给你打电话,到时候你就知道了。"

果然,没过多久,李丹丹的电话就进来了,开口就是一句:"杨老师,苏晓兵人不错,但我最近可能要去外地培训半年,就不耽误人家啦。"

这个借口……还算不错了。

杨杰正寻思,听到手机里面有来电提醒,看了一眼,是苏晓兵打过来的,连忙跟李丹丹说:"那行,有了合适的我再联系你。"

"好嘞!"李丹丹这次倒不说要出去培训了,爽快地挂了电话。

杨杰转而接通了苏晓兵的电话,对方劈头就说:"杨哥,我之前不知道自己喜欢什么类型的女生,但刚才跟李丹丹吃过饭以后,我突然就明白了，我要找的类型应该是温柔大方、善解人意的……嗯，'御姐熟女'的那种，你明白我说的吗？"

"明白，明白。"杨杰发出一阵笑声，"那行，有合适的我再联系你。"

看来还是准备得不够充分，明空大师说得没错，一千块钱的学费还是值得的，想到这儿，杨杰的心情又好了许多。

接下来的几天，杨杰沉浸在知识的海洋中无法自拔，他刻苦钻研明空大师所说的那三个要点——准备充分、注意细节、出奇制胜！非常朴实的词语，哪怕就是小学生都能明白它们的意思，但结合明空大师所说的相亲有关事项，真要延伸开来，恐怕能写出一篇三万字的论文。

知识才是力量，书中自有颜如玉啊！

就在杨杰恶补相亲注意事项的同时，公司所筹备的游轮相亲聚会也在紧锣密鼓地进行。参与的钻石会员人数突破了三十位，其中赵非烟一个人就贡献了十八位，除此以外，白金会员也有一百四十多位报名，赵非烟还在黄金会员中挑了几位长得漂亮、帅气的男女生，用以提高整个游轮聚会的颜值水平。

这么一来，会员差不多就有将近两百人，加上陪同人员、工作人员，队伍人数居然突破了三百人。

在行程安排上，游轮相亲聚会全程十天，其中海上七天，从海城赶去滨海市的游轮码头一来一回需要两天，另外赶到滨海市还有一天拓展活动。这个拓展活动是赵非烟强烈要求的，它能让大家彼此熟悉，然后彼此信任，等到上了船大家可以直接交谈，省却那些羞答答的热身环节。

一切安排妥当，公司租了七辆大巴车，浩浩荡荡地往滨海市出发。留下来看家的就只剩下杨杰跟老板娘李云彤，以及另一名怀孕的员工,热闹的办公室瞬间变得冷冷清清。

对此,杨杰极为不解,专门跑到老板娘的办公室询问:"嫂子,你为什么不去参加游轮聚会?难道你也跟红姐一样,怀孕了?"

李云彤冲着杨杰"呸"了一下:"没大没小,我不去是因为公司必须要留个财务,再说我晕船,去了不但帮不上忙,还是个累赘。"

杨杰嘿嘿笑着说:"你就不担心老大在船上有艳遇?"

"老夫老妻了,这点儿信任还是有的。"李云彤的笑容有些勉强,旋即转移了话题,"对了,那些没有去参加游轮相亲聚会的会员,这段时间内随便你征用,如果撮合成功,业绩和原本负责的同事平分就是,我这就给你开启查阅的权限。"

杨杰顿时大喜,一溜儿烟地跑回座位。

"百年好合"不愧为海城市排名前三的婚恋机构,就算被拉走了将近两百个会员,资料库中仍然还有大量的优质会员,其中钻石会员三十多个,白金会员四百余个,黄金、白银会员加起来近万,至于普通会员,少说也有五六万个。

杨杰并没有去翻阅钻石会员的资料,他是这么想的,这些钻石会员,公司肯定对其倾注了大量的优质资源,但他们现在都没成功,要么是要求太高,要么……还是要求太高。最重要的是,钻石会员都是各同事的独家资源,能不接触最好不接触,以免影响同事之间的关系。

不久,杨杰从黄金会员中找到了一份看起来还不错的资料:邓金龙,男,三十九岁,某珠宝公司行政部经理。当过兵,离异,孩子跟母亲,月薪八千八元,房子是八十平方米的小三房,有一辆家用轿车。

海城市属于二线城市,以二线城市的标准,邓金龙的条件真不算差,房子虽然只有八十平方米,却是老建筑,实打实的面积,比现在一百平方米的三居室都不会小,最重要的是,月薪八千八,就算是一线城市,也有很多人达不到这种水平。

按说,这种条件不难找到对象,哪怕他要找那些没有婚史的小姑娘,毕竟条件摆在这儿。

但奇怪的是,帮他安排了数十次的相亲,无一成功,问他原因,回答永远只有三个字:不合适。

反过来去问那些跟他相过亲的女孩,十个有七个避而不答,另外两个面色古怪,最后一个则是"呸"了一声,似乎这个邓金龙是什么下流痞子。

有古怪啊!

明空大师说了,一定要准备充分,看来得施展撒手锏了。

杨杰的撒手锏自然就是御用托儿——张亚茹。杨杰把这事儿一说,张亚茹冷笑不已:"杨杰,你把我当什么人了?在你眼中我就这么不值钱?就算安排我做托儿,你也得安排几个高富帅吧?三十九岁的离异中年男,你砢碜谁呢?"

杨杰早就有了一番说辞:"白菜同学,所谓'读书破万卷,下笔如有神',又所谓每个男人都是一本书。所以,你只有多看书才能增加人生阅历。"

"呸!"张亚茹听杨杰叫自己白菜,心情顿时好了许多,"那要这么说,像你们这种婚恋师,岂不是经验丰富。"

杨杰哈哈一笑:"这个可不同。我们接触的都是即将有'主儿'的人,而你可是可能成为他'主子'的人!"

张亚茹看着杨杰耍贫的样子,说道:"杨杰,你越来越不像话了。"

杨杰挠着头皮,也是有些纳闷,怎么自己在这个"姑姑"面前就这么随意，一点儿都不注意呢？他讪讪地解释："姑姑，我错了，我错了，请你吃饭赔罪可好？就帮帮我这个外甥嘛。"

"既然喊我做姑姑，那你就是我侄子，可不是外甥！"张亚茹居然还有心情纠正这个。

"又不是正儿八经的亲戚，无所谓了，随便喊吧，白菜同学！"杨杰忍不住又开始贫了起来。

张亚茹"哼"了一声："那就一起吃晚饭好了……嗯，不行，你得在旁边等我，我跟他见面后再跟你吃饭。"

杨杰愁眉苦脸地说："要不，你先跟他吃饭，然后给我打包？"

"滚！你这头猪！"

奇怪的要求

黑妹火锅在海城市非常有名。

它的崛起就是一个传奇故事。几年前，有个大哥带着老家来的亲戚去火锅店吃饭，同行的小孩不小心摔烂了一个碟子，大哥也不以为意，说结账的时候赔。

到了结账的时候，老板张口就要赔五百，说这个碟子是整套的，打烂了一个其他的都用不了。大哥城府深，知道这事儿没那么简单，也没多说直接赔钱走人。出门一问，得知自己的侄女黑妹，曾经拒绝过火锅店老板的追求，显然，今天这事儿老板是在借题发挥。

知道事情始末后，大哥二话不说将火锅店周围的门面全部买了下来，连开三家火锅店，狂打价格战，不到半年，那家火锅店就倒闭了。大哥再将其店面盘下来重新开业，店名就叫黑妹火锅。

邓金龙是海城本地人，这故事听过无数次，但他知道这并不是故事，而是确有其事。因为，这个大哥就是他的战友。

此时邓金龙坐在黑妹火锅店的包厢内，看着街对面的小旅馆。

黑妹火锅店开张后,大哥又将其他三家店面盘了出去,对面那家被改成了小旅馆,招牌还挺有意思的——枫林晚,旁边还有个牌子,上面写着两个字:停车。

香风袭来,对面坐下一名性感美艳的女子,身材火辣不说,一双眼睛更是媚眼如丝。

"是邓金龙邓先生吗?我是张亚茹。"性感女子红唇微张。

邓金龙盯着张亚茹,回想了之前的几个相亲对象,与眼前的张亚茹对比,心中不免有些躁动。下决心一定要好好把握这个机会,连忙说道:"是是是!我就是。"

"邓总,久等了。"张亚茹嫣然一笑,犹如玫瑰绽放,"既然我们都是来相亲的,那就直奔主题吧,你有房有车吗?"

"有的。"邓金龙连忙说,"房子在梅园小区,小三房,八十平方米,车是家用轿车。"

"一个月工资多少?"

"到手能有七千。"

"这样啊,我年薪是二十万。"张亚茹微笑着,语气有点儿居高临下。

"张女士在哪儿高就?"

"海城大酒店。"

"这个酒店我经常去呢,能不能给张名片,以后入住好打折。"邓金龙半真半假地开玩笑。

"那我得先跟老板申请权限。"张亚茹笑着婉拒。

两人聊了一会儿,邓金龙正要叫服务员点餐,张亚茹连忙制止:"说真的,我不怎么喜欢吃火锅,就别浪费这钱了。要不,我们先聊聊各自的要求,如果可以,我们再继续呗。"

邓金龙微一沉吟,说:"张小姐,实不相瞒,我之前也见过几个相亲对象，但都没有成功。但从看见张小姐的第一眼起，我就觉得我们之间很有缘分，不知道你相不相信命中注定。"

张亚茹听得浑身起鸡皮疙瘩，连忙打断邓金龙的话："邓先生，其实我觉得您的条件也不错，但毕竟是关乎一生的大事，所以我还是想再了解一下邓先生还有没有其他的要求？"

邓金龙低下头想了一会儿，然后突然抬起头，像是终于下定了决心，说道："张小姐，您看我们结婚之前可不可以先'试婚'？"

张亚茹变了脸色，沉声道："邓先生的意思是？"

邓金龙深吸了一口气，继续说："我们以婚后的形式生活一段时间，彼此都适应一下，如果可以的话，再结婚，你觉得怎么样？"

张亚茹听明白了邓金龙的话，顿时气不打一处来，厉声道："我看你这是来要流氓的吧！"

邓金龙顿时脸红了，狡辩说："我不是那个意思，结婚本来就是一件大事，婚前彼此都适应一下，看看对方是否符合自己要求，我觉得也没什么不对吧？"

张亚茹冷笑了一声，说："邓先生还是另外找人适应吧，我就不奉陪了！"说着站起身来，准备离开。

邓金龙看见张亚茹要走，心里顿时紧张起来，伸出手拉住张亚茹。

杨杰坐在一边，看见邓金龙抓着张亚茹的手，联想到之前女会员的言辞闪烁，杨杰立马从座位上站了起来，走到张亚茹旁边，问道："怎么了？"

张亚茹趁机甩开邓金龙的手，对杨杰说："他要流氓，居然想没结婚就跟我过婚后生活！"

邓金龙见杨杰出现，心里不免有些发虚，但还是假装义正词严地说："大家本来就是奔着结婚来的，有什么不好意思的！"

杨杰总算是明白了过来,之前那些女会员的反应为什么会那么奇怪。不想跟这种人再啰唆了,杨杰招呼张亚茹:"别理他,我们走。"

邓金龙显然是误会了张亚茹和杨杰的关系,不屑地说:"就你这样的穷鬼,还妄想吃天鹅肉,我劝你还是早点儿放弃吧!"

转过头他又对张亚茹说:"张小姐,我劝你还是好好想一想,毕竟这个社会像我这样条件的人已经不多了!"

杨杰深吸了一口气,似乎决定了一件事,走到邓金龙面前,一拳打在了邓金龙的鼻子上。

邓金龙大怒,扑上来就跟杨杰打成一团。

两人你一拳我一拳,很快都是鼻青脸肿,但谁也奈何不了谁,杨杰年轻但没什么打架的经验,邓金龙虽然当过兵,但毕竟是三十九岁了,体力跟杨杰没法比。

最后,两人滚在地上扭成一团。

从派出所出来,张亚茹招呼杨杰上了她的车,看着鼻青脸肿的杨杰,扑哧一笑:"我还以为你打架很厉害呢。"

杨杰有些讪讪然:"从小到大我就没怎么打过架。"

"原来是乖宝宝啊,那你还冲上去?"

"那种流氓,就该打!我还嫌打轻了呢!"杨杰一边说一边手舞足蹈,不小心手碰到脸上的伤,顿时龇牙咧嘴地喊疼。

闻言,张亚茹眼中有些潮湿,默默地看着杨杰,说道:"看在你今天为了保护我受伤的份上,我请你吃饭吧。"

杨杰白了一眼张亚茹,说:"你这是在嘲笑我吧?"

张亚茹佯装生气地说:"喂,你可别不识好人心,我可是真心实意的!"

"那得狠狠地宰你一顿才行。"杨杰扣好安全带,笑着说,"海城市最贵的餐厅在哪儿?"

"到了你就知道了。"张亚茹发动车,拐进了车流之中。

二十来分钟后,张亚茹将车开进了银龙山庄。

看到银龙山庄的大门,杨杰突然想到发哥曾经和他说过,银龙山庄有个私人餐馆,叫"遇见"。只对会员开放,一顿饭少说也要几万块。

想到这儿,杨杰顿时一个激灵:"白菜,你该不会带我去'遇见'吧?"

"咦,你也知道啊。"张亚茹一边停车一边笑着回答。

"这里消费太高了,我就是一个普通白领,没必要吃这么好的。"杨杰笑着说,"要不,你把钱给我,吃什么我自己去买,行吗?"

张亚茹翻了一个白眼:"这里只是不对外开放,价格比外面贵不了多少,再说了,我在这儿吃饭是签单,不吃也不能套现。"

"这样啊。"杨杰"哦"了一声,"既然吃公家的,那我待会儿可得多点几个菜!"

说归这么说,但真的到了点菜的时候,杨杰看着菜单上的价格,还是不忍心下手。

张亚茹看了一眼杨杰,说了声:"没出息!"说完便一口气点了七八个菜。

"我大概算了下,这几个菜已经一万多了。"杨杰跟个怨妇似的嘀咕,"我说,吃不完的能打包带走吗?"

张亚茹翻了个白眼,无奈地说:"你能不能不要总摆出一副土包子的模样,就你这样的,以后你女朋友还能指望你发财吗?估计有了钱你都不知道怎么花。"

杨杰也觉得自己确实有点儿小家子气,想着张亚茹是海城大酒店的高管,于是问道:"看你出手这么阔绰,像这样的私人餐馆想来就来，想必混得不错吧？"

"可得了吧，我这也是'沾光'，真正厉害的是我的老板严总！"张亚茹叹了口气说。

"严总？是谁啊？"杨杰好奇地问道。

"严总名叫严守坤，是海城大酒店的总经理。"张亚茹回答道。

"咦，你不就是他的助理吗？他很厉害吗？"杨杰顺着张亚茹的话说道。

张亚茹点了点头，继续说："严总当年是当兵的，退伍后国家给分配到了旅游局工作。当时正赶上海城发展旅游业，严总非常聪明，也有经营意识，想着来旅游的人多了，那么酒店的生意一定会红火。于是他就用退役的安置费开了现在的海城大酒店。如今，海城大酒店已经成为海城最大最豪华的酒店，严总本人也成了本市的知名富商。"

杨杰一边听张亚茹讲述严总的故事，一边心里暗暗感叹，严总果然是大哥级人物，简直就是心中的偶像啊！

晚上，杨杰和大学同学张振打电话，提到严总的事情。

张振语气夸张地说："既然严总那么厉害，你还有你姑姑这层关系，还不赶紧抱紧大腿，大把的钞票正在不远处向你挥手！"

"滚！就知道你嘴里没好话！"杨杰假装生气地对张振说。

张振奸笑了一下，然后又假装正经地说："你的女神魏旭昨天跟我打电话了，问你在哪儿。"

听到魏旭这个名字，杨杰眼前浮现出一张美丽动人的脸，顿时思绪万千，心中叹息了一声，却笑着说："我又没欠她钱，也不知道找我做什么。"旋即心中一动，"你这么笑肯定有古怪，到底什么事？"

张振哈哈一笑："后来她说给我两条烟，我琢磨着你也就只值这个价,果断告诉她了。"说完,张振立马挂了电话。

杨杰拿着手机,呆坐在沙发上,脑中浮现出大学时期的各种片段:

魏旭坐在靠窗的座位上,咬着笔眉头紧蹙……

一群人踩着单车,在绿化道上一边骑行一边大声唱歌,魏旭笑靥如花……

山顶上,一群学生看着翻滚的云层,欢呼声中,一轮红日缓缓从中升起,阳光照在魏旭的脸上,勾勒出一道金边,而她的秀发在晨风中飞扬,有如一根根金丝……

一幕幕的往事,最终在杨杰眼前化成了一张似怒似嗔的容颜。突然,这张脸变得冷如冰霜:"杨杰,对不起!"

杨杰瞬间被拉回现实,不禁苦笑,就算忘不了又如何?她要的生活自己根本给不了,或许,她永远只能存在记忆中吧。

第三章 美满的"阴谋"

看似浪漫的摩天轮旋转一圈只需十几分钟,看似娇艳的玫瑰花下却隐藏着尖锐的刺。生活中处处有陷阱,有时候眼睛会向我们撒谎,所以,你要学会仔细分辨生活中的真善美。

男人心底都有一道白月光

就在杨杰胡思乱想的时候,手机铃声再次响起,瞥了一眼,是一个陌生的号码。

杨杰抓起电话:"喂,哪位?"

那边迟疑了一下,一道柔和又怯怯的声音响起:"是杨杰吗?"

咦?这声音好像在哪儿听过,杨杰皱着眉头,脑中飞快地回忆,但一下子还真没想起来是谁。皱眉道:"你到底是谁?"

"我是魏旭。"

对面的声音很轻,但在杨杰耳中却不亚于一道惊雷。

魏旭!

自己暗恋四年,毕业前表白被无情拒绝的女神,魏旭!

杨杰一时间心跳如鼓，说不出话来。

"杨杰，你在听吗？"魏旭试探着问了一句，声音充满疑惑和担心，就好像是一个小孩子，在玻璃窗前看着自己心爱的洋娃娃，然后回头小心翼翼地问妈妈，可以买回家吗？

杨杰声音有些干哑："在听。"

"能出来见面吗？我就在你家楼下，小区花园中间的凉亭。"魏旭弱弱地说。

杨杰走到窗前，掀开窗帘一看。果然，凉亭中坐了一名身穿白色裙子的女孩，似乎感应到了什么，女孩抬头张望。

就算相隔这么远，杨杰仍然一眼就认了出来，她就是魏旭。

"你等我，我这就下来。"杨杰挂了电话，深呼吸了十来下，这才冲出门。

此刻已是晚上十点半，凉风习习，花园中有不少散步的人，三三两两地聊着天。但凉亭附近却只有魏旭一个人，想来是因为凉亭周围都是水，蚊虫极多的原因。

当杨杰跑到凉亭，看到魏旭的瞬间，整个人都呆住了。

魏旭跟记忆中一模一样，甚至她身上的白色裙子还是毕业那天穿的那件。

只不过，此时昏暗的灯光下，她白生生的手臂上布满了花生米大小的红包，很是狼狈。见到杨杰，魏旭似乎有些不好意思，低下头说："你来了啊。"

杨杰也不知道怎么回答，好一会儿才说："这里蚊子多，你穿裙子可不太妙。"

"我是怕你认不出了，特地找出来这条裙子穿上。"魏旭的神情有些担心。

"怎么会不记得？拍毕业照那天你穿的就是这条裙子，我手机里还有照片呢。"

"真的吗？"魏旭顿时开心起来，但马上，她又有些拘束地撩了撩裙子，"好像比以前紧了不少，我现在胖了。"

"不不，你身材还是那么好，一定是裙子缩水了。"

魏旭掩嘴娇笑："你真会哄人开心，跟以前一样。"

我以前会哄人开心？杨杰有些发蒙，是她记错了，还是我记错了？杨杰还在回想自己什么时候哄过魏旭开心，却听见魏旭"哎呀"了一声，然后一巴掌扇在手臂上。见此情形，杨杰连忙说："这里蚊子多，去我家吧！"

魏旭垂着头，手指绞着裙子的飘带："你女朋友不会介意吧？"

杨杰不知为什么脑中突然闪过张亚茹的影子，但马上摇了摇头："我还没女朋友呢。先别说那么多了，再说下去，蚊子就在你身上开会了。"

魏旭迟疑了一下，眼睛不经意地扫了不远处的角落一眼，终究还是跟着杨杰进了单元门。

就在两人离开后不久，角落里走出来一名男子，昏暗的灯光下，他五官分明，如同刀削般的脸庞，竟然是一名英俊青年。

看着杨杰两人走进单元门，英俊青年嘴角上翘，浮现出阴冷嘲弄的笑容。

杨杰带着魏旭走进房间，招呼魏旭坐下，杨杰在客厅翻找着花露水。

魏旭目光四处打量："这房子挺大的，你买的吗？"

杨杰没找到花露水，反倒是找到了一瓶精油，看了看说明，可以驱除蚊虫叮咬，另外还可以止痒，连忙拿过去给魏旭："我哪买得起这么大的房子,这是老板租下来给我们住的,四房两厅,四个员工一人一间。"

"你们老板还挺大方的。"魏旭抹着药,"这药是女同事买的吧?"

"瞧你这话说的,我们男的就不能买驱蚊药了?"杨杰笑着说。

"你就别狡辩了!这种药在内地根本不流通,就算要买,也都是找香港代购买的,你一个大老爷们,还认识香港代购不成?"魏旭将药放在茶几上。

杨杰呵呵一笑,也没有反驳。然后,两个人都不知道说什么了,气氛顿时有些尴尬。

好一会儿,杨杰轻咳一声打破沉默:"你怎么来海城了?我记得毕业的时候,你不是说要移民去新西兰的吗?"

一听这话,魏旭眼睛一红,眼泪扑簌簌地掉落。

杨杰顿时慌了,手忙脚乱地抽纸巾递给她:"怎么了?"

"何文远就是个骗子!什么新西兰,什么移民,什么富二代,都是假的,他就是个王八蛋!"越说越激动,魏旭突然就号啕大哭起来。

杨杰目瞪口呆,接下来又是倒水又是递纸巾的,通过魏旭抽泣的话语,他总算是知道了事情的大概。

魏旭毕业后跟着何文远去了南方城市,说是移民需要时间,两个人一边工作一边等结果。然而,魏旭的工资全部被何文远拿去花了,一分不剩,前段时间被魏旭逼问得紧了,何文远不但打了魏旭一顿,还说自己从头到尾都是在骗她,甚至还要她继续工作赚钱供他花。

"我真是后悔死了,当初怎么就瞎了眼,被这么个绣花枕头给骗了。"魏旭抽噎着耸动双肩,痛哭失声。

杨杰叹息了一声，安慰道："过去的就过去了，重新开始就是，我们都还年轻，禁得起失败。"

魏旭泪眼婆娑地望着杨杰："毕业的时候你说过，不管什么时候，只要我愿意，你都会给我肩膀，这话你还记得吗？"

杨杰有些尴尬："呵呵，记得是记得，不过……"

魏旭慢慢地把头靠在了杨杰的肩膀上，喃喃地说："我现在就想找个肩膀依靠，杨杰，你知道吗？何文远他打我的时候，我当时就想到了你，要是你在，肯定不会让我受委屈的，是不是？"

杨杰搂过魏旭的肩膀，"嗯"了一声。

"我们还有重新开始的可能吗？"魏旭抬起头来，充满希望地看着杨杰。

杨杰顿时口干舌燥，不知道该说什么。

魏旭凄然一笑，推开杨杰站起身来："我知道了，你是在嫌弃我。那好吧，就当我没有来过。这半个月我疯狂地找你，终究不过是我一厢情愿。"

杨杰听得心潮起伏，起身拉住魏旭的手，说道："我没有嫌弃你，事实上，我一直都还喜欢着你。"

"真的吗？"魏旭顿时双眼放光。

"是的，如果你不介意的话，就住这儿好了。"杨杰说完，连忙结结巴巴地解释，"当然，你睡我的房间，我睡客厅。"

看杨杰慌张解释的样子，魏旭"扑哧"一笑："既然是重新开始，那我也要正大光明地进入你的世界，你放心，我过来的时候身上还有点儿钱，今天先住酒店，明天就去找工作找房子，我一定不会再让你失望。"

杨杰也不好硬逼着魏旭留下，只好送她到小区门口，看着她上了一辆计程车,这才转身回家。

但他并没有发现,计程车后面跟着一辆黑色的小轿车。

计程车只开了几百米就靠边停下,魏旭走下来,没有半分迟疑,直接上了后面的黑色轿车,开车的是先前出现在杨杰宿舍楼下的英俊青年。

英俊青年微笑地看着魏旭:"怎么样?他没有起疑吧?"

"吓死我了,好怕他会动手动脚。"魏旭拍了拍胸口。

"成大事者,难免会有所牺牲。"英俊青年随口说。

"何文远,你说的牺牲是什么意思?"魏旭语气有些不善。

"哈哈,跟你开玩笑呢,我怎么舍得?"何文远刮了一下魏旭的鼻子,转而细心地帮她扣上了安全带,踩下油门,车拐进大道,消失在车流之中。

好人有好报

杨杰坐在电脑前,右手食指随意地转动着鼠标的滑轮。从资料下翻的速度就可以看出来,他的心思根本就不在资料上面,他眼前老是浮现出魏旭如花的笑靥,还有魏旭昨晚跟他说的那些话,一句一句地在耳边回响。

我现在就想找个肩膀依靠,杨杰,你知道吗?何文远他打我的时候,我当时就想到了你,要是你在,肯定不会让我受委屈的,是不是?

这半个月我疯狂地找你,终究不过是我一厢情愿。

既然是重新开始,那我也要正大光明地进入你的世界……

这真的不是在做梦吗?曾经魂牵梦绕的女神,真的要跟自己在一起了吗?

杨杰掐了自己一把，疼痛感立刻传来，看来不是在做梦。

杨杰忍不住给魏旭发了一条信息：起来了吗？

那边很快就有了回复：起来了，现在在找工作，对了，你加我微信吧。

加了魏旭的微信，杨杰连忙翻看她的朋友圈动态。

魏旭对微信做了设置，只显示最近三天的动态，最近的一条是昨天晚上发布的：曾经失去才会懂得珍惜，好在我们没有错过彼此，明天将会是崭新的开始，加油！

配图是一只粉色的千纸鹤，而在千纸鹤的背上写了一个小小的字——杰。

杨杰忍不住在下面评论了一句：一起加油！

很快，魏旭就回复杨杰一个调皮的表情。

就在杨杰还在胡思乱想，甚至都已经想到孩子取什么名字的时候，老板娘李云彤敲了敲他办公桌的隔断玻璃："小杨！"

杨杰这才回过神来："呃，老板娘！"

"有个女客户指名道姓要你接待。"老板娘冲着会客室方向扬了扬下巴，随即她弯腰凑近杨杰，声音压低说，"想不到你还认识这么有钱的老板？就她戴的手表估计要十多万。"

杨杰顿时精神一振，十多万的手表！虽然还不知道这客户是谁，但肯定是条大粗腿，一旦抱稳，钻石会员就妥妥的成了。

杨杰当即抹了抹头发，调整了一下脸上表情，问老板娘："我这'卖相'还可以吧？为了公司，我今天豁出去了。"

老板娘哑然失笑，"呸"了一口："少胡说八道，快去！"

杨杰拿着合同以及相关资料走进会客室，里面坐了一名气质雍容的贵妇，身穿青花瓷旗袍，披着白色坎肩，秀发在头顶盘了一个发髻,正低着头看公司宣传画册。

听闻脚步声,旗袍贵妇抬起头来,冲着杨杰微微一笑,笑容温煦,如沐春风。

杨杰"咦"了一声,这人看起来确实是很面熟,但他又确定,以前绝对没有见过此人。

"你好,杨先生。"旗袍贵妇将宣传册放在桌上,双手再轻放在桌上,动作优雅从容,她的每一根手指都纤长白皙,有如白玉雕刻而成的艺术品。

杨杰坐在她对面,感觉有些拘束,一时竟不知怎么开口。

"是不是觉得我有些面熟?"旗袍贵妇莞尔一笑,好像她才是主人,而杨杰只是来她家做客的朋友。

"对对对,真的很面熟。"杨杰挠着头皮。

"那是因为你见过我儿子。"旗袍贵妇从包中拿出手机,找到一张相片,递给杨杰看。

杨杰虽然不认识什么名牌,但旗袍贵妇手上的戒指在阳光的反射下,几乎要刺瞎他的眼。

这果然是一个有钱人!

但当他看到照片以后,却忍不住惊呼出声。

照片是一个小男孩,杨杰再仔细看了一眼,这个小男孩分明就是在万丰广场,他拼死相救的那个男孩。

仔细一看,小男孩跟眼前这位旗袍贵妇果然有七分相似。

当时中年妇女加了杨杰的微信后,一直都没有联系过他,甚至连谢谢都不曾说一声,杨杰虽然不是奔着感激而去救人,但心中多少有些遗憾,后来干脆把她拉黑了。

"夫家姓金,你可以叫我金太太。小宁是我孩子,那天我堂姐带他出去玩,差点儿出事,还好有你相救,在这里谢谢你了。"说完,金太太站起身,冲杨杰弯腰行礼。

杨杰慌忙站起来,说道:"金太太不用这么客气,当时我站得近,出手是人之本能,换作其他人也会这么做。"

金太太清澈的目光看着杨杰的眼睛,似乎想要从杨杰的表情中看出什么蛛丝马迹。

杨杰被看得有些不好意思,转移话题说:"金太太您请坐,要不然,老板娘看到我们俩站在这儿,还以为在吵架呢。"

金太太嫣然一笑,缓缓坐下:"我后来去查过商场监控,当时你半个身体都悬在栏杆外面了,用冒死相救来形容,一点儿都不为过。"

杨杰呵呵笑着:"过去的事情,就不说了。"

金太太摇摇头:"我们金家做事向来恩怨分明,这段时间一直没来找你,那是因为我怀疑救人事件是你故意布局施恩于我们,最后换取更大的利益。但后来我看了监控,然后又等了这么多天,你不但没有联系过我堂姐,甚至都将其拉黑,说明你确实没有这方面的企图。"

杨杰听得目瞪口呆,别人救了你孩子,你都能联想到是在布局?更让人无语的是,你居然还当面说了出来,一点儿都不在意别人的感受。

就好像古代高高在上的皇帝,跟他的大臣说:爱卿,我试探过你了,你很忠诚。然后那个大臣还得感动得痛哭流涕,高呼吾皇万岁。

金太太身体微微前倾:"刚才我也说了,我们金家恩怨分明,有恩的一定报恩,这样吧,在海城,我可以满足你三个要求。"顿了顿,她微笑着补充了一句:"只要是我们力所能及的。"

杨杰心里多少有些不爽:我救了你儿子,你反而把我当坏人?说是让我提三个要求,但还要是力所能及的,那万一我跟你要一千万,你一句爱莫能助,不就打发我了?

慢着,她不会是骗子吧?想到这儿,杨杰淡然一笑:"既然你这么说,那我就提要求了啊!第一,你现在给我三千块,这个要求你们金家应该力所能及吧?"

金太太顿时愣住,仿佛看外星人一般看着杨杰。

杨杰冷笑,露馅了吧,三千块都不舍得,还装什么有钱人?

金太太露出一丝哭笑不得的表情:"你确定,这是你的第一个要求?"

"是的,我确定,很为难吗?"杨杰反问道。

金太太从包中拿出厚厚一沓百元钞票,数也不数,直接放在桌上,轻轻地推到杨杰面前:"请笑纳。"

杨杰顿时呆住了,这沓钱怎么也得有两三万,她就这么随便地推给我了,难道她不是骗子?想到这儿,杨杰顿时有些后悔,连忙说:"第二个要求,你帮我搞定五十个钻石会员。"

"钻石会员?什么意思?"金太太眉头微蹙。

"我们公司不是婚介机构吗,单身人士每年交八万八的费用就能成为钻石会员,享受婚恋师一对一的服务。"杨杰飞快地跟她解释,"这个要求在你力所能及的范围不?"

金太太微笑着点了点头,拿出手机拨了个号码:"老田,你跟各公司的高层说一下,现在单身的,或者家里有单身亲戚的,都来'百年好合'注册个钻石会员。一共五十个名额,你看着安排。"

放下手机,金太太微笑地看着杨杰:"说吧,第三个要求是什么?"

杨杰隐约觉得自己做了两件很愚蠢的事情,想了想:"剩下的这件事,我想等你介绍的那些钻石会员全部注册以后再说,好不?"

"那行,这上面有我的电话号码。"金太太递了张名片给杨杰,"小宁的事情,再次跟你道谢。"说完,金太太微笑地点头,起身而去。

杨杰站在原地看着金太太离去的背影,有些怀疑刚才是不是做了一个梦。可空气中还弥散着金太太身上淡雅的香水味,手中还有金太太的名片,这些都在提醒他,这不是在做梦。

这个雍容典雅,但骨子里却理智冰冷、拒人于千里之外的金太太,到底是什么来头?

老板娘走了过来,问:"小杨,谈得怎么样了?咦,桌上这沓钱是怎么回事?"

杨杰突然走过去,一张脸凑在李云彤面前:"老板娘,你捏我一下。"

老板娘"呸"了一声,在杨杰的脑袋上敲了两下。

杨杰揉了揉脑袋,苦笑道:"如果我说我搞定了五十个钻石会员,你信不?"

老板娘脸上的表情先是呆住,然后是惊喜,最后化作满脸狐疑:"你在跟我开玩笑?"

"开不开玩笑,过几天就知道了。"杨杰将桌上的钱拿起来揣进口袋,"这是她给我的酬劳,跟公司无关啊。"

老板娘眯着眼睛,若有所思地看着杨杰:"杨杰,你该不会真的在出卖色相吧?"

金太太并没有骗杨杰，而且，她手下的人做事效率也非常高，当天下午开始，陆陆续续就有人来找杨杰注册钻石会员。这其中有斯文睿智的公司高管，有霸气侧漏的私企老板，还有成熟稳重的政府行政人员，最重要的是大部分都是年轻人。

这群人在注册了会员后交代杨杰，先不用着急介绍对象，有合适的再通知。

但问他们什么才是合适的，他们又支支吾吾地回答不出来，最后索性挑明，他们都是来完成任务的，相亲有没有合适的其实都无所谓。

忙了整整三天才将这些钻石会员全部登记在册，杨杰数了一数，不多不少，正好五十个。

马上，金太太就打电话过来询问杨杰的第三个要求。杨杰此时正为前两个不靠谱的要求后悔呢，想着剩下一个要求怎么都不能再浪费，当即说还没想好，能不能想到了再说。

金太太倒也没有勉强，微笑着挂了电话。

说实话，杨杰救人的时候，根本就没指望回报，但现在看到人家报恩的力度如此之大，说不心动那是假的。

杨杰觉得自己什么都想要，但又觉得要什么都不合适！还是贫穷限制了自己的想象啊！

杨杰突然就想到了魏旭，连忙给她发了条信息：我之前帮了一个有钱人，她答应我一个要求，你说我提什么要求好？不开玩笑的，这个人很有钱，估计我要房要车她都不会拒绝。

此时，魏旭正躺在何文远的怀里，将微信给何文远看："这种好事你怎么就碰不到呢？"

何文远一手枕着头，一手玩着魏旭的头发，笑着说："你就这么希望我去献身?"

魏旭翻了个白眼,回复杨杰:那你就问她要一千万呗!这样岂不是房、车都有了。

正要发送,何文远却伸出手来拦住了她:"先别发,这事儿不对劲儿。"

"怎么了?"魏旭讶然地看着何文远。

何文远脸色有些阴沉:"搞不好是杨杰在试探你,看你是不是贪财的人。你之前不是因为他穷还拒绝过他吗?"

"难道他已经知道了他叔叔的事情?"魏旭吃惊地说。

"那件事情他应该还不知道,但你从现在开始,不能再给他任何贪财的印象。"何文远沉声道。

魏旭将还未发送的话全都删除,想了想,打了一句话:不属于自己的东西,要不要都无所谓,我更希望你用自己的能力证明自己。

看着手机屏幕上的聊天记录,何文远英俊的脸上全是阴霾:"这件事不能再拖了,得加快点儿进度才行。"

魏旭嘟着嘴:"他的那些同事没回来之前,我可不敢跟他太火热,万一他控制不住,我怎么办?"

何文远眼中闪过一丝不以为然,脸上却笑着说:"那肯定,可不能让这小子占你便宜。"

"算你有良心!"魏旭食指在何文远的胸口画着圈。

而此时,杨杰收到魏旭的微信后,心中不禁感叹,想不到魏旭经历了一次打击后,居然成长得这么快。

转而给张亚茹发送了同样的信息,张亚茹当即一个电话打过来了,劈头就吼:"杨杰,你居然出卖色相?"

"呸!"杨杰气急败坏地解释,"就是我们第一次见面的那天,我救了个男孩,你还记得吧?现在他家长来报恩了,怎么到你嘴里就成了我傍富婆了!"

一听是这么回事,张亚茹顿时心平气和了下来:"原来是这样啊。"旋即,她惊呼出声,"你刚才说什么?金家?"

"对啊,她答应满足我三个要求。"杨杰还把自己要钱、要会员的事情说了。

"你真是个笨蛋,你知道金家在海城有多厉害吗?"这次张亚茹是真的被气坏了,"我们老板严总有钱吧?跟金老板相比,根本不是一个级别的。"

"这么牛!"杨杰被震撼到了,"那你的建议呢?说实话,我提了前面两个要求以后,感觉自己很不厚道。"

"我的建议啊……先这样吧,反正你现在也饿不死,以后真需要求助再说。"

杨杰深以为然,当即把这事给放下,不再理会。

拯救被棒打的鸳鸯

一下子多了这么多钻石会员,老板娘李云彤很是开心,当即就微信转了一千八百八十八块给杨杰,说这是她私人奖励,至于该有的提成,等月底工资结算的时候自然都会补上。

不过,她并没有在公司群里说这个事情,也不要杨杰说,怕影响前方相亲大会同事的军心,尤其是赵非烟。

杨杰笑着答应,心中却寻思,这次赵非烟回来,肯定会炫耀她又成功了几对,到时候自己再云淡风轻地说出此事,那感觉一定很爽。

为此,杨杰还对着旁边赵非烟的座位,一次次地排练。

"唉,真是头痛,一下子多了五十个钻石会员,我哪来那么多对象介绍给他们哦?要不要去《非诚勿扰》报名呢?组团的话应该有优惠吧?"杨杰假意长吁短叹道。

"这人啊,年纪一大就容易健忘,你看,昨天还答应给钻石会员安排相亲来着,转眼就忘了,唉,钻石会员太多也是个麻烦。"杨杰唉声叹气着说。

"小赵,你有空吗?我这里有几个钻石会员,说是要女性婚恋师跟进,要不,我把她们让给你?什么业绩不业绩的无所谓啦,我又不在乎这些,要不,一九开?我九你一?"杨杰一本正经地说。

最后,那名怀孕的员工实在是听不下去了,挺着个大肚子来到杨杰身边,盯着杨杰十来秒钟。杨杰有些慌了,赶紧问道:"红姐,怎么了?"

红姐缓缓说:"我怀孕了,你知道不?"

杨杰顿时叫屈:"这事儿跟我没关系啊!"

红姐"哼"了一声:"你要是再叽叽歪歪,我就会心情很郁闷,我心情一郁闷,肚子里的宝宝就会很烦躁,你说有没有关系?"

杨杰连忙点头:"知道了,红姐,我不会再吵到你了。"

待红姐走远,杨杰把声音压得很低很低,继续排练:"我都没有驾照,这个跑车也开不了啊!同事一场,谁要用,每天给点儿租金……"

话还没说完,远处飞来一瓶固体胶,直接砸在了杨杰头上。

杨杰顿时老实了下来,开始研究这五十个新来的钻石会员。

虽然这里头有一大半会员只是为了完成任务,本身并没有急着找对象,但他们都是单身男女却是不争的事实,而且,其中也有几个表现出浓厚的兴趣,有一个人更是迫不及待,恨不得杨杰立马给他安排相亲。客户名叫孟文武,男,二十七岁,身高一米七八,体重六十七公斤,奋强家装公司老板的独生儿子。

奋强家装在海城有十来家门店,其中有一半已交给孟文武打理,年纪轻轻,身家少说也有千万,房、车自然不必多说。

他对另一半的要求不算高,但绝对不算低,首先得出生书香门第,自身文凭要在研究生以上,还得是中文系,身高不能低于一米六五,相貌反倒是没有强调。

现在"百年好合"所有的会员资料都对杨杰开放,设置好相关条件一搜,弹出来三十多份资料。

杨杰心算了一下,一个星期安排两次见面,怎么也得三个月才能全部见完。

打电话跟孟文武一说,得知有三十多个条件差不多的候选人,他立马冲到"百年好合"公司,把杨杰拉到了一边,劈头就问:"中午一个,晚上一个,半个月就能把她们全部搞定,你觉得怎么样?"

"大哥,要不要我弄一个海城版的《非诚勿扰》,一次给你拉过来十个女嘉宾,你站在前面挑,不合适你就说换一批,这个建议你觉得怎么样?"杨杰笑着说。

"那敢情好!"孟文武居然一口答应了下来,"你去安排,费用都算我的。"

杨杰哭笑不得:"老板,就算你有这个心,人家女生那边能答应吗?"

"反正我不管,这三十多个人,我要在最快的时间内全都见完。"

杨杰虽然嘴上开着玩笑,但脑袋却在疯狂转动,孟文武的要求明显不合常理,他这么说,肯定有其他原因。

脑袋灵光一闪，杨杰试探着问："是不是你家里逼着你相亲，你就用这种办法来消极对抗，反正这些合适的人选你全都见了，没有合适的就不能怪你了，对不对？"

孟文武顿时双眼放光，狠狠地拍了一下杨杰的肩膀，笑着说："哇！你真是太厉害了，居然一下就猜到了。"旋即兴奋地问，"哥，我叫你哥行不，你有什么办法解决这个难题？"

杨杰揉了揉肩膀，这家伙的力气还真大："孟老板，你怎么也得让我了解一下情况吧。"

孟文武倒也不见外，张口就说："我爸就小学文化，我比他好点儿，高中上了两年才被开除。我们家是做家装生意，平时接触的都是些工人，成天脏话不离口。我妈就看不惯，她当初给我取这个名就是希望我文武双全，现在好了，文都不知道丢哪儿去了，我妈说我这一代没救了，得找个书香门第来改良一下家族基因。反正，这些要求都是她提出来的，我才不要呢，如果不能说粗话，那人生还有什么意思？"

杨杰斜眼看着孟文武："你老实交代，有没有喜欢的女朋友？"

"又被你猜中。"孟文武再次试图去拍杨杰的肩膀，却被杨杰躲开，"有事说事，别拍肩膀。"

"我女朋友叫李颖，小学、初中、高中我们都是同学，算是青梅竹马吧！反正我们俩都认死了对方。"孟文武一说起女朋友，顿时口沫横飞，"我有次跟别人打架，对方用刀捅我，是李颖帮我挡了一刀，现在她手臂上都还有刀疤呢。兄弟，你说这种女朋友，我有什么理由不要？"

杨杰点了点头："打灯笼都找不到这种好老婆，按说你妈妈不应该拒绝啊。"

"她一门心思想着怎么改良家族基因。"孟文武郁闷地挠着头皮,"而李颖又跟我一样,开口闭口总要带着点儿脏话,就这一点,我妈打死都不肯接受!"

"看来,要改变你妈的看法才行。"杨杰突然冒出这么一句。

孟文武斜眼看着杨杰:"喂,你说话注意点儿行不行,什么叫你妈的看法?"

杨杰哑然失笑,搂着孟文武的肩膀,叽叽咕咕地说了一通。

孟文武皱着的眉头逐渐舒展,最后嘿嘿笑着说:"看不出来,你居然这么阴险,行,就按照你说的去做。"

接下来的几天,孟文武先是按照杨杰的安排,老老实实地见了七八名女会员,回去跟孟妈妈汇报的时候,就随便找些借口,比如太胖、太瘦、太抠等等。

孟妈妈开始还帮着分析,后来就有些不耐烦起来,警告孟文武别耍花招,那些鸡毛蒜皮的细节,无须过于计较,她开出的条件才是重中之重。

然后,孟文武顺势说看上了其中一个,各种要求都很符合孟妈妈的条件,他自己也很喜欢。孟妈妈大喜,当即说要进行复试,一起吃个饭。

于是,御用托儿张亚茹隆重出场,脸上没有任何化妆的痕迹,再戴上黑框眼镜,穿上白色长裙,大家闺秀的气质扑面而来。就连孟文武都忍不住感叹:"我要是不认识李颖,说不定就被她迷住了!"

"这是我姑姑,你少胡思乱想!"杨杰呵斥道。

孟妈妈对张亚茹的第一印象非常好,左看右看,眼睛都笑成了一条缝,但当她去牵张亚茹时,张亚茹却有意无意地避开,然后漫不经心地坐了下来。孟妈妈闪过一丝尴尬，干笑一声坐下，问："小张是什么学校毕业的啊？"

张亚茹不急不慢地喝着咖啡，喝了两口才从包里翻出一本大大的证书，也不说话，指着上面的"天南大学硕士"几个字。

"学历很高啊。"孟妈妈虽然有些不快，但为了儿子，故作欣喜地说，"你爸妈是做什么的？"

张亚茹明显有些不耐烦了，冷冰冰地说："我爸是大学教授，我妈是主任医师。"

孟妈妈愣了一下，小心地说："小张，阿姨得罪你了吗？你说话怎么这么冲啊？"

张亚茹冷笑一声："阿姨，你家儿子什么条件你不知道？自己家庭又是什么条件你不知道？你知道'谈笑有鸿儒，往来无白丁'是什么意思吗？要不是为了应付我妈，我会跟你儿子来这里吃饭？这里是什么地方？火锅店诶，你们懂不懂什么叫情调啊？"

孟妈妈顿时被气得脸色苍白："你……你这个人怎么这样？"

孟文武连忙低声相劝："妈，你可别生气，这个张亚茹挺符合你的条件。"

孟妈妈气冲冲地说："这种素质的人，打死我也不会让她进我家门。"

"那你会被打死很多次！"张亚茹冷笑着拎包起身，"一个搞装修的农民工，赚了几个钱就以为自己是贵族了，还想找书香门第？真是'癞蛤蟆想吃天鹅肉'！"说完，扬长而去。

孟文武连忙递茶给孟妈妈，口中却故意说道："想不到，研究生居然是这种素质。看来，我们得找博士才行。"

孟妈妈喝了两口茶回过神来，叹息了一声："儿子，你待会儿跟杨老师打个电话,说这个学历要求可以降低,妈现在是明白了,学历高不一定素质高。"

孟妈妈被气成这样,饭是肯定吃不下去了。母子两人买单出门,开车回家。

孟爸爸忙于应酬,现在还没回家,孟妈妈也没心思做饭,坐在沙发上发呆。

孟文武打开电视:"妈,你看会儿新闻,我给你下点儿面条吃!"

孟妈妈每天都要看海城新闻,尤其是里面有一个《街头采访》栏目,采访对象都是海城市居民,听着采访对象用方言评论着各种事件,孟妈妈感觉格外亲切。

这期采访的问题正好是关于相亲的,多大年龄结婚才合适?

回答的明显分为两种阵营,年轻人都说三十岁以后结婚并不晚,毕竟要积累一定的事业基础与物质基础,今后的婚姻才更稳定,最起码得买房吧,三十岁以前能买得起房的又能有多少?

而年纪大点儿的都说结婚必须在三十岁以前,最好是在二十五岁左右。一个老大爷振振有词地说:"法定结婚年龄是多少?男的二十二岁,女的二十岁,所有超过这个年龄还不结婚的,就是违背了国家法律,得抓起来坐牢!"

孟妈妈顿时感同身受,大声招呼儿子跟她一起看。

孟文武切着葱姜蒜,笑着回应没空。

主持人继续采访,就在一名中年眼镜男子对着镜头侃侃而谈的时候,在他身后,有一名衣衫褴褛、佝偻着腰的老妇坐在不远处的台阶。老妇人看起来很迷茫,眼睛似是看着街上来往的人群,又似盯着远处的天桥。

镜头缓缓地往旁边转动,想要将这个老妇人移出画面之外,毕竟，访谈节目里出现这么一幕不太和谐。但很快，镜头又转了回来，似乎是发现了什么。

只见一名穿着黄色T恤，蓝色牛仔裤的短发女孩从旁边匆匆走了过来，手中拎着一个快餐盒，放在老妇人旁边。轻声说了几句，女孩笑着揭开了饭盒，里面是冒着热气的饭菜。

摄影师明显将画面的重心做了转移，正在接受采访的中年男子五官逐渐模糊，女孩的侧面却变得清晰起来，所有观看节目的人，都看到了女孩的侧面，以及她手臂上的一道刀疤，长约半尺，看起来颇为刺眼。

孟妈妈一眼就认了出来，这女孩就是李颖，儿子哭着喊着要娶回家的人就是她，她居然无意中出现在了电视里头，而且还是做了一件让所有人都感觉很温暖的事情。

接下来的访谈孟妈妈再也没心思看下去了，坐在沙发上若有所思。当孟文武把一碗面条放在茶几上的时候，她轻声地问："儿子，你是不是一定要娶那个李颖？"

孟文武呵呵一笑："你先吃面，省得我一说她，你就吃不下了。"

"不，你先说。"孟妈妈斩钉截铁地说。

孟文武挠挠头皮，不好意思地说："反正吧，我这辈子认定她了。"

孟妈妈再次沉默了许久："如果你们两个能改掉说粗话的习惯，我就同意！"

孟文武愣了好一会儿才反应过来，不由得大声欢呼："妈，你这个决定真是太伟大了，我这就打电话给小颖！"

此时，杨杰正在用微信给海城访谈节目组的制片人转账，显示对方已经收钱以后，杨杰发了一个笑脸："合作愉快，下次有机会再继续。"

那边回了一个握手的表情:"愿天下有情人终成眷属!"

针锋相对

总算是搞定了一名钻石会员,虽然手段有些见不得光,但毕竟当事人非常满意。

其实杨杰也很欣赏李颖的性格,或许孟妈妈最开始一段时间会不适应,但在今后的日子里李颖绝对不会让她失望。

至此,杨杰才算是凭借自己的能力成功了一对,用网游的术语来说,他已经出了新手村……不过,也仅仅是出新手村而已,前面的路还远着呢!

接下来,他加快了练手的次数,每天都要约几对会员见面。当然,用来练手的肯定不会是钻石会员,而是一些普通会员,偶尔也有黄金、白银会员。每一次见面不管是成功还是失败,他都会想方设法地去询问双方的感觉。

对方好在哪儿?又有哪些地方让人讨厌?

有好感的部分加以提炼总结,找出为什么会产生好感的原因。而造成反感的原因又是什么?由哪些潜在因素造成?这些都是杨杰需要迫切了解的。

每次相亲后杨杰都会总结经验,再配合明空大师的十二字要诀,不到一个星期,杨杰觉得自己已经摘掉了"婚恋小白"的帽子,之前一天难得成功一次,但现在的话,每天都会成功一两对。

事业顺利,爱情也很得意。隔上一天两天,杨杰就会跟魏旭出去散散步、吃吃夜宵,聊点儿以前大学的事情,展望一下未来的生活……

唯一有些郁闷的是,张亚茹经常喊杨杰出来吃饭,偶尔会跟魏旭的约会撞上,但只要跟魏旭打电话说,魏旭总是大方地表示没关系,这更让杨杰大呼魏旭懂事。

游轮相亲聚会终于结束,这次活动非常成功,光是钻石会员就有十三个找到了对象,白金会员更多,很多人虽然还没有明确地表示在一起,但彼此之间有好感的不在少数。据林刚的保守估计,接下来趁热打铁,至少还能成功二十对。

周一例会,林刚先是肯定了大伙儿的成绩,尤其是赵非烟,更是被好一通夸赞,不用说,这次游轮聚会又是她的业绩最突出。

除了该有的业绩提成以外,林刚当场就在微信群里连发了三个大红包。杨杰运气最好,抢到了三百多,而赵非烟却只抢到了十几块。赵非烟冷笑道:"还真是做事的饿肚子,不做事的撑到死。"

杨杰笑眯眯地点头:"说得一点儿都没错,老天爷也知道奖励做事的人!"

赵非烟"呸"了一声,美丽的脸上写满了鄙夷:"厚颜无耻!"

眼看两人就要吵起来,林刚连忙轻咳一声:"另外,我还有一件事情要宣布,这件事对于我们公司来说,也是意义非常重大。"

一时间,大家都安静了下来,听老大的语气,这件事的重要程度并不亚于游轮相亲聚会,大家连忙竖起耳朵倾听。

"新来的婚恋师杨杰在大家不在公司的这段时间内,战果显著,拉了五十个钻石会员,大家鼓掌!"

顿时,众人都倒吸一口凉气,而发哥更是大喊:"新人强者,竟然恐怖如斯!"

掌声中,赵非烟的脸色变得有些难看起来,原本她还想着如何羞辱杨杰，却没想到对方居然不声不响拉了这么多钻石会员，如果不算过往的成绩以及成功相亲的业绩，光看现有钻石会员数量的话，杨杰已跟自己不相上下。

原本属于自己的光环全被杨杰抢去，赵非烟面如寒霜。接下来林刚说的什么，她一句都没听进去。

不仅仅是她，其他同事也多少有些尴尬。就好像古代出征的战士凯旋，庆功宴上正得意扬扬地说着军功。突然一个留守的新兵跳了出来，说自己在城里也砍死了不少敌人，而且，人头数比他们还多……

就连老板娘李云彤都有点儿看不下去了，狠狠地瞪了林刚几眼，但林刚假装没看到，一个劲儿地表扬杨杰。

会议结束后，赵非烟气呼呼地冲进林刚的办公室，美丽的大眼睛愤怒地瞪着林刚，丝毫不掩饰自己的不满："老大，你为什么要让我难堪？"

林刚微笑着起身，关好门，又给赵非烟倒了一杯水，温和地说："你喝了这杯水，我再跟你说。"

赵非烟"哼"了一声，端起一杯子水一口喝掉，这才坐了下来，兀自双手抱胸，很不友好地看着林刚。

"我知道，游艇相亲聚会你功不可没，我不应该在总结游艇相亲聚会的时候，专门点出杨杰的业绩，这确实有点儿打你脸。"林刚坐在赵非烟对面，笑容温和地看着赵非烟。

见老板这么心平气和，赵非烟的敌意消退了许多，嘟着嘴："怎么也得过两天再说啊。我们辛辛苦苦在海上晃荡了这么多天，赚回的业绩是每个参与者的骄傲。但现在，这份荣誉感被你两句话打得烟消云散。"

"杨杰是什么样的人,你难道不了解?"林刚微笑着,"就算我不说,他也会在你最得意的时候说出来,直接打你的脸。与其这样,还不如由我来宣布,起码没有那么难堪。"

赵非烟顿时不说话了,眼前浮现出杨杰得意扬扬的小人模样,老大说得一点儿都没错,那家伙绝对会这么做!

林刚又补充道:"就算他在会上不捅出来,接下来的这几天也会针对你进行精准打击。红姐偷偷跟我打过电话,说杨杰天天在排练如何在你面前炫耀,现在我说出来了,他就是想炫耀,也造不成多大的伤害。非烟,真要比业绩的话,你在公司这么久了,不说邀请的会员,光是成功的钻石会员数量就能以百为单位来计算,又岂是他这种刚入门的新手所能比的?"

听林刚这么一说,赵非烟深以为然地点头:"老大,我错怪你了。"

"再说了,杨杰的这些钻石会员全靠有人相助,根本不是他个人能力,你无须太在意他接下来的表现。"

"谁啊?这么大手笔?"赵非烟顿时大感兴趣。

林刚哑然失笑:"我也不是很了解,好像是一个很有来头的太太。"

"原来是吃软饭的。"赵非烟心情更是舒服了不少,"多谢老大开导,要是没别的事,我先出去工作了。"

林刚眼中闪过一丝古怪的笑容,说道:"麻烦你帮我把杨杰叫进来。"

赵非烟不乐意了:"老大,你这儿不是有内线电话吗?没有电话,也有内部群,为什么非得要我去叫他?"

"这样才显得你胸襟宽阔,没把他当回事嘛!"林刚笑着说。

"哼"了一声,赵非烟推门而去,走到座位,只见杨杰在隔断中间贴了张 A4 纸,上面打印了一排大字——五十个钻石会员。

其中,"五十"这两个字不但加粗,还特地标了拼音。

赵非烟刚刚平复的怒火"噌"地一下被点燃,深呼吸了好几下才克制住自己,嗤笑道:"这人呐,越是没什么,越会炫耀什么!"

杨杰就好像装了弹簧一般,瞬间就从座位上站了起来,笑眯眯地看着赵非烟:"你知道炫耀的意思吗?如果我有一万块,在马云面前显摆,那叫献丑。只有在那些没有一万块的人面前显摆,才叫炫耀!五十个钻石会员呢,你有吗?"

赵非烟翻了个白眼,冷笑道:"经我手相亲成功的钻石会员,都不知道有多少个五十,你有跟我炫耀的资本吗?还有,你以为业绩就只是靠拉会员吗?还得要相亲成功才可以,不知道你又成功了几对?一个?两个?好像还有一个是抢我的会员吧?"

杨杰一愣,虽然是无心之举,但抢单这个事实还是客观存在的。此时,杨杰嚣张的气焰顿时熄灭,郁闷地坐了下来。

赵非烟好不容易地扳回上风,哪肯轻易放弃,张口就说:"听说,你的这五十个钻石会员还是在某位贵人的帮助下才到手的!还真看不出来啊,公司居然还有人为了业绩,不惜牺牲自己的色相,我真的很佩服老大,居然能找到这么好的员工!"

杨杰忍不住反驳:"我那是凭本事认识的,没你想得那么龌龊!"

"吃软饭的肯定有本事!"赵非烟说到这里,脸有点儿红。

杨杰几乎要抓狂,赵非烟死死地揪着有钱人这个词,可自己还无法反驳,因为他确实是依靠金太太才得到这么多钻石会员,而金太太确确实实是有钱人,而且还是有钱人中的有钱人。

郁闷之下,杨杰站起来就往外走,赵非烟慢悠悠地说:"去哪儿?"

"我去苦练本事,你要不要了解一下?"杨杰恶狠狠地说。

赵非烟"呸"了一声:"老大叫你去他办公室!"

看着杨杰气急败坏地往林刚办公室走去,赵非烟这才得意扬扬地坐下,抬头看到那张写有"五十个钻石会员"的纸,嘴巴一撇,拿起笔在下面加了三个字:"软饭王。"

杨杰走进林刚办公室,规规矩矩地坐下:"老大,你找我有事?"

"做得不错,你这一下暴击,非烟估计要过段时间才能恢复元气,哈哈,招你进公司看来是我做得最正确的事情。"林刚笑着递了一杯水给杨杰。

杨杰接过水悻悻地说:"还是得多成功几个会员才行,不然,说话都不硬气。"

林刚点了点头,说道:"有些事情不可能一蹴而就,慢慢来。我对你的要求只是压制非烟,没想到你还能给我这么大的惊喜。老弟,到时候公司上市了,我再偷偷给你点儿股份!"

杨杰有些受宠若惊地说:"老大,你怎么对我那么好?"

林刚哈哈一笑:"这个我也说不清楚,反正就是看你顺眼,有些事情是没有道理可言的。"

待杨杰出去后,老板娘李云彤走了进来,坐在林刚对面,静静地看着自己的丈夫。

林刚奇怪地问:"你怎么了?"

李云彤叹息了一声:"我不是说杨杰不好,只是,非烟一个女孩,又是跟了我们这么久的老员工,你今天这么做我不是很理解。"

林刚哑然失笑,解释道:"你不觉得最近非烟有些毛躁吗?我找杨杰就是来平衡她的。"

李云彤摇头:"阿刚,我跟你这么多年的夫妻,你心里有什么事儿能瞒得住我?杨杰是不是有什么隐藏的身份?你要如此讨好他?"

林刚脸上笑容突然僵住,沉默了好一会儿,才说道:"阿柔,公司现在什么情况,别人不了解,难道你还不了解?看起来很风光,其实随时都有资金链断裂的可能,我所做的一切都是为了公司好,你就放心好了。"

李云彤嘴角微微上翘,也不知道是苦笑还是嘲讽,缓缓地说:"只要你心里有我,那自然一切安好。"

说完,李云彤微微一笑,起身离开。

林刚静静地看着门口方向,脸上笑容逐渐消失,眼神变得非常古怪。想了想,他拿起手机拨了个号码,声音变得非常客气:"坤哥,您什么时候有空?"

"同居"生活

"对三!"杨杰甩出两张牌,得意地晃了晃手中最后一张牌,"地主婆,你输定了!"

"对七!"作为地主的罗筱羽,自然要管住!

发哥眉飞色舞地跳起了来,使出了吃奶的力气怒吼一声:"王炸!"其动作之夸张,把看电视的赵非烟都吓了一跳。

杨杰笑眯眯地说:"过。"

接下来,发哥只要随便出一张单牌,他就能跑掉手中的九,而发哥手上还有六七张牌,怎么都有张比九小的吧,这一局胜利在望。

然而,发哥鬼鬼祟祟地丢了张九出来。

杨杰目瞪口呆地看着这张九,好一会儿才说:"过!"

发哥顿时大怒:"你连九都要不起,活着还有什么意义?"

罗筱羽笑眯眯地打了一张二,然后一个顺子,最后三带一,结束了整局游戏。

杨杰气愤地去看发哥的牌,却发现发哥手上还有一张九,两张十,两张J,一张A,顿时气不打一处来:"你不知道出连对吗?"

发哥反驳道:"万一她还有炸弹呢?"

杨杰一拍额头:"桌面有哪张牌没出来过?你都不记牌的?"

"玩个两三块的斗地主,还要我费脑筋去记牌?"发哥鄙夷地把牌一扔,"不玩了!"

杨杰也是把牌一扔:"不玩就不玩!"

两人苦大仇深地对视一眼,同时"哼"了一声,转身回房。

罗筱羽笑嘻嘻地洗着牌,也没有要离开的意思。

一分钟后,杨杰跟发哥又先后走了出来,杨杰讪讪地笑着:"这不玩牌也没啥事做啊。"

发哥深以为然地点头:"看手机太伤眼。要不,我们继续斗地主吧?"

两人坐下要罗筱羽发牌,罗筱羽微笑着说:"刚才我是三块拿的地主,炸弹翻倍,你们两个人,每人六块。"

杨杰跟发哥面面相觑,乖乖掏出钱递给罗筱羽。

这边三人嬉笑打牌,赵非烟却满脸兴奋地看电视,口中大声喊着:"踢啊,这么好的机会都不出脚,畏畏缩缩的像个娘们!"电视里头放的是男子散打比赛,一红一蓝两名选手你来我往,看起来颇为激烈。

杨杰出了一对九,忍不住低声说:"她好像没把自己当成娘们啊。"

罗筱羽一对K,然后轻笑着说:"你声音再大点儿试试?"

发哥甩手就是一对A,嘿嘿直笑:"三个二都出来了,小王也出来了，我这对没人要了吧？嘿嘿，看我超级大顺子，五六七八九十勾圈！"

"慢着！"杨杰甩出四张四，"我炸！"

发哥顿时怒了，大喊道："非烟，杨杰说你不是个娘们！"

杨杰顿时急了："发哥，你……"

发哥一脸无辜地说："我怎么了？"

杨杰只听得后面有脚步声缓缓走了过来，隐约伴随着拳头"嘎吱嘎吱"响的声音，忍不住头皮发麻，回头刚想要解释，却发现赵非烟只是拿着杯子去倒开水。她耳朵里头还塞着耳机，见杨杰看她，她狠狠地瞪了他一眼，昂首走进厨房。

杨杰顿时松了一口气，冲着发哥冷笑："发哥，你还玩阴的啊，可惜，人家戴了耳机。我就说她不是娘们了，怎样？"

正在倒水的赵非烟，好巧不巧地取下耳机，恰好就听到了这一句。她眼睛一眯，放下杯子，走到桌前，将耳机放在杨杰面前。然后，拳头逐渐捏紧，发出"嘎吱嘎吱"的声响。

发哥把牌一丢，拉着罗筱羽就往沙发那边跑，生怕殃及池鱼。虽然发哥看着胖，但动作还挺敏捷，眨眼间就拿了两个抱枕，递给罗筱羽一个，大喊："可以打了！"

杨杰面不改色，站起来跟赵非烟对视："没错，我是说你赵非烟不是娘们！比较现在娱乐场上的那些偶像明星，赵非烟你巾帼胜须眉！"

赵非烟瞪着杨杰，捏紧的拳头逐渐松开，冷笑道："贪生怕死！"

说完，拿起耳机，转身朝厨房走去。

杨杰顿时松了一口气，抹去额头的汗珠，坐了下去。

赵非烟从门口的穿衣镜中看到杨杰的动作，转身就是一脚，拖鞋飞出撞在凳腿上，顿时将凳子撞开一段距离。

紧接着，杨杰便一屁股坐在地上，痛得龇牙咧嘴，还没来得及发火，手机响了起来，忍痛一看，是魏旭打过来的："阿杰，在家吗？"

"在呢！"

"听说你同事都回来了，想跟他们见个面。"魏旭温柔地说着。

"这个？没必要吧？"杨杰揉着屁股站起来。

"他们可是跟你一起生活的，我得先收买他们，省得他们说我坏话。"魏旭笑着说，"别磨磨唧唧的，我就在你家楼下，快来接我。"

这话说得杨杰非常舒坦，连声说："好好好，我下去接你！"

挂了电话，杨杰一边换鞋出门，一边交代发哥等人："待会儿我女朋友过来，各位给点儿面子啊。"

发哥跟罗筱羽笑着点头，赵非烟却"哼"了一声。

十来分钟后，杨杰搂着魏旭的腰，大包小包地回到房间。

发哥跟罗筱羽上前笑脸相迎，只有赵非烟看着电视不予理会。

"你肯定就是发哥！早就听阿杰说起你了。说你胸襟宽广，为人忠厚！"魏旭微笑着将三四个盒了递给发哥，"这里有牛肉条，猪肉脯，小鱼仔，都是熟食。"

发哥笑得合不拢嘴，口中说着不好意思，手里却接得飞快，把礼物全部抱在怀里，这才笑着冲杨杰说："看在你女朋友的份上，你这个朋友我交定了。"

"这位是罗姐吧？"魏旭将一个扁扁的盒子递给罗筱羽，"杨杰一直说您大家闺秀，今日得见，果然是又漂亮又有气质，这块丝巾肯定跟您很配。"

罗筱羽笑着道谢："小杨的眼光真好，找的女朋友这么漂亮。"

一句话，把两个人都称赞了，皆大欢喜。

魏旭看了一眼正在看电视的赵非烟，低声问："她就是赵非烟吗？我也给她准备了礼物呢。"

杨杰并不想魏旭这么做，但说出来又显得过于小气，当即耸肩说道："那你去送给她吧。"

魏旭抱着一个包装得很精美的长盒子，走了过去："赵姐你好，我是杨杰的女朋友，魏旭。"

赵姐？赵非烟眉头一皱，打量了魏旭一眼，脸上勉强挤出笑容："你好。"旋即目光望向电视，摆明不想多说话。

魏旭将盒子递了过去："听说赵姐是海城首席婚恋师，又是跆拳道的高手，也不知道送什么合适，正好认识一个书法大师，索性给赵姐求了幅墨宝。"

闻言，发哥跟罗筱羽都好奇地围了过来，只有杨杰远远地站在门口，他知道，只要他过去，赵非烟打死都不会收这份礼物。

果然，赵非烟瞥了杨杰一眼，想了想，接过盒子拆开，里头是一幅卷轴。扯开卷轴的绸带，缓缓拉升，顿时，四个龙飞凤舞的大字出现在众人面前：能文能武！

发哥跟罗筱羽愕然对视，能文能武？这是在夸人还是在骂人啊？

赵非烟面色古怪，最终深吸了一口气，将画轴缓缓收起，用绸带绑好后放回礼盒，推到魏旭面前："谢谢这位大姐，这份礼物我受不起，原封奉还！"

说完，赵非烟便往自己房间走去。中途还狠狠地瞪了杨杰一眼，显然，她认为这是杨杰指使的。

魏旭有些不解，低声问罗筱羽："她为什么叫我大姐？明明她比我大嘛。"

声音虽轻，但赵非烟正好听见，身体停顿了一下，旋即走进房间,"砰"的一声把门关上。

魏旭有些不好意思地说:"是不是我做错什么了?"

杨杰走过来,笑眯眯地说:"她不要就算了,这墨宝就给我吧。嘿,正好有个客户就叫文武,我卖给他去。"

魏旭待了一个多小时才起身告辞,杨杰自然要送。

在电梯里,杨杰好奇地问:"你怎么会想到给赵非烟送那几个字,很容易得罪人的。"

魏旭眉毛一扬,得意地说:"你不是看不惯她嘛,你的敌人就是我的敌人,得罪了就得罪了,又有什么关系呢?"

杨杰哑然失笑,送到大门口,魏旭扬了扬手机:"你不用送了,我叫了车。"

夜幕中,一辆黑色轿车开了过来,杨杰觉得有些奇怪,刚才也没看到魏旭用手机约车啊。

魏旭一头钻进车的副驾驶,冲杨杰挥了挥手,坐车离去。

黑色轿车的司机正是何文远,魏旭跟他说了经过,何文远有些不解:"不是要跟杨杰同事搞好关系吗?怎么还去得罪赵非烟啊?"

"我是个女人,女人的第六感你不懂。"魏旭冷笑着说,"这个赵非烟,别看现在跟杨杰水火不容,但两人同处一个屋檐下,和好的可能性非常大。一旦两个人冰释前嫌,绝对会向情侣的关系发展,所谓的冤家就是这么回事。所以,在我们计划实施前,绝不能给他们这个机会!"

何文远伸手刮了刮魏旭的鼻子:"看来我得叫你魏大仙呢,大仙帮我算一算,今年能发财不?"

魏旭白了何文远一眼,娇嗔:"好好开你的车!只要咱们计划成功,怎么都能身家上亿,你说能发财不?"

何文远哈哈一笑:"杨杰这傻小子,估计打死他都不会相信,他马上就会有那么多钱!"

车流中,黑色轿车呼啸而过,隐约能听到何文远跟魏旭得意的笑声。

杨杰回到家,罗筱羽已去睡觉,而发哥正坐在餐桌上吃着牛肉干。

看到杨杰回来,发哥笑着说:"来,吃你女朋友的肉!"

"是吃你的肉。"杨杰坐到发哥对面,拿了一小包牛肉干撕开。

"你这个女朋友怎么没听你说起过?"发哥话锋一转。

"我进公司不到一个月好不好。"

"你当我是三岁小孩吗?你搬进来的时候,全部家当比流浪汉都要少,这像是有女朋友的样子吗?这妹子分明就是搬过来以后才找的……我说,你该不会是监守自盗,找的公司客户吧?"发哥说得轻松,眼神却突然锐利起来。

杨杰哑然失笑:"什么啊,这是我大学同学!以前我追过她,她当时一心要移民,就没同意。后来发现被人骗了,这才明白我的真心,要跟我重新开始呢。"

发哥"呱唧呱唧"地嚼着牛肉,奋力咽下,笑着说:"不是客户就好。"

两人聊了一会儿,发哥把剩下的零食全部收起来,突然没头没脑地说:"小杨,你这个女朋友很厉害,你要小心。"说完,哈哈一笑,抱着牛肉干回到自己房间。

魏旭很厉害?杨杰不以为然,她要是很厉害,就不会被人骗得团团转了。

杨杰耸耸肩,将发哥的提醒丢在脑后,回房洗澡睡觉。

第四章　患难见真情

你身边有没有这样的一个人,你们互相看对方不顺眼,却在自己遇到困难的时候发现,原来所有的争吵和谩骂都是因为你知道,他不会因为你的坏脾气而离开。

海岛相亲聚会

一个星期后,游轮相亲聚会逐渐显露出影响力,之前参加游轮相亲聚会的会员在自己的交友圈子讲述了这件事,经过一轮扩散,不断有人打电话来询问类似的活动。

林刚当即召开全体员工会议,准备乘胜追击,继续举办类似的主题相亲聚会。

"再搞一次游轮相亲聚会不就得了?"发哥不以为然地说,"人家不就是奔着这个来的嘛,阳光、甲板、大海,《泰坦尼克号》的肉丝、杰克,You jump, I jump!"

一向不怎么说话的秦总监,这次却是第一个表示反对:"现在询问的这些会员,虽然是受了游轮聚会的影响而来,但并不代表他们还想参加游轮聚会。从心理学的角度来说,每个人都希望自己与众不同,不走别人的老路。举个例子,上次非烟在万丰广场策划的求婚效果非常好,但如果第二天在同样的地点、同样的形式再来一场求婚,我想,后面这场求婚的当事人会比较尴尬。"

赵非烟笑着冲秦默眨了眨眼,似乎在说多谢夸奖。

杨杰却在心里嘀咕,难怪在现场看到了赵非烟,原来是她策划的。这家伙还是挺厉害啊。不行,我不能输给她,当即轻咳一声:"我建议来个探险主题,最好是荒岛求生之类的,人在遇到危险的时候,就会对身边的人产生依赖心理,到时候自然水到渠成。"

赵非烟顿时冷笑道:"要是有会员受伤,到时候你负得起责任吗?"

杨杰反驳道:"事先的准备工作自然要做足!"

赵非烟"哼"了一声,不再跟杨杰斗嘴,而是跟林刚说出自己的想法:"我建议找个景色好点儿、但是人比较少的地方露营,举办类似篝火晚会的活动,地点可以让上次跟我们合作的旅游公司提供。"

"那家旅游公司跟你很熟啊?"杨杰笑着说道。

"我肯定熟!"赵非烟立刻怼了回来,"老大的侄女在里面上班,我怎么不熟?"

见两人有吵的架势,发哥连忙转移了焦点:"我建议在海城周边搞一次漂流。现在天气这么热,漂流多凉快!最重要的是,漂流的时候,男女双方都是泳衣上阵,而且漂流完一个个都是素面朝天,有助于更加深入地了解彼此。"

"我建议自驾游……"

"你们觉得化妆聚会如何?"

众人七嘴八舌地发表自己的看法,最终,林刚将诸多意见综合了起来,决定弄一个海岛相亲聚会。

大概的框架是找一个没怎么开发的、但风景不错的海滩，参与相亲的成员可以举行各种活动，游泳、沙滩排球、篝火晚会、野炊露营。这样一来，杨杰、赵非烟、发哥等人的建议全都融合了进去，而且是海岛相亲聚会，一听名字就高大上。

确定了主题，大家又赶紧想策划方案、敲定活动流程以及活动时间，然后是设计师制作各种宣传资料，各位婚恋师联系自己的客户，一切有条不紊又紧锣密鼓地进行着。

杨杰联系的第一个人就是张亚茹，好歹也是自己的御用托儿，这种好事可不能忘了她。

张亚茹反倒是兴趣不大，以各种理由推脱着不去，杨杰也不好勉强。转而给其他客户打电话，没想到，五十个钻石会员，也就七八个愿意去，其他的都以工作忙而推脱。

赵非烟在旁边听到杨杰被拒绝，心情非常愉快，打印了"哈哈哈"三个大字，贴在了隔断的玻璃上。

杨杰咬牙切齿地寻思着该怎么还击。

然而，他还击的办法还没想到，反倒是赵非烟那边一会儿一个电话。

"龙先生，你决定要去吗？好的，好的，我先给您登记……"

"周医生，我可是帮你留心了，有好几个都挺符合你的要求……好的，好的，帮你报名……"

"芬姐，您天天都练瑜伽，身材那叫一个好，我见了都动心，你这次要是穿上泳衣秀一下身材，那些男人还不得一个个流鼻血？嗯，给我身份证复印件就好了，每人的费用是暂定三千，多退少补……"

"王总，上次您因为晕船没能去游轮相亲聚会，挺遗憾的，下个月组织海岛相亲聚会哦，这次可不用上船呢，好的，我这就给您报名……"

杨杰听得那叫一个郁闷，同样是交八万八的年费，赵非烟的钻石会员咋就那么听话呢？杨杰恨不得现在就打电话给金太太，要她指示那些关系户都来参加海岛相亲聚会。

但也只是想想而已，就算被金太太逼着参加，人家就当是旅游，全程不互动，岂不是更尴尬？

想了想，钻石会员很牛是吧？我还不伺候你们了！杨杰转而去找最近这段时间拿来练手的黄金、白银会员，没想到感兴趣的倒是挺多的，一下子就收了二十多个会员的报名费。

赵非烟顿时不乐意了，敲着隔断玻璃，凶巴巴地说："喂，你怎么把黄金、白银会员也加进来了？"

杨杰冷笑道："有种的再说一遍，我录下来给你的黄金会员听！"

赵非烟顿时语塞，黄金、白银会员虽然缴纳的会费不多，但数量极其庞大，如果杨杰真把她这话录下来播放出去，引发这些会员的不满，对公司来说，那绝对是一场灾难。

赵非烟当即"哼"了一声，冲进林刚办公室举报杨杰的这种行为。林刚想了一下，把杨杰喊了进来，说道："小杨，不是不让你找黄金会员，但你找的黄金会员数量太多的话，会影响其他高级会员的名额的。"

杨杰扫了赵非烟一眼："不管是黄金会员还是钻石会员，他们想要结婚的迫切心情都是相同的，所不同的是自身经济条件的差别，如果没记错的话，咱们'百年好合'并没有对外宣称是高端婚介吧？那就应该一视同仁！"

林刚耸肩摊手："话虽没错，但钻石会员所缴纳的会费要多过黄金会员，难道不应该享受更好的服务？"

杨杰点头，说道："我知道，黄金会员一年只需缴纳九百九十九块，就算一千块好了，而钻石会员一年需缴纳八万八千块，也就是说，一个钻石会员等于八十八个黄金会员。"

赵非烟在一旁冷笑不已："原来你也知道算数，这就是公司为什么要重视钻石会员的原因！"

杨杰龇牙一笑："现在公司的钻石会员有一百多个，而黄金会员却将近四千个，换句话说，黄金会员的数量是钻石会员的四十倍，两者算总金额的话，钻石会员的钱也就是黄金会员的两倍，但你有没有算过公司为钻石会员投入的资源呢？这难道不是成本了？"

赵非烟轻蔑地笑："跟我说这个？那行，我告诉你，公司到目前为止，已经促成了一千多名钻石会员，但黄金会员只促成了三千多名，你能算出两者之间的差距吗？我告诉你好了，这些钻石会员为公司贡献了将近一亿的营业额，而黄金会员却只有五百多万。"

杨杰冷笑着反驳："钻石会员找的对象都是钻石会员吗？还不是从黄金、白银等会员中挑选出来的？如果没有庞大的黄金、白银会员储备，那些钻石会员跟谁相亲去？就好比玩网游，一个游戏只需要百分之十的高级玩家，但另外还需要百分之九十的'炮灰玩家'，如果没有了'炮灰玩家'，高级玩家还会'充钱'？同理，如果公司的钻石会员连选择的机会都没有，他们还会再掏钱吗？"

赵非烟听后哈哈一笑，眼中却毫无笑意："我告诉你，钻石会员才是我们网站的聚宝盆！无论黄金会员，还是白银会员都是奔着钻石会员来的！因为钻石会员的条件远比他们优秀，他们就是想高攀人家！嫌贫爱富是绝大部分人的真实心理，包括你我。"

杨杰一愣，旋即反唇相讥："照你这么说，那些钻石会员就不嫌贫爱富了？他们又去高攀谁？"

"他们也会嫌贫爱富，但并不会把这个当成婚姻的障碍。"赵非烟嗤笑道，"'情种只生在大富之家'，这句话你没听过吧？老舍说的！以你现在的身家，没房没车，就算你女朋友愿意嫁给你，她家里也不会同意！但如果你女朋友有钱的话就截然不同了，没房没车又有什么关系？她养你就是。"

"喂，好好的扯什么包养！"杨杰有些抓狂。

"我那是举例！"

"麻烦你换个人举例行不行？我……是清白的。"

"知道欲盖弥彰什么意思吗？跟没素质的人讲话就是费劲！"

"你……"

林刚见杨杰逐渐落在下风，连忙插话道："好了，你们也别吵了。我来折个中，这次的海岛聚会，钻石、白金会员占百分之七十左右，其他的可以是黄金、白银会员。"

赵非烟跟杨杰听到这话都是一愣，旋即赵非烟转身夺门而去。

杨杰顿时抓到了机会，大声地说："素质！说好的素质呢？"然后冲林刚弯腰告辞："老大，我先走了。"

林刚看两人一前一后走出办公室，露出了哭笑不得的表情："还真是一对冤家。"

这次海岛之行计划的参与人数是两百人，一百个男生和一百个女生，按照这个人数的比例算，就是可以有六十个黄金、白银会员参加海岛相亲聚会。杨杰已经上报了二十三名，还有三十七个位置，他故意大声地打着电话，以此来刺激赵非烟。

然而，他却听到赵非烟也在上报黄金会员的名额："张老板，你来参加我们的海岛相亲聚会吗？谁说黄金会员不能参加了，张老板这么好的条件，就算不是会员我都会邀请您啊……"

杨杰顿时反应过来，赵非烟不但拥有最多的钻石会员，黄金、白银会员也不少，她这么做肯定是要跟自己抢名额，把黄金、白银会员的名额全部抢光以后，再慢慢地申报钻石会员也不迟。

明白了赵非烟的想法，杨杰又急又怒，翻找着手上黄金会员的资料,飞快地拨了一个号码:"刘总,我是'百年好合'的婚恋师杨杰,我们这次的海岛相亲聚会你有兴趣吗?有一百个优质的女会员哦……"

那边赵非烟也加快了速度,拨出号码后劈头就问:"雷姐,这次的海岛相亲聚会全程有帅哥互动,近距离接触……"

杨杰:"姜老师,下个月六号的海岛相亲聚会美女多多……"

赵非烟:"陈哥,海岛相亲聚会我直接给你报名了啊……"

杨杰:"何姐,海岛相亲聚会,打钱!"

短短半个小时,剩下的三十七个名额被一扫而光,赵非烟硬生生地抢了十九个,而杨杰只抢到了十个,还有八个被其他婚恋师抢去。

加上之前的二十三个,杨杰在黄金会员及以下这一档里占据了三十三个名额,算是最大赢家。

不过,赵非烟并不在乎这个,她的动机很简单,就是让杨杰少几个名额。待黄金以下名额全部确定后,赵非烟开始不急不慢地约钻石、白金会员。每打一个电话,她都要大声地叹息:"唉,真是劳碌命!还是某些人舒坦啊,一个电话都不用打。哦,对了,好像打电话也没用,人家不去。"

杨杰只能是郁闷地跑去阳台,却看到发哥正在阳台上,两手叉着腰,眉头紧蹙,一副忧国忧民的样子。

"发哥,咋了?"杨杰好奇地问道。

"我遇到大麻烦了!"发哥转过头来,"杨哥,你得帮我!"

发哥的麻烦

发哥的年龄在公司算不上最大的,但也排进了前三名,就算林刚在非正式场合也都叫他发哥。

杨杰比发哥整整小了十岁，居然被发哥喊作"杨哥"，看来，发哥的这个麻烦还真不小。

杨杰脑中瞬间闪过各种可能，赌博欠钱？浏览不健康的网站被老大发现？还是露水姻缘的情人找上门来说有孩子了？

"我有个客户，其实也不算是客户吧，他是我高中同学，外号叫耗子。过年的时候同学聚会，他得知我在做婚介，就要我帮他找个老婆。"发哥一脸古怪地说，"当时看他嘻嘻哈哈的，我还以为在开玩笑，就随口回了一句'半年之内一定帮你搞定'。结果聚会一散我就忘记这回事了，他也一直没联系我。可是，刚才我另一个同学打电话给我，问我帮耗子找到老婆了吗？还说再过三天就到约定期限了。"

杨杰听得一头雾水，不就是帮同学介绍个对象吗，就算约定好的半年之内没有解决，到时候请客吃顿饭不就好了，谈不上麻烦吧。

似是猜到了杨杰的疑惑，发哥解释道："我接电话的时候也没当回事，但同学告诉我，耗子已经在酒店订了十桌酒席，并且通知了全部的亲朋好友，说是马上就要结婚了。然后我同学问耗子新娘是谁？你猜他怎么说？他说新娘由我负责！"

杨杰顿时目瞪口呆："是不是有什么误会？他该不会以为你是人口贩子吧？"

发哥哭丧着脸："都说是婚恋师了，只负责介绍对象。"

"那你赶紧打电话跟他解释啊！"

"我已经打过电话了。可这家伙一根筋，非说我当时既然已经答应了，就一定得做到！"

杨杰沉吟了一会儿，皱眉建议道："要不，找个托儿去应付下？"

"都说要拜堂成亲进洞房了，托儿怎么可能干？"

杨杰也是没辙了，一声不吭地站在发哥身边。

"反正你得帮我!"发哥瓮声瓮气地说。

"大哥,我倒是想帮你,但实在是不知道该怎么帮。"杨杰苦笑道。

"只要找一个愿意马上结婚的就行。"发哥充满希望地看着杨杰。

"大哥,你可真看得起我,只有三天了,我没这本事!"杨杰瞪大眼睛说道。

"我认识《街头访谈》栏目组的导演,知道你帮孟文武策划的事情。"发哥盯着杨杰,"你能想到这种办法,说明你的想法天马行空,不像我们这些老家伙缩手缩脚。所以,你肯定能帮我想到办法的。"

这马屁拍得真舒坦!杨杰顿时眉开眼笑地说:"行,我想想办法,你把耗子的资料给我。"一会儿工夫,杨杰就收到了发哥发来的信息:曾皓,男,三十七岁,身高一米七四,体重七十公斤,海城市人,丰达贸易公司总经理。

据了解曾皓父亲家中有六个兄弟,曾皓的堂兄弟多达十三人,读书的时候被戏称为"曾家十三太保"。毕业后,曾家兄弟陆续进入社会,并且在各行各业中站稳脚跟,如今曾家在海城也算是大家族。

原本曾皓也是在外贸公司上班,后来单位不景气,他索性下海成立了自己的贸易公司,如今公司的发展规模还不错,自己也有车有房。二十五岁的时候结过一次婚,她老婆是全职太太,在家没事跟人网恋,最后丢下他跟孩子,和网友私奔了。

杨杰看着电脑上的资料,颇为讶异,这资料跟他这段时间所接触的征婚资料截然不同。

思索了好一会儿,杨杰问发哥:"孩子是男孩还是女孩?"

"男孩，十二岁，念小学。"

"家里还有什么人？"

"父母都健在，还有一个哥哥一个妹妹。"

"这些年他没找过其他女朋友？"

"这家伙倒是挺专一，一直都没再娶！"

"那他老婆离开后，一个电话都没打过？"

"据我所知，没有！"发哥摇头，"我琢磨着是被骗了，进了传销组织出不来了。"

就在两人叽叽咕咕研究曾皓资料的时候，前台的同事走了过来："发哥，有个女客户，点名要你接待。"

发哥正为曾皓的事焦头烂额，当即就拒绝："不去不去，告诉她，我现在忙得很。"

前台的同事"哦"了一声，转身离开。不到一分钟，她又折返回来，忍住笑说："发哥，她说她手上有你不穿衣服的照片，你要是不出去，她就发到海城论坛上去！"

杨杰顿时笑出声："发哥，肯定是你旧情人找上门来了。"

"胡说！"发哥又惊又怒，连忙跟着去问个清楚，杨杰兴致勃勃地跟在发哥身后。

前台沙发区域坐了一名女子，白色蕾丝衬衣搭配碎花长裙，黑色披肩长发、一字眉、大眼睛、高鼻梁、尖下巴，一张标准的整容网红脸，从五官看不出多大年龄，但从她微微发福的身材上看，她应该有三十多岁了。

她手中握着一个塑料杯，水已经喝完，却仍紧紧地抓着，塑料杯甚至有些变形，她却浑然不知，愣愣地看着茶几上的宣传册，也不知道在想些什么。

"你有我不穿衣服的照片？"发哥可不是怜香惜玉的主儿，走过去劈头就问。

女子被吓了一跳，手中的塑料杯掉在了茶几上，连忙站起来，从随身的包中拿出张照片递给发哥。

杨杰凑前一看，照片上是一个光着屁股的小孩在地上爬，眉宇间隐约有发哥的样子。

发哥"哼"了一声："你怎么会有我小时候的照片。"

"是你一个同学给我的。"女子低着头，嗫嚅着说，"他说，你要是不帮忙，就拿这张照片出来。"

"是哪个同学？"发哥越发疑惑。

"我不知道，他说过段时间后你自然会晓得。"

能拿到发哥小时候的照片，这位同学应该是发哥非常熟悉的同学，发哥皱着眉头问道："你找我什么事？"

女子瞟了一眼杨杰，又瞟了一眼前台的同事，没有出声。

发哥郁闷地带着女子来到自己的办公区域，杨杰也跟了过来，笑嘻嘻地坐在一旁。

"我叫徐梅。"女子低着头，"想找一个海城本地人结婚。"

发哥跟杨杰面面相觑，这女的居然是来征婚的！

愣了一下，发哥没好气地说："征婚就征婚，玩什么照片威胁？再说了，找谁不行，非要找我做什么？"

徐梅努力挤出一丝微笑，笑容看起来很是僵硬："你同学说了，你是海城本地人，找你靠谱点儿。"

发哥也就一句牢骚，马上就进入了婚恋师的角色："介绍下你自己，然后说说你对男方的要求。"

"我叫徐梅，三十四岁，以前在外面打工，上个月回来海城，在解放路盘了一家服装店，收入不好说，但养活自己应该没问题，没房也没车……"迟疑了一下，徐梅接着说，"身高一米六五，体重五十六公斤，有过一段婚史，小孩归了男方。"

发哥在电脑上录入徐梅的信息，口中问道："你对男方有什么要求？"

"年龄一定要比我大，三十五岁到四十二岁之间吧，有稳定收入，身高体重倒没要求，别太过分就行。"

杨杰突然想起黄乐民，通常说没要求的，搞不好要求比谁都多，忍不住问了一句："能不能具体点儿？比方说身高在一米五以下你会不会考虑。"

徐梅愣了一下，说道："那就身高比我矮的不考虑吧，至于体重……"徐梅瞥了一眼发哥，"廖老师这种身材的我能接受，但比这再胖的话就不考虑了。"

听到徐梅的要求，发哥一脸郁闷地说："拿我打什么比方！其他要求呢？"

"一定要海城本地人，而且……"徐梅似乎是不好意思，忸怩了好一会儿才说，"最好是能尽快结婚的。"

闻言，发哥跟杨杰再次对视，眼中闪现出喜悦的光芒。正愁曾皓那边的事情呢，居然马上就有人送上门来！

将徐梅送走以后，发哥笑着说："真是'踏破铁鞋无觅处，得来全不费工夫'，把她介绍给'耗子'不就行了？她不是要尽快结婚吗？三天之内足够快了吧？"

杨杰不怀好意地看着发哥："你有没有发现，她说的这些条件都挺适合你的，年龄比她大、本地人、有稳定收入……而且人家还指名道姓地来找你。照我看啊，这人多半是你同学介绍给你的。"

发哥也算是老牌婚恋师了，见过太多介绍对象的方式，一点儿都不在意杨杰开这样的玩笑，笑着说："我已名草有主，别瞎嚷嚷，被她听见就麻烦了。"

杨杰眼睛一转："名草有主？被她听见就麻烦了？发哥，你这个对象是公司的？我猜猜啊，是罗经理？"

发哥一脸忸怩地说："你怎么知道？"

杨杰"呸"了一声："现在住在单身公寓的，就只有罗经理跟赵非烟，姓赵的有男友，估计看不上你，那不就只剩下罗经理了？"

发哥嘿嘿一笑："单身的还有几个呢，你怎么不猜秦总监？"

杨杰愣了一下："秦总监还没结婚？看她那样子，我还以为她结婚了呢。呃，别转移话题，秦总监就算没结婚，也不是你能打主意的。"

发哥嗤笑道："到底是谁转移话题？我们不是在讨论'耗子'和徐梅的事情吗？别扯那些没用的，这个事情你得帮我，三天之内撮合徐梅和'耗子'结婚。"

杨杰挠挠头皮，无奈地说："我试试吧。"

杨杰接触过好几个二婚的会员，他们都坦言，如果双方条件合适，就算是闪婚也可以接受。

而他们所说的条件合适，主要分为以下几个方面：第一，对方能否接受自己的孩子。第二，对方的经济条件跟自己是否匹配。第三，对方有没有什么不良前科。比方家暴、出轨等等。

这些问题其实都可以通过日常的聊天、交往得出结论，但谁又能保证对方没有撒谎？最稳妥的办法就是自己去调查，或者让双方深入地接触。

现在时间只有不到三天，让曾皓和徐梅深入接触不太可能，只能是自己去调查两人的资料，再根据所得的信息进行调整安排，强行撮合。

在思考的过程中，杨杰突然觉得这件事情有些不对劲，曾皓跟徐梅两人前后脚找上发哥，而且都是急着结婚，这实在是有些过于巧合。

杨杰前思后想，咬牙出了笔钱，找人调查了一下两人的背景，却得到了一个让人意外的信息。

震惊之下，杨杰仔细谋划了半个晚上，最后决定铤而走险。

他先去电脑城花几十块买了台报废的电脑主机，将上面的那些电路主板拆了下来，洗刷得干干净净。再找修电器的师傅焊了个不锈钢盒子，把电路板胡乱拼接固定进去，又接了些小喇叭、小彩灯等电子元件，使整个仪器看起来很高科技的样子。

做足了准备，杨杰这才分别给曾皓和徐梅打电话，把他们约在公司的小会议室见面。两人都在约定的时间赶到。

杨杰是第一次看到曾皓，头顶微秃，挺着啤酒肚，典型的中年"油腻男"。或许是因为前一段婚姻的不幸，他总是拉着一张脸，眉毛因为习惯性的皱眉而两端下垂，看起来一副苦大仇深的模样。

杨杰再看向徐梅。徐梅还是跟之前那样，低着头，但杨杰却感觉到徐梅在不断地打量曾皓，颇为忐忑的样子。

"廖青发呢？"曾皓看了一眼杨杰，皱眉问，"怎么没看到他？"

"公司要搞个海岛相亲聚会，发哥被老板派去考察海岛了。"杨杰随口胡诌，"临走前委托我安排两位的见面。"

曾皓点了点头，跟徐梅打过招呼后，两人面对面坐下。

杨杰若无其事地把不锈钢盒子拿出来放在桌上，笑眯眯地看着曾皓两人。

"你不出去？"曾皓奇怪地问。

杨杰无视曾皓这个问题，坦然地说道："两位都是过来人，有些话我就直接说了啊。你们都有过婚史，而且都急着结婚，那么，如何在最短的时间内了解对方就非常关键。正好，我舅舅是警察，我借来一部测谎仪。"

曾皓和徐梅目瞪口呆地看着杨杰。

"先测试一下。"杨杰打开了电源，里面的红灯绿灯依次亮起再一一熄灭，最后只留下最下方的两个红绿灯，看起来像模像样。

接下来，杨杰举起自己的双手，做了个投降的动作。就在曾皓两人莫名其妙之际，杨杰大声说："我是高富帅！"

测谎仪测的是人心

不锈钢盒子的红灯开始闪烁，逐渐地往上点亮，一盏、两盏、三盏……最终点亮了六盏红灯，然后，一道没有任何感情的电子合成音从仪器里面传出："你说谎，真不要脸！"

杨杰之所以要高举双手，就是为了证明他没有操作这个仪器，其实，遥控器在他右脚鞋底，脚跟往左侧用力，就亮红灯，脚跟往右侧用力，就亮绿灯。

"来，曾总，你来试试。"杨杰微笑着，"先说说自己的年收入吧。"

曾皓满脸狐疑地说："我为什么要接受它的检测？"

杨杰脸上露出狡黠的笑容："既然您不肯配合，那我也爱莫能助，发哥也不能算是违约呢。"

曾皓"哼"了一声，大声道："我身高一米八五！"

红灯开始闪烁，一会儿，传来电子合成音的声音："你说谎，真不要脸！"

杨杰冲徐梅扬了扬下巴："到你了。"

徐梅迟疑了一下："我今年三十四岁。"

杨杰脚跟右侧用力一踩，绿灯顿时全亮，电子合成音也说道："你真诚实。"

杨杰耸肩一笑："没问题的话就开始吧，希望两位能开诚布公地好好聊天。"

曾皓跟徐梅再次交换了一个眼神,似是觉得很荒谬,但又无可奈何。

"徐梅,你介意曾皓有孩子吗?"

"不介意。"徐梅想也不想就回答,似乎觉得自己回答得太快,她又补充了一句,"如果真成为一家人,我会视如己出,至于要不要二胎,那就……再说吧。"

杨杰的脚跟动了动,绿灯全亮。

杨杰转而问曾皓:"你年收入多少?"

曾皓迟疑了一下:"这个不好说,大概是三四十万。"

红灯亮了两盏。

曾皓一脸郁闷地说:"七七八八加起来,应该有五六十万。"

绿灯全亮。

杨杰又回过头问徐梅:"你为什么要离婚?"

问话持续了十分钟,一开始曾皓徐梅都很反感这个测谎仪,但后来觉得这样也挺好,甚至还希望杨杰能再多问一些问题。

"测谎仪的原理是分析脑电波的异常,现在你们已经由最开始的紧张转变为习以为常,所以,再测下去就会出现失误,两位也不希望出现这种情况吧?接下来你们俩单独聊聊吧。"杨杰随口说了个理由便离开。

半个小时后,杨杰回到小会议室,曾皓满脸笑容地站起来跟杨杰握手:"我对徐梅很满意,不出意外的话,这两天可能就会举行婚礼,到时候杨老师一定要赏脸啊。"

徐梅红着脸点了点头,居然认可了曾皓的说法。

杨杰脸上露出似笑非笑的表情:"恭喜恭喜,到时候一定捧场。"

待两人离开，杨杰开始收拾"测谎仪"，发哥探头探脑地在小会议室门口张望，确定没有其他人，这才走进来推了杨杰肩膀一下："行啊，这都被你搞定了。"

"运气好罢了。"杨杰假装谦虚，但脸上的得意却怎么都掩饰不住。

"他们居然真的相信这是测谎仪。"发哥拿着杨杰的"测谎仪"一阵怪笑，"下次我也拿来吓唬别人。"

杨杰顿时摇头："这玩意儿对别人没用，只对曾皓、徐梅有用。"

发哥不由得皱眉问："什么意思？"

"你以为他们真的笨吗？他们只是需要一个台阶下。"杨杰的眼神闪烁。

发哥越发不解，重复地问："到底什么意思？"

"曾皓老婆虽然抛夫弃子跟网友私奔，但曾皓却是痴情的人，一直都没有再去找其他女人，换句话说，曾皓还是已婚身份。按照我国法律，他要是再跟其他女人结婚就是重婚，这话没错吧？发哥。"杨杰笑着问。

"对啊，我还真把这个事情给忽略了。"发哥拍了一下脑袋，旋即疑惑地问，"这又有什么关系呢？"

"曾皓一直都对前妻念念不忘，但现在只见了徐梅一面就决定结婚，跟他之前的专一截然不同，这是疑点一。徐梅为什么会整容成网红脸？仅仅是因为跟风？三十四岁了还有必要吗？这是疑点二。你是曾皓的同学，为什么他突然要你履行半年前所开的玩笑，这有点儿说不过去，这是疑点三。"杨杰掰着手指跟发哥分析。

发哥听得倒吸了一口凉气："对啊！好像是有很多事情不对劲儿。"

"曾皓既然能自己开公司，还发展得不错，脑子就不会笨到哪儿去，八字还没一撇就订酒席邀请亲朋好友这种事情，他为什么要做？这是疑点四。另外，曾皓前脚才说要找人急着结婚，后脚徐梅就送上门来，甚至她手中还有你小时候的照片，而她也说了照片是从你的一个同学那里得来的，那么，这个给她照片的同学又是谁？这是疑点五。"

发哥挠着头皮说："打住打住，我现在脑袋已经晕了，你就直接告诉我到底是怎么回事吧？"

"这些疑点加起来，我推测出一种可能。"

"什么可能？"

"徐梅就是曾皓的妻子！"

"什么？"发哥顿时惊呼出声。

"没错，徐梅回来想跟曾皓重新开始，曾皓虽然心里愿意，但又拉不下面子，索性就想出来这么一招，要徐梅整容后以另一个人的身份回归家庭。"杨杰淡然一笑，"为了不引起别人怀疑，他们用征婚的方式来掩人耳目，而你这个婚恋师，正好又跟曾皓是同学……应该就是这么回事！"

发哥听后一拍大腿："我的天啊！小杨，不，我得叫你杰哥，你前世是神探狄仁杰吗？"

杨杰哈哈一笑："之所以这么肯定，那是因为我找人去查了徐梅，发现徐梅只不过是她办的假身份证，她真名叫刘琪，而曾皓的妻子就叫刘琪。所以，我才特地想出测谎仪这个办法，如果他们确实是跟我想的一样，不管我的办法多荒谬，最终都会走到一起。对了，改装测谎仪的费用，我都开了发票，一共是八百三十五块，你给报了吧？"

发哥佩服得不行，口中"杨哥""杰哥"一顿乱喊。

事实上,杨杰还真的没猜错,事后发哥找曾皓对质,曾皓当场认错,不但报销费用,还给了一千块的封口费……

经过紧锣密鼓的筹备,海岛相亲聚会终于揭开了序幕,"百年好合"仍然包了几辆大巴车,浩浩荡荡地往海边出发。

此行的目的地是南涯岛,该岛属于惠水市,距离深南市非常近,深南市一直都想将南涯岛弄到自己的辖区,再将中间的海域填平,这样就能得到一块非常大的地。

但因为方方面面的原因,深南市始终未能如愿,到如今南涯岛仍然是荒岛一座。

岛上大部分是森林,最中间是块盆地,藏有一片湖泊,而在岛屿的东北方向有块狭窄的沙滩,有七八十米长,宽十四五米。沙滩小归小,但沙子十分细腻,踏足其上感觉非常舒服。

在沙滩和森林之间,有两栋厂房,曾经有人租赁了岛屿开工厂,后来因为污染严重被人举报,工厂就这样关闭了。当地的领导见厂房闲着也是闲着,就弄了套海水淡化的机器,将厂房改成冲凉房及厕所,再将码头翻修了一下,就这么对外开放了。

公司的大部队乘船分批赶到小岛,赵非烟事先已将帐篷等物品摆放在沙滩上,但并没有搭起来,而是等着分工合作。

男男女女共同搭建帐篷,不也是一个彼此熟悉的过程吗?

赵非烟拿着扩音喇叭说了些注意事项后一声令下,众人开始搭建帐篷。

此次租赁的帐篷是军用帐篷,优点是牢固,缺点是没什么颜色选择,都是军绿色。为了防止走错帐篷,赵非烟特意在每个帐篷上都准备了极为显眼的不干胶数字贴纸。

按照安排,一个帐篷八到十人,每四个帐篷为一小组,每个小组安排两名工作人员,统一发放物品,每三个小组为一个大组,配备相应的医务人员、救生员、安保员等等……在细节方面,赵非烟确实考虑得很周到。

两个大组组长原本由林刚跟业务总监秦默担任,但临时出了点儿事,两人转而去了深海市,老板娘李云彤仍然留守在海城,两个大组组长只能改由赵非烟和杨杰担任,也懒得重新再做工作证,两人直接挂上了林刚和秦默的工作牌。

海滩上,搭帐篷的男男女女一片忙碌。

杨杰和发哥正在搭帐篷,却看见远处的赵非烟站在沙滩上方,举起喇叭喊:"杨杰,请你过来一下。"

"哼!好大的官威!都是大组长,你就不能来我这边?"杨杰不满地抱怨。

抱怨归抱怨,杨杰还是走了过去。

赵非烟今天穿了件橘黄色T恤搭配白色牛仔裤,外面套了一件半透明的防晒衣,太阳帽也是橘黄色的,后面露出来一截马尾,显得很是俏皮。

指着下方正在搭建的帐篷,赵非烟用公事公办的语气说:"一到十二号帐篷归你负责,刘医生、救生员和保安的联系方式你都有吧?"

杨杰点头应道:"都有。"

"如果你没有更好的安排,人员就由我来统一分配,待会儿我发值班表给你。"赵非烟根本不看杨杰,而是看着海天交接处,似乎在自言自语。

"都行,你说了算!"杨杰乐得轻松。

"我问过别人,沙滩前面不到二十米的地方就是礁石区,一旦过去很容易划伤脚,稳妥起见,我们先过去看看礁石区的具体位置。"赵非烟终于转过头来,"你会游泳吗?"

"像你这样的,我一口气能救六个上来。要是罗筱羽的话,能救十个!"杨杰得意扬扬地说。

赵非烟大怒:"你是说我重吗?"

"我没说啊,是你自己说的。"杨杰无辜地摊开手。

赵非烟狠狠地瞪了杨杰一眼,指着远处沙滩上一艘满是涂鸦的小船:"走!上船!"

船非常的小,只能坐两个人,而且还是手动划桨的。

杨杰拖着小船到了水中,招呼赵非烟上船后,两人划着桨往前而去。

此时阳光正好,杨杰可以清楚地看到海底情况,前面十来米都是银灰色沙粒区,一直到十六七米突然就变成了黑色礁石区,礁石的棱角犹如匕首般锋利。

"这里最少有三米深。"杨杰眯着眼睛判断。

赵非烟没有说话,她双手抓住船舷,侧身探头,观察着水下情况。

杨杰看到赵非烟脸色有些苍白,心中一动:"你不会游泳?"

"要你管?"赵非烟翻了个白眼。

"你钱包里面有没有钱?网上支付也行。"杨杰笑眯眯地问。

"关你什么事?"

"先转个千八百的给我,待会儿你要是掉下去,我再跟你讨价还价,好像有点儿说不过去。"

"淹死也不要你救!"赵非烟冷笑了一声,转而拿起放在船舱的扩音喇叭,"喂喂"了两句,大声喊:"各位女士先生们,大家注意一下,我现在这个位置的下面就是礁石,你们游泳的时候,千万不能越过这个位置。"

正在搭建帐篷的男男女女均是愣了下,然后纷纷把手放在耳边,示意没听清。

赵非烟站了起来,拿着喇叭正要再喊,一波海浪涌来,小船一晃,赵非烟没站稳,掉进了海中。

狗咬吕洞宾

杨杰正在用力划桨,根本来不及拉人,心里暗骂了一句,一个猛子扎进水中。

睁开眼睛一看,赵非烟在前面奋力挣扎,口中不断有气泡冒出,很显然,她已经喝了不少水。

杨杰连忙游了过去,伸手去拉赵非烟的手臂。

杨杰不知道,自己此举可是犯了水中救人的大忌。但凡溺水者,在水中都极为慌张,只要发现能抓住的东西,都是死命抓住,哪怕是一根稻草。

最好的搭救方法是递船桨或者竹竿等工具过去,让溺水者抓住。如果没有这些工具,那就脱下自己的衣服、裤子,让溺水者抓住,总之要跟溺水者保持距离,再将其拖上岸。什么东西都没有就冲上前救人,可是极危险的事情。

果然,赵非烟反手就抓住了杨杰的手臂,然后,另一只手也抱住了杨杰的腰,不仅如此,脚也缠住了杨杰的腿。

杨杰顿时感觉被八爪鱼给缠住,身体如同秤砣一般开始下沉,惊慌之下,杨杰也喝了两口水,苦咸的海水涌进腹中。杨杰试图去掰开赵非烟的手,却怎么都无法挣脱。

好在水不是很深,不一会儿,杨杰踩到了水底礁石,锋利的礁石瞬间割破了杨杰的脚底,疼痛感让杨杰清醒了过来。杨杰抱着赵非烟,忍着痛往岸边走了两步,直到脚下踩到了沙粒,他才奋力去掰赵非烟的手指。

赵非烟吐着气泡，死死地抱着杨杰，就算是在水中，杨杰都能看到她眼中的慌乱与绝望。

这样下去，两个人都得被淹死！杨杰一咬牙，对着赵非烟的脑袋就是一拳。

这一拳虽然结结实实地击中了赵非烟的头部，但因为水的阻力，赵非烟并没有被打晕，反倒是又怒又急又慌，抱得越发的紧。

她虽然不会游泳，但由于练跆拳道，手中力气可不小。

杨杰暗骂了一句，心一横，杨杰索性掐住了赵非烟的脖子。

赵非烟确实是跆拳道黑带，但她并不会水，在水中跟普通人毫无区别，被杨杰这么一掐，除了愤怒与慌张，根本没想过反抗。

十来秒后，赵非烟终于晕了过去。

掰开赵非烟的手指，杨杰转而抱住她的腰奋力往上一蹬，片刻后冒出海面，大口喘息。

耳边传来岸上众人的呼叫声，杨杰看到两个救生员飞快地游过来，距离还有七八米。转头看到小船就在旁边，不假思索游了过去。直到一只手搭在船舷上，这才松了一口气。

看了一眼赵非烟，见其双眼紧闭，杨杰有些担心，双腿夹住赵非烟的腰，腾出一只手去掐她的人中。

还好，只掐了两下，赵非烟就睁开了眼睛，眼中颇为茫然。"哇"的一声，喷了杨杰满头满脸的水。就在杨杰抹去脸上海水时，赵非烟回过神来，发现杨杰的双腿正盘着自己的腰，顿时大怒，扬手就是一记耳光扇了过去。

"啪！"一声脆响！

赵非烟含怒出手，力道可想而知，这一下几乎把杨杰给扇晕过去，左脸更是以肉眼可见的速度红了起来，高高肿起。

杨杰大怒，甚至都想松开双腿踢她下去，但总算是硬生生地忍住，大骂："我呸！我救你上来，你还恩将仇报！"

赵非烟不管不顾，反手又是一记耳光扇了过来。

杨杰这次有所准备，转过头，双手趴在船舷上，任凭赵非烟暴打，双腿却并没有松开，心中的委屈有如翻腾的火山。

就在火山要爆发的时候，两名救生员终于赶到，面容黝黑的小何翻身上船，跟瘦瘦高高的小张合力将赵非烟拉了上去。

"赵老师，是杨老师救了你，你打他做什么？"小张也翻身上船，划着桨朝岸边过去，口中不解地问。

"他想掐死我！"赵非烟愤怒地盯着仍然趴在船舷上的杨杰。

"我要是不掐晕你，咱们两个都得死！"杨杰"呸"了一声。

两个救生员顿时明白过来，忍不住笑了起来，小张安慰道："赵老师，你应该是误会杨老师了，他说得是真的，就算是我们，没有其他工具的情况下，第一个选择也是把你打晕！"

赵非烟狠狠地瞪了一眼杨杰，转过头不再说话。

上岸后，众人围拢过来七嘴八舌地询问情况。杨杰除了脸上有个巴掌印，脚底也被礁石划出了两道口子，还好伤口不是很深，医生消毒处理后打了个绷带，叮嘱他这几天伤口不要碰水，也不要吃海鲜等食物。

至于赵非烟，除了脖子上有一道掐痕，其他地方倒是没有受伤，但灌了一肚子的海水，肠胃极其不舒服，喝了几瓶矿泉水，催吐了一次这才好了许多。

见两人没事，众人放下心来，继续搭建帐篷。

杨杰找了个礁石晾晒随身物品，至于手机，浸泡在海水中这么久，早已自动关机，而且海水具有腐蚀性，估计修也修不好了。

发哥跑了过来，递了瓶水给杨杰，嘿嘿笑着："我刚听赵非烟在跟小罗说你在水下对她下手,要掐死她。杰哥,可以啊,赵非烟你都敢下手!"

杨杰怒道:"她完全就是在胡说,你说我招谁惹谁了,为了救她把脚给划破了,差点儿搭上自己的老命不说,还被她冤枉!手机也报废了!"

发哥对手机一点儿都不感兴趣:"你说说,你们两个到底在水下发生了什么?"

杨杰骂了两句,架不住发哥死缠烂打,只得将水中情形说了一遍。

发哥忍不住大笑起来:"杰哥,你也太牛了吧!厉害厉害!"

杨杰恼羞成怒,一脚把发哥踹了下去。然后,他看到赵非烟走了过来。

距离还有三米左右的时候,赵非烟停了下来,怒视杨杰:"是不是你踹我下船的!"

杨杰简直快要被气疯了,怒道:"姓赵的,你少含血喷人,我要是踹你下去,还会去救你?"气急之下,杨杰有些口无遮拦。

赵非烟冷笑道:"你不是问我有多少钱吗?还说要先给你转钱,到时候好救我,再然后我就掉进海里了,真是巧啊!"

"我那是开玩笑,你都听不出来?"杨杰吼道。

赵非烟见杨杰这副抓狂的样子,也是有些心虚,但仍然说:"我跟你还没熟到可以开玩笑的程度!你也不会那么好心去救我!"

杨杰被气急了,指着赵非烟说:"下次你就算死在我面前,我都懒得理你!"

赵非烟正要再说,发哥连忙把她拉到一边,苦口婆心地劝道:"我的姑奶奶,不管你跟小杨有什么矛盾,但这一次他救了你却是事实。发哥我跟你多年同事,就算不帮你,也不会害你是不是?"

"你是不知道,他在水中是如何……欺负我的。"赵非烟不服气,指着自己的脖子,"你看,他把我掐成什么样了,万一他当时手脚没个轻重,我不就被他掐死了啊?"

发哥不以为然地说:"你这也只不过是轻伤,你看看杨杰脸上的手指印和他脚下的伤,哪个不比你严重。再说了,天大的事儿也没有性命重要。"说完不再理会赵非烟,朝杨杰方向走去。

赵非烟张口欲言,却发现自己不知道该怎么反驳,发哥话粗理不粗,天大的事儿也没有性命重要。

赵非烟站在原地思索良久,看了一眼坐在礁石上的杨杰,她忍不住"哼"了一声,转身朝帐篷区域走去。

等大家把帐篷都搭好以后,婚介所的工作人员开始介绍接下来的活动流程。

按照大组分成红、蓝两个阵营,每个阵营再以帐篷为单位,分为若干小组,选出小组长并各自取名,但名字里面必须要带上阵营的颜色,以方便大家进行区分。

两大阵营各自派出小组成员进行对抗,所有活动都需要男女两人配合。活动包括沙滩排球、两人三足等等。

不得不说,赵非烟的主持能力还是相当不错的,从下午四点到晚上十点,现场气氛一直都很热烈。

一天的活动结束后,大家遇到了一件麻烦事,冲凉房就十来个,而参加活动的人数有两百多人,每个人都是一身烧烤味,又已深夜,众人都想早点洗澡睡觉,排队的时候难免会发生些不愉快的事情。

换作谁都会有些头痛,但赵非烟却很快就找到了解决办法,以帐篷为单位,每两个帐篷用一个冲凉房,先后顺序自行调节。

表面上看起来,两百个人用十个冲凉房,跟二十个人用一个冲凉房,并没有太大的区别。但实际上区别非常大,最起码,心理上就完全不同，乌压压的一群人等着洗澡，跟三三两两的一撮人等着洗澡，完全是两个不同的心情。

再说了，以帐篷为单位，大家白天是一个团队，晚上又要睡一起，彼此之间自然要好商量，石头剪刀布也好，抽签也罢，总之要顾及一下彼此的面子。

杨杰虽然对赵非烟这个人恨得牙痒痒，但对她的能力还是很佩服的。

此刻，杨杰正靠在码头旁边的礁石上远眺，想着等这些人全部洗完澡，估计得十二点过后，到时候自己再去冲凉睡觉也不迟。

听着帐篷内传来各种欢笑声，杨杰有些感叹，这些人中绝大多数条件都很好，像这种排队洗澡的事情多半是没遇到过，或许现在会有些不愉快，但事后回想起来，也将是人生中一个美好的回忆。

逐渐地，帐篷里的声音渐渐低了下去，有几个帐篷熄灭了灯。杨杰没有了手机，也不知道现在什么时候，约莫应该过了十二点。

杨杰正打算起身，却隐约听到有人在说话，不由得大为好奇，便竖起耳朵来听。

一开始，杨杰以为这是有会员彼此产生好感，又碍于帐篷里面人多不好意思接触，索性偷溜出来幽会。

但很快，杨杰就皱起了眉头，因为，声音并不是来自海滩，而是来自前方的海面。

水中怎么会有人说话？

难道，他们偷偷跑出来夜泳？在水中幽会？

就在杨杰胡思乱想之际，水面上的声音越来越近，然后，就着朦胧的月光，杨杰看到了一艘小船正在缓缓靠近海岛，船上有四道人影，正在划着桨。

"都注意点儿，不要吵到别人休息了，我们都是有素质的。"一名男子低声交代道,声音极其喑哑,似乎在拼命压低声音。

"知道了,老大,你这话都已经说了十遍了。"另一道男声笑着说。

老大"呸"了一声:"老三,你懂什么,我告诉你们,委托人可都交代了,如果惊动了其他人,就要扣钱。"

"这个委托人也真是的,定的什么破规矩!"老三嘿嘿一笑,"对了,老大,我昨天看到那个女人肩膀上文了几个字,外刚内柔,你说是什么意思?"

此时,另一个男子的声音响起:"我估计是想告诉别人自己年纪虽然不小了,但也是个爱撒娇的小女人。"

"哈哈哈,老四,你这解释绝了。"

听到这儿,杨杰隐约觉得这几个人不像是好人,第一反应就是跑回去示警,但转念一想,万一这几个人是对面的村民过来送货的呢?到时候闹个乌龙,岂不是让赵非烟那丫头更加蔑视自己,不行,要先看看是怎么回事再说。

想到这儿,杨杰缩了缩身子,躲在了礁石下面。

四名大汉将船停在码头后,先后跳了下来,其中一名矮胖男子摁亮了手电筒,正好就照在了杨杰身上,矮胖男子本能地惊呼出声:"谁?"

杨杰有些不好意思地说:"你们也是过来撒尿的吗?要不,一起?"

一名高大魁梧的男子立马摸出了一把寒光闪闪,还带有锯齿的匕首,指着杨杰,冷冷地说道:"你要是敢喊,我就捅死你!"

杨杰听出来这是刚才那个老三的声音,看了一眼脖子上的刀,杨杰立马闭嘴。

"先绑起来!"老大低声命令道。

魁梧大汉上前，手中拿着一卷透明胶带，将杨杰的双手交叉缠在背后，转而又在杨杰的嘴上绕了几圈，封住了嘴。

老大皱眉沉思了一下，冲其他三人扬了扬下巴："你们去抓人，我在这儿看着他。"

三道人影悄无声息地朝营地而去。

帐篷那边的灯光基本上已经全部熄灭了，两名值班的保安拎着胶棍在营地中间巡逻，两人一边走一边低声说笑，没有察觉到有人在靠近营地。

差不多七八分钟后，三道人影回到海边，其中两名男子抬着一名双手被反绑的女子。那女子奋力挣扎，但因为口鼻被胶布封住，根本发不出声音。

待三人走近，杨杰一看，顿时目瞪口呆，这几个人抓的居然是赵非烟！

绑架

赵非烟看到杨杰，也吃了一惊，旋即眼中喷射出滔天的怒火。如果这怒火能烧死人的话，杨杰估计已经被烧死好几次了。

很显然，她以为是杨杰叫人来绑架她。

他们将赵非烟扔在船上，老大用腿踹了杨杰后背一下："你也上船。"

杨杰稍微犹豫了一下，后背又被狠狠地打了一拳，踉跄着差点儿摔倒。好不容易爬上船，又被人踢了一脚，直接趴在了赵非烟身上。

看到杨杰也被绑，赵非烟眼中的愤怒顿时消退，取而代之的是浓浓的疑惑与惊慌。

待全部上船，绑匪们不再忌惮是否会惊动其他人，发动船只，

"突突突"的马达声响起,矮胖男子操控着小船退后数米后,绕了个圈子往对面驶去。

远处,执勤的两名保安听到了马达声,手电筒往码头方向照射过来,并没有发现什么,猜测可能是过路的渔船,于是不以为意地继续闲聊。

快艇很快开到对面的岸边,绑匪持枪喝令两人上岸,走了几十米,几人上了路边的一辆面包车,上车后,魁梧大汉给两人各自套了个黑布袋,车辆悄然启动,没入了黑暗之中。

一路上,四名绑匪肆无忌惮,非常开心地说着拿到酬金以后要如何如何。

"我要去全世界旅游,我要去浪漫的土耳其,还有东京和巴黎……"

"赚中国人的钱去国外消费,你也是够了,我准备买一台顶级电脑,然后天天在家打游戏。"

"我能做什么,取决于我老婆给我多少零花钱……"

车行了一个多小时,路面突然颠簸起来,似乎进了荒野郊区,颠簸了大概三十分钟后,车才终于停下,这时车门打开。

绑匪们将杨杰两人拉下车,走了几十米,然后是一道铁门开启的声音,杨杰感觉被推进了一间仓库,随后,头上的黑布袋被扯开。

杨杰眯着眼睛四处张望,就着月光,隐约能分辨出这是一间废弃仓库,地上一片狼藉,木箱子的碎渣以及各种破烂桌椅、砖头、石块随处可见。

矮胖男子拎着一盏应急灯,打开后,仓库顿时亮了不少,杨杰下意识地去看四人的模样。

四人脸上都是死气沉沉的,而且毫无表情,看起来跟死人差不多。随即,杨杰反应了过来,他们应该是戴了仿真硅胶头套。从体型来看，身形瘦削的是老大，高大魁梧的是老三，至于矮胖男子跟另外一名身材普通的男子就不知道谁是谁了。

矮胖男子拔出一把锯齿匕首，冲着杨杰比画："现在没你什么事，退后！"

矮胖男子逼迫着杨杰退后了五米左右，老大森然道："老四，先别理那个男的，过来录像。"

被叫作老四的矮胖男子威胁杨杰蹲下别动，又回到老大的身边。

看来剩下的那名男子就是老二了，杨杰暗暗地将四人与他们的称呼对号入座。

这时，老二找来一张还算完好的椅子，喝令赵非烟坐上去，四人调整了一下应急灯光，然后打开手机摄像，并调整好角度，做出录像的准备。

弄好以后，老三上前撕下赵非烟嘴上的透明胶带，赵非烟顿时发出一声惨叫，估计脸上汗毛都被扯掉了好多根。她忍着痛问："你们是谁？为什么要抓我？"

负责录像的老四"呸"了一声："因为你破坏别人家庭！我们路见不平，拔刀相助！"

蹲在旁边的杨杰心中一动，瞬间想到一种可能，那个方凯说不定已经结婚，然后又出来拈花惹草，找上了赵非烟。要真是这样的话，那赵非烟岂不是在做"小三"。

想到这儿杨杰不由得一阵烦躁，也不知道是因为自己被连累而烦躁，还是因为知道赵非烟在做"小三"而烦躁。

"我什么时候做'小三'了？"赵非烟怒道。她也是冰雪聪明之人，马上就想到了方凯，"我跟方凯只是普通朋友，根本就没有所谓的男女关系。还有，方凯不是没有结婚吗？"

老大冷笑道："什么方凯不方凯的，老子不认识！反正，今天我们受人所托,要把你的脸划烂,然后再把这段视频发给那个男人,看他还爱不爱你。"

闻言,赵非烟的脸色瞬间变得苍白,口中厉声道:"我没有做'小三'!"

老三上前一把抓住赵非烟的头发,比画着手中的匕首,恶狠狠地说:"你再动,老子就捅死你!"

鉴于赵非烟的双手已被绑住,再加上对方有刀在手,她只能是嘶声怒吼。

杨杰虽然跟赵非烟关系不好,但想着毕竟是同事,自己也不能眼睁睁地看着赵非烟的脸被毁了。于是他站了起来,口中发出"呜呜呜"的声音,想要劝阻制止他们。

老大骂了一句,手中的刀指着杨杰:"小子,你也想来参演吗?可惜没你的剧本!给老子蹲下!"

面对刀的威胁,杨杰只能是无奈地再次蹲下。

老二上前照着赵非烟就是一耳光,然后抓住了赵非烟的肩膀。因为双手被绑在后面,赵非烟动弹不得,只能是怒吼道:"放开我!我没有做'小三'!"

"你说了不算!"老大冷笑道,"我的客户说你是,那你就是!"

听着赵非烟的尖叫怒吼,杨杰脑子一热,再次站了起来。

老大见杨杰屡次打断他们的事,大步走到杨杰面前,将匕首抵着杨杰的脖子上,恶狠狠地说:"小子,你要找死我成全你!来,死前让你说一句遗言!"说完,就把杨杰嘴上的透明胶带撕了下来。

看了眼脖子上架的匕首,杨杰其实心中极为害怕,甚至双腿都在颤抖,但他仍然强撑着说:"赵非烟做谁的'小三'了,就算你们要替天行道,也得让人知道是怎么回事吧?"

"你以为我会在录像中把雇主的名字说出来?我有那么傻吗?"

老大狞笑着,用匕首一下接一下地拍打着杨杰的脸,"我就是不……咦,你刚才说什么,赵非烟?"

眼看着匕首在自己眼前晃来晃去,杨杰双腿颤抖的幅度越来越大,听到老大的话,他结结巴巴地回答:"是……是啊。"

老大骂了一句,转而走回到赵非烟面前,厉声道:"你不是秦默?"

"我不是秦默!我是赵非烟!"赵非烟大声说,"秦默跟老板昨天去深海市了。"

"这就尴尬了。"老大气急败坏地冲着老四吼,"拍拍拍,还拍个鬼啊,这个人是你们抓来的,你们都没看清楚是谁吗?"

"可她戴的工作牌就是秦默啊。"老四无比委屈地说。

杨杰跟赵非烟瞬间反应了过来,林刚跟秦默临时有事去了深海市,为了方便会员管理,原本为他们订做的工作牌就转给了杨杰跟赵非烟。

绑匪们并不认识秦默,但看到赵非烟戴着秦默的牌子,理所当然地将她给抓了回来。

赵非烟虽然性子火爆,但也不想在这个时候去激怒绑匪,连忙解释道:"秦总监去深海市之前把工作牌给我了。"

"完了,亏大了!"老大破口大骂。

"现在怎么办?"老四小心翼翼地问道。

"还能怎么办,回去啊!"

老四连忙指了指赵非烟:"那他们两个呢?"

老大又骂了一句:"难道你还打算把他们送回去吗?关在这里好了……对了,把他们身上的手机拿走。"

老四在两人身上一搜,却没有发现手机,不由得骂了句"穷鬼",就赶紧追着老大跑出仓库。

听见仓库铁门关上以及上锁的声音。杨杰大惊,冲到门口大喊:"大哥,你放我们走,我保证不跟别人说!"

"老子从来就不信什么保证!"老大的声音从外面传来。

然后,面包车发动,杨杰从门缝中看到车灯飞快远去,最终消失在黑暗的夜色中。

杨杰回头望去,朦胧的月光下,赵非烟脸色苍白。她轻声地说了句:"谢谢!"

刚才若不是杨杰冒死出头,她的脸早已被刮花,这对于女人来说,无异于死亡。

杨杰很想说上一句客气话,但口中却下意识地说:"你不是跆拳道高手吗?怎么就被人像抬猪一样抓来了?"

赵非烟的感激之情瞬间不翼而飞,睁大眼睛说:"你说谁是猪呢?"

"这里还有其他人吗?"杨杰冷笑,"打我挺厉害,刚才怎么不跟他们打啊?"

"你瞎了吗?他们手上有刀!"赵非烟怒道。

"先不说这个,你转过去!"杨杰话锋一转。

"你要做什么?"赵非烟非但没有转身,反而厉声警告道,"杨杰,你之前在水中差点儿掐死我,我没跟你计较,你现在要是还打什么坏主意,可别怪我不客气!"

杨杰懒得解释,朝赵非烟走去。

赵非烟冷笑着,差不多距离还有一米的时候,她突然飞起一脚踢向杨杰。

杨杰根本就没反应过来,整个人被踢得腾空而起,"啪"的一声摔在地上,杨杰只觉得大腿剧痛,就好像被汽车给撞了一下。他咬牙切齿地怒骂:"赵非烟,你居然对你的救命恩人下手?你还是人吗?"

赵非烟冷笑道:"要不是看在你刚才说了两句好话的份上,这一脚我能直接把你的腿踢断,你信不信?"

"我就不该救你,好心当成驴肝肺!"杨杰咬牙,挣扎着坐了起来,但左脚痛得根本站不起来。

赵非烟满脸嘲弄地说:"好心?好心倒来打我的主意?"

杨杰怒吼道:"我是想帮你解开手上的胶带!"

赵非烟顿时愣住了,然后脸上露出讪然的表情,但很快,她的声音比杨杰还要大:"好好说不行吗?非要自己找死,怪得了谁?"

杨杰实在是不想跟她多说,坐在地上吼:"还愣着干啥,过来啊。"

赵非烟这才走过去转身,将被绑的手腕放在杨杰面前。

杨杰低头将赵非烟手腕上的胶带咬断,然后转过身,让赵非烟把自己手腕上的胶带解开。双手解开后,杨杰揉了揉左腿,站了起来。他一瘸一拐地沿着仓库墙壁走着,试图寻找其他的出口。

转了一圈后,杨杰心灰意冷地坐在地上。

这个仓库之前也不知道是存放什么的,有如监狱般的坚固,在墙壁上踹一脚,声音沉闷之极,绝不可能破墙而出。

门是厚达两厘米的铁板,并横竖焊了数根拇指粗的铁架,估计就算是用卡车撞,也难以将铁门撞开。窗户更是有手臂那么粗的铁栅栏,前后两道相互交错,稍微大点儿的老鼠都很难进出。

更让人无语的是,门窗和边框是一个整体铸件,深深地嵌进了墙壁之中,想要将边框撬开,根本行不通。

"这里以前是存黄金的吗?"赵非烟转了一圈,低声抱怨道。

"荒山野岭的,又这么坚固,搞不好是部队存放武器弹药的。"杨杰下意识地接了一句。

一阵沉默,然后,两人都"吓"了一声。

杨杰找了两块木板,也顾不上地面干不干净,用木板当枕头,躺下就睡。

眼下虽然是夏天,但这荒郊野岭的半夜还挺冷,之前是因为担心害怕没觉得,现在躺下,杨杰本能地打了个寒战。他连忙爬起来,找来一堆木头,用石头一顿乱砸,弄了些木屑点燃,烧了一堆火,这才蜷伏在火堆旁继续睡觉。

赵非烟起初还站得远远的,但寒意实在是难以抵挡,忍不住靠近火堆。

杨杰眯着眼睛看到赵非烟靠近,嘴角浮现出一丝笑意。

赵非烟迟疑了一下,飞快地坐在火堆边。

杨杰突然睁开眼睛,看着赵非烟,"咦"了一声,也不说话。

赵非烟硬着头皮,往火堆中添木板。

杨杰"呵呵"了一声,翻了个身,继续睡觉。

等到杨杰醒来的时候,天已经亮了,火堆早已熄灭,赵非烟抱着双臂蜷成一团,睡在旁边,就好像是一个受了委屈的孩子。

杨杰突然想在赵非烟身上盖件衣服,只不过,他身上也就只有一件T恤,而仓库里面除了木板和破烂桌椅外,就只有石头和砖块。

杨杰摇摇头,暗道自己怎么会有这种念头。他走到窗前,窗户很高,踮起脚也看不到窗外的情形,杨杰四下一张望,拖了张还剩三只脚的桌子,小心翼翼地站了上去。

外头是半个足球场那么大的水泥坪,周围有三排平房,如同'凹'字一般围绕着四周。平房再往外是围墙,两米多高,顶部扎了一圈圈的铁丝,正对面是一扇敞开的铁门,门口还有一个岗亭,坚固得如小型堡垒。而铁门的外边,一条简易的公路蜿蜒着,消失在不远处的树林中。

"喂！有人吗？"杨杰突然放开喉咙大喊，"救命啊！"

身后传来一阵窸窣声，却是赵非烟被吵醒。揉揉眼睛迷迷糊糊地东张西望，很快想起自己所处的环境后，连忙起身寻找出口。

晚上虽然找了一遍，但黑漆漆的，有可能会漏掉重要的东西。

两人仔仔细细地将仓库再检查了一遍，最终颓然地发现，这仓库除了铁门，再无其他出去的可能。

甚至，地板上都涂了一层厚厚的水泥，杨杰搬起石头在靠墙的地板处一通乱砸，水泥地面却毫发无损。赵非烟也脱下了自己的防晒衣，拧成条，绑在窗户的铁栅栏上用力绞动，试图将铁栅栏弄弯，但防晒衣极薄，又没有沾水，韧性大打折扣。最后，铁栅栏没事，衣服反倒是被拧烂。

"咕噜噜"，杨杰的肚子不争气地响了起来，他坦然地看着赵非烟："我饿了。"

赵非烟脸上闪过一丝忸怩，并不是因为肚子饿，毕竟肚子饿是人之常情，没什么好奇怪的，相信过不了多久，她也会肚子饿。

之所以忸怩，那是她想到了另一件令人尴尬的事情，吃喝拉撒乃人之常情，既然肚子会饿，那么昨天吃的东西今天就会排泄出来，仓库虽大但一览无余，总不能当着这个家伙的面方便吧。

你的血幻化成我的泪

正不知所措，杨杰将那张三条腿的桌子拖到角落，然后竖了起来，又找了几块木板石头遮挡了一下，一个密闭的小空间出现。拍了拍手，杨杰笑着说："要是有需要，将就用吧。"

赵非烟顿时面红耳赤："你自己用好了。"

杨杰破天荒地没有跟赵非烟斗嘴，转身回到原来的地方坐下。

杨杰脸上露出似笑非笑的表情，好一会儿他才轻咳两声，很是严肃地说:"小赵。"

杨杰来公司两个多月了,跟赵非烟之间一直形同水火,从来没有正儿八经地叫过对方的名字,这么客气的称呼,还真是破天荒。

赵非烟不知道杨杰葫芦里卖的什么药,略带警惕地说:"什么事?"

"自从我来公司以后,我们之间一直有误会,然后误会又一直没有解开,导致矛盾越来越深……"

"那是你对我有误会,我对你没误会!"赵非烟打断杨杰的话。

杨杰苦笑道:"不管谁对谁错,这个我们先不去讨论,就算有深仇大恨,我们也得等出去以后再解决,是吧?"

赵非烟想了一下,点了点头。

"眼下我们身陷困境,看这个情形,估计一时半刻我们也出不去,所以接下来我们还是不要再吵了,好好想想怎么在这里活下去吧。"杨杰脸色再次变得严肃起来。

"行!"赵非烟想了一下,觉得杨杰说的话也有道理。

"上厕所的问题已解决。"杨杰指了指墙角的简易厕所,"现在更重要的是解决吃喝的问题,尤其是喝水。三天不吃饭不会死人,但三天不喝水,肯定会死人。"

赵非烟心中一咯噔,其实,杨杰所说的这个问题,她已经想到了,但心里一直拒绝去面对。赵非烟苦笑着望了望窗外:"如果能下雨就好了,还可以接点儿雨水。"

杨杰点了点头,接着说:"希望仓库里面有蛇和老鼠吧。"

虽然吃蛇和老鼠很恶心,但赵非烟也知道他们已经没有别的选择了,只好点了点头表示同意。

一天的时间很快就过去了,别说蛇和老鼠,就连蟑螂都没看到一只。

期间,两人轮流在窗口呼救,声音都喊哑了,都没有任何回应,杨杰越发确定,这个仓库肯定是以前部队用的,要不然也不会藏在这深山老林之中。

二人感觉时间过得极为缓慢,每一分钟都漫长得有如一天。

饥寒交迫中,一个晚上过去了,然后又是一个白天过去了。

从被绑架到现在,两人被困在这儿已经两天两晚,感觉却已经过了两年。赵非烟完全没有了往日的神采飞扬,全身几近虚脱,美丽的大眼睛也黯淡无神。而杨杰更是眼眶深凹,下巴上的胡茬也长了出来。

夜幕再次降临,两人肚子时不时发出雷鸣般的声音,嘴唇更是干裂得脱皮。

杨杰看了一眼蜷坐在角落的赵非烟,突然觉得她好像也没有之前那么讨厌了。想到此人有可能是自己此生见到的最后一个人,杨杰感叹道:"没想到我最后居然和你死在一块儿了。"

赵非烟连忙说道:"别胡说,要死你自己死去,别拉上我!"

杨杰勉强笑了笑:"也是,你看看你,长得漂亮,还有个温柔多金的男朋友,哪舍得死啊!"

赵非烟沉默了一会儿,说道:"有些事情并不是你看到的那个样子,方凯只是我的普通朋友,他追我那是他的事情,我已经明确跟他说过好多次,我跟他是不可能的,但他仍然不放弃……喂,你那是什么表情?不信吗?"

杨杰嘿嘿一笑:"你我都是婚恋师,自然明白经济基础在婚姻里面有多重要,方凯年少多金,对你又好,我实在想不通你为什么不愿意。"

赵非烟苦恼地说:"你知道吗?我是在单亲家庭里长大的,爸爸有钱以后就把妈妈抛弃了,对我这个女儿也爱搭不理。所以,我对有钱人一直都很警惕、很防备。我知道我的性格有些好强，我还去学了跆拳道，但我就是想要证明，不需要依靠任何人，我也能独立。"

饿了两天两夜后，赵非烟终于露出了内心脆弱的一面。

杨杰默然不语，突然觉得之前自己有些过分。

"那天那个女孩是你女朋友吗？"赵非烟话锋一转。

"你说魏旭啊，呵呵，算是吧，你觉得她怎么样？"杨杰笑着说。

"可以是可以，但我觉得她心机挺深的。"赵非烟直言不讳。

想到魏旭不是送了个"能文能武"给赵非烟吗？杨杰只是笑，也不反驳。

一阵沉默后，杨杰突然说道："那几个绑匪原本是要绑架秦总监，还说秦总监是'小三'，这事儿你怎么看？"

"秦总监看起来温温柔柔的，但对男女之间的距离非常在意，甚至都很少跟男同事说话。再说了，她身为总监，又不是没有钱，她要是'小三'，我还真不信。"赵非烟皱着眉头说道。

"'小三'不一定是为了钱，也有可能是为了爱情。"杨杰笑着说。

两人你一言我一语的，之前所有的不快竟然都烟消云散。不过，两天两夜没有喝水，嘴巴里面干得快要裂开，最后实在是说不出话来了，二人只能苦笑对视。

窗外的海风一吹，感觉比前两个晚上更冷，赵非烟摇摇晃晃地站了起来，找来两块木板，要杨杰点火取暖。

杨杰舔了舔干燥的嘴唇，说道："我知道你冷，但我不建议你烤火。"

"为什么？"赵非烟讶然地说。

"现在我们已经是这样了，烤火会蒸发掉我们皮肤里的水分，再烤的话，恐怕当场就会渴死！"杨杰苦笑着说。

赵非烟一想也是，闷闷不乐地坐了下来。

"别说话，也别动，睡觉吧，看看明天会不会有人路过。"杨杰蜷曲着身体。

赵非烟学着杨杰，抱着膝盖缩成一团，看着窗外，显得十分孤独无助。

杨杰突然说："你过来，我们两个挤一挤，暖和点儿。"

赵非烟愣了一下，眼神开始闪烁。

"反正我也打不过你，你别非礼我就行！"杨杰笑着说。

赵非烟的嘴角上翘，浮现出一抹笑容，站起身走到杨杰身边坐下，迟疑了一下，头一歪靠在杨杰身上，而杨杰也迟疑了一下，张开手臂搂住赵非烟的肩膀。

两人迷迷糊糊地睡了过去。

半夜，赵非烟又冷又饿，感觉口中有如一团火焰在燃烧，全身上下的毛孔都似乎在喷火，忍不住呻吟了一声。迷迷糊糊又睡了过去，然后被极度的干渴惊醒，到了后来，赵非烟眼前不断浮现出妈妈的脸，然后是各种水果，最后，她那个有钱的父亲手中拿着一瓶矿泉水，狞笑着说："老子就算把水倒掉，也不会给你喝。"

突然，一个人从旁边冲了出来，赵非烟看不清他的面目，似乎是方凯，又像是林刚，然后又变成了发哥的脸，这人一把抢过他父亲手中的矿泉水，然后凑到她嘴前，发出比乌鸦还难听的声音，说："慢慢喝。"

赵非烟顿时大口大口地吞咽着，感觉这水有点儿咸，有点儿腥，而且有点儿热。

喝了几口，赵非烟神智逐渐清醒，睁开眼睛，只见杨杰正抱着自己，满脸痛楚，而自己却正凑在杨杰手腕上大口喝血。

赵非烟心中一惊,奋力推开杨杰。

杨杰已经全身乏力,被这么一推,顿时瘫倒在地上。

赵非烟连忙把他抱起,眼角无比酸胀,如果还有眼泪的话,此刻肯定已经落下。见杨杰的手腕还在流血,她没有丝毫犹豫,脱下T恤,一点都不在乎自己只穿了一件内衣,用衣服将杨杰的手腕缠了一圈,然后死死地摁住。

杨杰双眼无神,奋力挤出一抹笑容,声音嘶哑得比乌鸦还难听:"他们说……捐血有……有饼干吃……也不知道……是不是……真的。"

赵非烟口中无法发出声音,只是拼命点头,终于,有一颗豆大的眼泪从眼角缓缓滑落。

杨杰颤抖着伸出手,用食指接住了那一滴眼泪,颤巍巍地将眼泪往口中送去,舔了舔,露出了满足的笑容,头一歪,晕死了过去。

赵非烟发出一道极为难听的号叫,手伸到杨杰的鼻前,感觉还有呼吸,连忙死死地抱着杨杰,生怕一松手,杨杰就会死去。

天色逐渐变亮,然后,有汽车的声音从外头传来,赵非烟昏暗的眼神突然就亮了起来。她轻轻放下杨杰,摇摇晃晃地往门边走去。

车停了下来,听声音下来好几个人,其中有一道极为洪亮的声音:"想不到这深山老林居然还有一座仓库。"

赵非烟走到门前,用尽全身力气,一脚踢在铁门上,随后,她眼前一黑,昏了过去。

第五章　战况升级，风云再起

女人是一种奇怪的生物，面对爱的人，她是扑火的飞蛾，一点点的温存就让她丢失了自我；面对不爱的人，她是穿肠的毒酒，拈花一笑间便让人肝肠寸断。

和解

海城市人民医院，门诊大楼305房，墙壁与床单都是一片雪白。

杨杰跟赵非烟各自躺在一张病床上，另一张空出来的病床上坐着发哥跟罗筱羽，魏旭则坐在杨杰的床尾低头削着苹果，透过病房的观察窗，可以看到方凯正在外头打电话。

杨杰和赵非烟两人被野外露营的驴友发现，第一时间送去最近的医院抢救，打了一天的吊瓶，脱离了危险，但还需要住院观察几天。

方凯得知消息后找车将两人接回了海城，本来是给安排了高级病房，但赵非烟怎么都不肯进去，最终住进了普通病房。尽管如此，方凯还是打了招呼，另一张床暂时别再安排人进来。

至于海岛相亲聚会那边，虽然杨杰、赵非烟两人失踪，但发哥跟罗筱羽力挽狂澜，一边报警并联系林刚，另一边宣称赵非烟、杨杰两人临时有事回市区了，活动继续进行，而林刚和秦默也及时赶了回来，一直到相亲聚会结束，会员们都不知道出了事。

得知两人安然无恙，林刚心中悬着的石头总算是落了下来。但事情没完，绑匪明显是奔着秦默而来，如不找出绑匪，下一个被绑的肯定就是秦默。因此，林刚这几天忙着在公安局奔走，要警方尽快破案，抓住幕后主使。

一切看似平静，实则暗流汹涌。

病房的门打开，护士走进来换了杨杰的吊瓶，换完后看了看赵非烟的吊瓶，交代说："快没了就叫我。"这才出门而去。

"身材不错。"发哥刚说完，连忙瞥了罗筱羽一眼，见罗筱羽神色如常，这才从自己带来的水果篮中掰了个香蕉，冲杨杰晃了晃："吃不？"

杨杰摇摇头。

发哥毫不客气地剥开香蕉，自己吃了起来，笑着说："我说，你们可真命大，三天三夜不吃不喝，还能活着出来。"

"是啊！"杨杰也不可思议地感叹道。

发哥转而望向赵非烟："非烟，你们两个孤男寡女共处一室，他有没有耍流氓啊？"

赵非烟顿时面红耳赤，杨杰马上呵斥道："发哥，非烟可是会跆拳道的，我哪有胆儿动她啊！"

闻言，魏旭警惕地看了赵非烟一眼。

发哥更是惊讶地说："我没听错吧，你居然叫她非烟？"

赵非烟非常聪明，顿时听出了苗头，眉头一皱："发哥，杨杰以前在背后是怎么叫我的？"

"呵呵，这香蕉真香。"发哥连忙转移话题。

"发哥,你说不说?"赵非烟冷笑道。

发哥干咳了两声,赶紧转移话题:"罗经理,你不是要去买打印纸吗?我帮你去搬!"不等话说完,飞似的逃了出去。

罗筱羽微微一笑,交代两人安心养身体,这才告辞。

门外,传来罗筱羽的冷笑声:"发哥,你刚才好像说,谁的身材好?"

房间里面还剩下魏旭,她把削好的苹果递给杨杰,冲着赵非烟微微一笑:"赵姐,要不要我给您削个苹果?"

"不劳烦你了,我想休息一会儿。"赵非烟看着窗外。

这时候,方凯打完电话,走了进来,坐在方才发哥的位置,说道:"非烟,我朋友说了,这个案子的关键在秦默那边,她现在什么都不肯说,也不承认自己有做过'小三'……嗯,有什么进展我再告诉你。"

赵非烟"哦"了一声,似乎对谁是绑匪并不怎么在意,但仍然说了声"谢谢"。

杨杰对方凯的印象非常好,笑着说:"方凯,虽然我跟赵非烟在仓库中被关了三天三夜,但我们可是清清白白的。再说了,她都跆拳道黑带了,我就算有歪心思,也打她不过啊!"

方凯哑然失笑:"就凭你在海中救过非烟,我感谢你还来不及呢。"

赵非烟嗔道:"喂喂喂,他救我,你感谢什么?说得好像我是你什么人似的。"

"作为朋友,感谢也是应该的嘛。"方凯一点儿都不生气,脸上挂满阳光笑容。

"方凯,你是不是假富二代?"杨杰继续开着玩笑,"我记忆中的富二代,都是骄奢蛮横的,开口闭口就是我用钱砸死你,你怎么就这么斯斯文文呢？"

方凯微笑摇头道："我哪算什么富二代。"

"虚伪！"杨杰跟赵非烟同时脱口而出。

魏旭在旁边一言不发，眼神却闪烁不已。

中午的时候，方凯说去给两人弄点吃的，魏旭迟疑了一下，说她比较清楚杨杰的口味，也跟着方凯出了门。

走到医院斜对面的饭店，方凯点了个鸡汤、一个淮山炒肉和一个青菜。

见魏旭点了一个麻婆豆腐、一个爆炒猪肚，方凯微微扬了扬眉毛："医生都说了这两天要吃清淡点儿，你点这么辛辣的，不好吧？"

魏旭叹息了一声，眼神黯淡地说："跟他说过好多次了，可他就是不听，我也不能勉强他，反正，他说什么我都照做就是。好羡慕赵非烟啊，什么事情都有自己的主见，有什么事情不如她的意，就直接说出来。"旋即，似乎察觉到自己说错了什么，魏旭连忙说道，"不好意思啊，我不是说她坏话，我只是羡慕她率性而为。"

方凯似笑非笑地看着魏旭："杨杰很不讲理吗？"

魏旭连忙摇手："不不，杨杰很好的，他不会不讲理。"转而敲了敲自己的脑袋，"我真是笨，居然说话都说不好。反正，他像哥哥一样关心爱护我。"

"哦！哥哥？我还以为他是你男朋友呢。"方凯的笑容有些古怪。

"算是吧，我也不知道他是不是我男朋友，他在我最落魄的时候收留了我，我很感激他。"魏旭笑了笑，"对了，你跟赵姐在一起多久了？"

方凯目光闪烁，突然说道："我跟她的故事，一时半会儿可说不完。"

"肯定很感人,我好想听哦。"魏旭红着脸说,"要不,我加你微信,有空的时候,你就跟我说说你们之间的故事,好不好?"

方凯笑了笑,居然还真的加了魏旭的微信,并一语双关地说:"不管什么时候都可以吗?"

魏旭低着头,娇嗔道:"讨厌。"

与此同时,病房内杨杰跟赵非烟也在有一搭没一搭地聊着。

"你说,绑架秦总监的人到底是谁?"杨杰斜靠在床头,啃着苹果,看了一眼赵非烟床头的吊瓶,提醒道,"你这瓶快打完了。"

"这个恐怕只有秦总监才清楚。"赵非烟坐了起来,按下床头的呼叫器,"她到底有没有做'小三',又是做谁的'小三',只要跟警方一说,嫌疑人不就浮出水面了吗?"

杨杰将苹果核扔进了旁边的垃圾桶,用纸巾擦嘴:"可她就是不承认啊,要么,是她真的没有做过'小三';要么,是她怕说出来影响自己的名声。"

这时,护士走了进来,杨杰顿时住口不言。

护士熟练地拔掉针头,要赵非烟用棉签压住针孔,看了一眼杨杰那边的吊瓶,出门而去。

"对了,你在背后是怎么叫我的?"赵非烟突然问。

"赵非烟啊。"杨杰一脸的君子坦荡荡,其实他私底下一直都叫赵非烟为母老虎。

"哦?是吗?"赵非烟语气充满威胁。

杨杰马上转移话题:"听发哥说,这次海岛相亲聚会牵手的人数并没有达到预期。明确表示在一起的不到二十对,而表示好感的也只有二十多对,就算后期这些有好感的都走到了一起,成功率也不到一半。"

赵非烟的注意力果然被转移:"明确在一起的先不管,这些有好感的会员,其中有十五个是我的客户,另外有四个是你叫过去的会员。一说到这个,我倒是想起了一件事情,你叫去的都是些什么人啊?怎么这么丑?"

杨杰不服气地反驳:"丑不丑你说了不算,萝卜青菜,各有所爱!我就觉得他们挺帅的。"

"所以说,一个人的审美真的很重要,你的美术课是体育老师教的吗?"

"这跟美术有什么关系?"杨杰忍不住加大音量。

"跟你说道理,你就开始耍无赖吗?有理不在声高!"说归说,赵非烟自己的声音也提高了不少。

就在两人唇枪舌剑之际,方凯和魏旭走了进来,两人立马住口,一个看着天花板,一个看着窗外。

而方凯和魏旭两人也是颇有默契,谁也没有说添加了对方微信的事情。

第二天办理出院手续,方凯开车来接赵非烟,跟杨杰、魏旭挥手告别后,开车拐进了车流之中。

"去吃什么?"方凯问。

赵非烟"哼"了一声:"刚才我喊杨杰吃饭,你非说有事,现在怎么没事了?我说方凯,要是我来一句你有事尽管先走,你面子往哪儿搁?"

"我才不怕呢。"方凯得意地说,"别人不知道你,我还不知道?表面上霸道野蛮,其实最替别人着想。"

"哼,就你聪明!"赵非烟翻了个白眼,"你这么做应该有你的理由,说,怎么回事?"

"既然杨杰是你的救命恩人,之前他跟你的误会就算是一笔勾销了,是不是?"方凯目视前方,轻松地控制着方向盘。

"可以这么说吧。"赵非烟有些不太肯定,"旧恨虽然勾销,但新仇可是又在积累,昨天你又不是没看见,在医院我们就差点儿吵起来了。"

方凯哑然失笑:"不说这个,吵架归吵架,怎么说他都救过你,你也不希望他被人坑是不是?"

赵非烟顿时身体坐直,望向方凯:"谁会坑他?"

方凯大有深意地看了赵非烟一眼:"他女朋友魏旭不是什么好人,昨天她问我要微信号了,然后晚上我跟她聊了一会儿,这是聊天记录,你自己看。"

方凯将手机切换到微信页面,找到跟魏旭的聊天记录,递给赵非烟。

赵非烟飞快地看了一遍,不禁眉头大皱。魏旭聊天的字眼拿捏得非常精准,每句话都好像是从普通朋友的立场出发,劝方凯要如何和赵非烟相处。但只要方凯说赵非烟的不是,她就会站在赵非烟的立场说话,帮赵非烟辩解。

不过,她的辩解都不是很成功,甚至还有点儿帮倒忙的感觉。就好像是赵非烟站在悬崖边,然后魏旭伸手去拉她,但在拉的过程中,魏旭突然摔了一跤,反而一脚把赵非烟踢下深渊。

尤其是到后来方凯都明说了:我现在就去宾馆开房,我们待会儿聊到天亮。

而魏旭却回了两个字:讨厌!

"当时只要我去开房,她肯定会过来!"方凯肯定地下了结论。

赵非烟翻到最后一句,方凯说朋友临时有事,不能去了,而魏旭则回了一个鄙视的表情。

截了个长图发送到自己的微信上,赵非烟冷笑道:"看不出来啊,方凯,你以前经常跟别人说开房吗?"

方凯断然否认:"当时我朋友就在旁边,每一句台词都是他教我的。"

赵非烟皱眉道:"不行,我得跟杨杰说一声,这女的太坏了。"

方凯连忙劝阻:"喂,你可不要做傻事。"

"怎么就做傻事了?"赵非烟语气微怒,"提醒同事不要被骗,也是做傻事?"

方凯哭笑不得地说:"亏你还是婚恋师,这么明显的问题你都看不出来?你怎么去跟杨杰说?难道你要说,听说你的女朋友要出轨,来,把这顶绿帽子戴好……请问,他脸往哪儿搁?"

一想也是,赵非烟忍不住问:"那怎么办?"

方凯再次深深地看了赵非烟一眼:"非烟,我觉得你有点儿不对劲,这种男男女女的事情不是你最擅长的吗?"

"你没听过当局者迷吗?"

"关你什么事?你是旁观者好不好。"

"他是我救命恩人,我得报答他!怎么可能是旁观者?"赵非烟理直气壮地解释。

杨杰在魏旭的陪同下办理了出院手续,直奔医院对面的餐馆,点了一桌子菜,还要了好几瓶饮料,胡吃海塞了一顿。

魏旭笑着说:"你别呛着。"

揉着鼓鼓的肚子,杨杰满足地叹息:"我要把这几天的食物补回来,给我的肚子报仇!"

魏旭"扑哧"笑出声:"报仇吗?晚上我陪你去吃自助餐!"

杨杰一拍大腿:"对啊,自助餐!嗯,我得叫上非烟,她估计也要报仇!"

魏旭眼中闪过一丝异色,脸上却笑着说:"那肯定,患难之交嘛。先回去洗个澡再说吧,你这衣服上面全是医院的味道,可不怎么好闻。"

杨杰深以为然，刚拦下一辆计程车，魏旭的微信响起，看了一眼，她眉头微皱："公司临时有事，我得先回公司一趟。"

"那晚上的自助餐呢？"杨杰随口问道。

"你先叫发哥吧，我也不知道会忙到什么时候。"魏旭满脸歉意地说。

"喂，走不走啊。"出租车司机不耐烦地催促。

"行，到时候电话联系。"杨杰钻进了出租车，一溜儿烟而去。

魏旭这才回复微信：我晚上有空，你想带我去哪儿吃饭呀？

"云中餐厅。"对方回复，微信备注名字赫然是方凯。

海城最高的建筑是华富大厦，楼高二百一十八米，共五十层，原本顶层是做观光区的，后来观光的游客寥寥无几，老板一发狠，将其改成餐厅，反倒是生意兴隆。

魏旭赶到云中餐厅的时候，方凯已经在等。点完餐，服务员开始准备餐垫碟子。魏旭发现桌上铺了三张餐垫，不由得讶然地问："还有谁？"

"还有我！"旁边那桌一直埋头看菜谱的女子抬起头，起身坐在方凯身边，虽然只是扎着马尾，却明艳的不可方物，女子正是赵非烟。

魏旭吃了一惊，旋即沉住气，微笑着说："原来是赵姐，我正要问阿凯，怎么没看到你呢。"

也不知是不是故意，她管赵非烟叫赵姐，却管方凯叫阿凯。

赵非烟是个直性子，冷笑一声道："这顿牛排就当我给你送行，吃完后立马滚蛋，以后离杨杰远一点儿。"

魏旭脸色微微一变，冷笑着说："这话我就听不明白了，难道赵姐你看上了杨杰？想要脚踏两只船？"

赵非烟"呸"了一声,拿出手机,翻到相册中的微信长截图,放在魏旭面前:"我要是再看到你在杨杰面前出现,就把这张图发给他,让他好好地认清你这个人。"

魏旭看了一眼微信截图,脸上一阵红一阵青,转而望向方凯:"姓方的,你居然坑我?你居然是这种人!"

方凯耸肩摊手道:"我也没想到,你居然是这种人。"

魏旭再也坐不住,起身就走。

身后传来赵非烟的声音:"记住,别让我再看到你。"

君子腹难敌小人心

某出租公寓,何文远一边玩着手机游戏,一边听魏旭说着事情经过,脸上始终笑意盈盈,听魏旭说完他又玩了一会儿游戏,这才将手机放下,走到魏旭面前。

魏旭低着头,根本不敢看何文远。

何文远伸出手指,将魏旭的下巴勾了起来,笑眯眯地说:"傻瓜,你在怕什么呢,我又没有怪你。"

魏旭顿时松了一口气,嫣然一笑:"我就知道你不会怪我的。"

何文远哈哈一笑,突然抡圆了胳膊,甩了魏旭一记响亮的耳光。他这一下出手非常重,直接把魏旭扇倒在了地上,左脸更是瞬间通红。

"你……打我?"魏旭捂着脸,眼中震惊、愤怒、恐惧、失望、痛苦……各种情绪纷沓交错。

"对啊,我打了你,怎样?有没有弄痛你啊?"何文远英俊的脸上仍然笑容可掬,蹲下来,伸手去抚摸魏旭的脸。

魏旭下意识地闪躲,口中怒道:"何文远,你王八蛋,滚开!"

何文远微笑着,一把抓住了魏旭的头发,猛地往后一扯,魏旭顿时被甩出去两米远。

"我那么爱你,你却勾搭别的男人,给我戴绿帽子!"何文远手越来越用力,脸上的笑容也逐渐变得狰狞起来。

跟头皮传来的剧痛相比,魏旭觉得一股寒意从心底涌出,嘶声解释:"阿远,我们是真的没钱了啊!"

何文远冷笑着说:"你也知道没钱了啊,杨杰那边为什么还不肯出全力?"

魏旭的眼泪簌簌掉落:"阿远,你真的要我这么做吗?"

"你没做过吗?"何文远狞笑道,一只手在魏旭的脸上拍打着,"怎么到了杨杰就不行了呢?"

魏旭嘶声喊道:"越是得不到,越会珍惜,难道这个道理你也不懂?"

何文远看着魏旭,眼神闪烁,好一会儿后,他松开了魏旭的头发,叹息了一声:"只要你把杨杰搞定,跟他结婚,然后等他继承了他叔叔的财产,到时候再离婚。亿万家产啊,我们只要分一半,就可以无忧无虑地过下半辈子了。"

魏旭坐在地上,脸上阴晴不定。

何文远突然就变得激动起来:"你以为我心里不难过吗?每天看着你跟杨杰聊天,我都心如刀割,但为了将来的好日子,我只能是忍气吞声!为什么我会对方凯这件事反应这么大,还不是因为太在乎你了!"

魏旭"哇"的一声哭了出来:"阿远,你别说了,我这就去找杨杰!"

何文远眼中闪过一丝得意,口中却沉声道:"这事不能再拖了,杨杰那个美国叔叔随时都可能回国,到时候再跟他结婚就来不及了,婚前财产跟婚后财产是两回事啊!"

魏旭哭着点头:"我明白了。"

何文远似乎想到了一件事,皱眉道:"赵非烟手中有你跟方凯的聊天记录,这事可有些麻烦。"

魏旭面带得意地说:"聊天记录这个事不用担心,我跟方凯聊天用的是小号,就算捅到杨杰那边我也不怕。现在的问题是,杨杰跟赵非烟已经冰释前嫌,这样下去,她对我的威胁很大,得想个办法重新激发他们的矛盾才行。"

想了想,魏旭摸了摸红肿的左脸,眼中露出阴冷的目光:"看来也只能如此了。"

风味自助火锅店在海城非常有名,主要是便宜,六十六块钱一位,食物饮料随便吃喝,鸡鸭牛羊鱼蟹一应俱全。看起来老板赚不了什么钱,实际上,绝大多数人也就吃个二三十块钱就饱了,老板稳赚不赔。

这个绝大多数人里头肯定不包括杨杰,他一直吃到肚子滚圆,看到肉都想吐,这才由发哥扶着出门。他们走的时候身后传来服务员的窃窃私语:"这家伙怕是吃掉了半头猪,全都是这种客人的话,老板会亏死!"

二人都不敢坐车,生怕稍微一震动就会吐在车上,一路走到公寓楼下。杨杰实在是撑得慌,说是要继续在小区里面散散步消消食,发哥只得先行回家。

转了半个多小时,杨杰觉得好了很多,正要回去,手机铃声响起。起初杨杰还没反应过来,左右张望,后来才想起,这是自己新买的手机发出的铃声。

拿出手机,显示的是陌生号码,杨杰眉头微皱,按下接听键:"哪位?"

"杨杰吗?"

"是的。"

"你认不认识魏旭?"

杨杰有些吃惊地问:"她是我女朋友,你是谁?"

"认识就好,你女朋友在月形山公园金鱼亭,受了点儿伤,你快过来。"说完,那边直接挂了电话。

杨杰放下电话,连忙叫了辆出租车直奔月形山而去,一路上不停地拨打魏旭的电话,对方始终不接。

月形山位于海城市西南方向,空中俯瞰,山如月牙,因此而得名。山中郁郁葱葱,凉风习习,每逢夏夜,来此纳凉的居民极多,政府索性将其开辟成公园,并修建了十二座凉亭,原本打算以十二生肖命名,但后来有人反对,什么猪亭、狗亭不是很好听,最终以十二星座命名。

按照星座顺序,双鱼亭距离山脚并不远。

尽管如此,杨杰下车后还是一顿猛跑,跑到双鱼亭已是气喘吁吁。

凉亭中,魏旭靠着柱子而坐,昏暗的灯光下能看到她左脸红肿,隐约有一个手掌印。

看到杨杰,魏旭摇摇晃晃地站了起来,下一刻,"哇"地哭出声。

杨杰见此又惊又怒,冲上前抱住魏旭,连忙问:"你怎么了?怎么不接电话?出什么事了?"

"我也不知道怎么回事,四五个男的,把我抓到这儿就打,还要我离你远点儿。"魏旭哭着说,"阿杰,我好怕。"

"要你离我远一点儿?"杨杰愤怒的同时有些不知所措。这听起来好像是女人吃醋,可除了魏旭,自己也没有跟其他女人交往啊。随即,他脑中浮现出了一个人——张亚茹。

如果说能指使四五个人来恐吓魏旭，杨杰身边也就只有她有这本事了，且不说她背后的严守坤，就连她自己，叫几个海城大酒店的保安来，都不是个事儿。

不过，她为什么要打魏旭？杨杰连忙又问："他们还有没有说其他的？"

"他们走的时候，好像有人在说，富二代果然出手大方！"

"富二代？"杨杰狐疑地嘀咕，"难道是方凯？"

魏旭顿时头往后仰，好像是想到了什么，推开了杨杰，大声地说："肯定是他在背后主使！"

杨杰倒是有些奇怪了："你这么肯定？"

魏旭有些吞吞吐吐地说："有个事情，我一直都没跟你说。"

"什么事？"

"昨天，我跟方凯出去买吃的，他一定要加我微信，晚上就跟我说了些乱七八糟的话，还要喊我出去开房！我怕你知道了以后影响病情，就没告诉你。"

杨杰先是大怒，旋即皱眉道："方凯不像是这种人啊。"

魏旭生气地说："你的意思是我在骗你？"

"不不，我只是觉得这个事情有蹊跷，对了，你手机呢？我看看聊天记录。"

"我手机被他们抢走了，刚才还是找一个散步的大叔借的电话。"魏旭越说越委屈，再次大哭起来，"你都不知道，当时我有多害怕。"

杨杰连忙安慰道："我这就去找方凯问个清楚，真要是他，我跟他没完。"

魏旭哭着摇头："不用问了，我能肯定就是方凯跟赵非烟。"

"又跟赵非烟有什么关系？"杨杰越发疑惑。

魏旭迟疑了一下，似乎不好意思开口。

"说啊！"杨杰催促道。

"就今天下午，我不是说公司有事吗，其实，是方凯约我去吃饭。"魏旭声音小了许多。

"他昨天晚上跟你说了那些话，你居然还跟他出去吃饭？而且还瞒着我？"杨杰声音逐渐低沉下去。

魏旭嗫嚅着说："我说出来，你别生气。"

"你说，我不生气。"

"他说他可以投资给你开个公司，条件就是我去跟他吃顿饭。我看你现在上班那么辛苦还挣不到多少钱，想着能让你更好，才硬着头皮去的。"魏旭手指绞着衣襟。

杨杰突然很想骂人，但魏旭口口声声说是为他好，导致他满腔怒火无处发泄，"哼"了一声，说道："然后呢？"

"到了餐馆才发现，赵非烟就坐在旁边，她开口就要我离开你，否则就把我跟方凯的聊天记录给你看。"魏旭皱眉回忆，"当时我也是有些慌，生怕你误会我和方凯，敷衍了两句就走了。也不知道该不该跟你说这件事，就在路上乱逛，然后，突然就出现几个人就把我抓到月形山来了。"

"赵非烟疯了吗？"杨杰大怒，摸出手机就要打电话，"我这就找他们问清楚！"

魏旭连忙制止他："阿杰，你先别打，这个事情没凭没据的，到时候他们反咬一口，说我在撒谎，怎么办？"

杨杰指着魏旭脸上的手掌印，怒道："这难道不是证据？"

"也不能光凭这个就说是她找的人啊！"魏旭反而冷静了下来，"我觉得赵非烟对我好像很不满……你跟她这几天到底发生了什么？"

杨杰皱着眉头，把海边救人以及仓库被困的事情原原本本地说了一遍。

魏旭追问道："你们在仓库里又说了些什么，为什么你对她前后的态度完全不一样，甚至不惜放血给她喝。"

"她是单亲家庭，比较好强……"杨杰又把赵非烟的情况解释了一番。

魏旭若有所思地说："她会不会是缺乏父爱，然后你给了他父亲的感觉。"

杨杰没好气地说："别胡说八道。走，给我回家，我们去跟赵非烟说个清楚。"

赵非烟今天晚上的心情非常不错，跟方凯吃完西餐后，居然还有兴趣去逛商场，大包小包的买了一大堆。

回到家中，赵非烟兴致勃勃地将买来的小工艺品放在客厅各处做摆设，罗筱羽也笑嘻嘻地跟着一起研究东西放哪儿好看，二人还商量着哪里还需要添置点儿家当。

发哥见状，想要偷偷地溜去睡觉，却被罗筱羽当场抓获，分配了任务，说是客厅墙角还缺一个大花瓶，明天必须完成任务，不然就不准进家门。

发哥顿时抱怨道："杨杰呢，他怎么就不用买东西？"

赵非烟笑着说："他要买的东西，都交给我好了，我包了。"

闻言，发哥惊讶不已："我知道你们已经和解了，但也没必要发展得这么迅速吧？这都'包养'上了。"

赵非烟面带笑意地瞥了一眼发哥，拿起沙发上的抱枕就丢了过去，顿时，屋里响起了一阵鸡飞狗跳的声音。

就在这时，门口传来钥匙扭动的声音，想都不用想，这是杨杰回来了。

发哥嘿嘿笑:"喏,你'包养'的小白脸回来了。"

赵非烟"呸"了一声,脸却红了。

门打开,杨杰阴沉着脸出现在门口,他旁边是左脸红肿隐约能看到掌印的魏旭。

见状,发哥跟罗筱羽对视了一眼,非常有眼色地回到自己的房间。

大家都是在婚介公司上班的,对男女之事又怎么可能不清楚?杨杰跟魏旭是男女朋友,而海岛相亲聚会后,杨杰跟赵非烟关系突飞猛进,那么,三个人之间的关系迟早会崩盘。

回到房间后,发哥立马用杯子扣在门上,竖起耳朵来听客厅中的动静。

在看到魏旭的瞬间,赵非烟眉头皱起,但也没说什么,径直上前坐在门口的餐桌旁:"有什么事情,在这儿说。"

她的意思很明显,客厅都不让魏旭进,摆明不把她当客人看。

魏旭眼中闪过一丝冷意,鞋也不脱,昂首就要往客厅里面走,杨杰连忙一把拉住她,坐在餐桌旁,跟赵非烟面对面:"在这儿说就行。"

房间内的发哥听不清对话,连忙将房门拉开一道缝,瞥见隔壁的罗筱羽也是如此。

"赵非烟,你为什么要我离开杨杰!"魏旭开始发难。

赵非烟冷笑一声,把手机中的微信对话截图找了出来,放在了杨杰面前:"杨杰,你自己看!"

杨杰只是瞥了一眼:"这事儿我知道,是方凯在调戏旭儿。"

"什么!"赵非烟"噌"的一声站了起来,指着魏旭,"分明是她加了方凯的微信,然后出言挑逗方凯!"

魏旭冷笑道:"当时我只是为了敷衍他,用的是小号加的微信,那个号上一共都不超过十个好友,原本以为他会明白我的意思,没想到他连这点都看不出来,还在微信上跟我说那些不堪入目的话。从头到尾,我都是在附和他而已。"

赵非烟忍不住愣了一下,方凯为了诈魏旭,一开始确实说了很多挑逗的话,但魏旭非常谨慎,说话总是含糊其词。如果她一口咬死自己没有那个意思,还真拿她没有办法!

赵非烟只能冷笑着说:"那最后方凯说去开房,你回害羞的表情又是什么意思?"

"他是阿杰的朋友,又是你的男朋友,我不这么说,难道指着他的鼻子骂他流氓?"魏旭针锋相对,"我倒是想要问问,你找人威胁我,把我打成这样,还要我离开阿杰,又是什么意思?"

"我确实是要你离开杨杰,但我没有找人去打你!"赵非烟皱眉看了一眼魏旭脸上的掌印。

"你或许没有,但方凯呢?你能保证他没有叫人?"魏旭眼神锐利如刀。

"方凯他不是这种人!"

"你说不是就不是了?"魏旭冷笑道。

"好了,都别吵了!"杨杰终于开口,看着赵非烟,"我就问你,你为什么要让魏旭离开我。"

"我不想你身边有这么一个不要脸的坏女人!"赵非烟坦然说出心里的话。

"谁不要脸?"魏旭大声喊道,"抢别人的男朋友才叫不要脸!脚踏两条船才叫不要脸!赵非烟,你是单亲家庭的孩子,所以,你的性格天生就有缺陷,只要你觉得好的东西就想据为己有!因为,你不想跟你妈妈一样,被人抛弃……"

杨杰暗叫不好,还没来得及劝阻,只听"啪"的一声脆响,赵非烟反手一记耳光,直接把魏旭扇倒在地上。其右边的脸颊也是以肉眼可见的速度,飞快地红肿起来。

杨杰连忙上前扶起魏旭,冲赵非烟怒目而视:"你怎么打人?"

"我打人怎么了?"赵非烟眼中充满着愤怒,指着魏旭:"你有种再说一句!"

魏旭哪敢再说,捂着脸站在一边哭。

发哥跟罗筱羽冲了出来,奋力将赵非烟往里面拉,发哥更是大吼:"杨杰,赶紧把魏旭给弄回去!"

杨杰看着魏旭红肿的脸,一阵心痛,站起身,指着赵非烟,厉声道:"赵非烟,不管你出于什么目的,从现在开始,我的事情不用你管!我爱跟谁在一起,是我的事,跟你无关!听见没有,跟你无关!"

赵非烟死死地瞪着杨杰,然后奋力挣脱了发哥跟罗筱羽,冷冷地回应:"杨杰,你还真把自己当回事了!行,从现在开始,你走你的阳关道,我走我的独木桥!"说完,转身回房,"砰"的一声关上了门。

魏旭目的已经达到,反而劝慰杨杰:"阿杰,你别生气了。我今天不该过来的,再怎么说她也是你的同事,你先送我下楼吧。"

杨杰内心无比烦闷,搂着魏旭就走。

看着杨杰跟魏旭出门,发哥冲罗筱羽苦笑:"我早就说过,这个女人不简单。"

错位相亲

闹了这么一出,杨杰跟赵非烟原本已经缓和的关系再次剑拔弩张,白天在办公室里对掐的次数比以前更多,晚上在公寓里头更是如同仇人。

第三天晚上，魏旭来公寓找杨杰，直接被赵非烟赶了出来。对此，杨杰毫无办法，一来打不过人家；二来这是公司集体宿舍，自己带外人进出也确实说不过去。他只能郁闷地劝魏旭，这段时间先别过来。

更让杨杰郁闷的是，海岛相亲聚会期间，赵非烟的几个客户跟杨杰的几个客户本来互相有好感，出了这事儿以后，赵非烟非要给她的客户再介绍其他的会员。一来二去的，她的那些客户都有了着落，可杨杰这边的客户还眼巴巴地等着呢！等得不耐烦了，直接打电话骂杨杰。

杨杰自然恼怒，跑去林刚那儿告状，但这事儿林刚也无能为力，毕竟赵非烟又帮客户找到合适的对象，说到底，还是杨杰自己不争气。

这样下去可不行，杨杰决定发起反击。

一直以来，赵非烟的工作流程就是先挑选出合适的黄金、白银会员，将他们的资料给钻石、白金会员看，觉得合适再安排见面，以服务钻石、白金会员为主。现在杨杰要做的就是，只要知道赵非烟安排哪个黄金、白银会员相亲，他就去"截胡"，帮该会员介绍其他的对象。

还别说，他这么做还真有效果。打个比方，钻石女会员跟黄金男会员约会，钻石女会员说，我年薪六十万，有三套房。黄金男会员说我年薪十万，有一套农民房……约会过程中，钻石女会员就算不是故意，也会流露出一种优越感，而黄金男会员除了自卑就只有自卑。

赵非烟这边一结束，杨杰立马给黄金男会员介绍一个白银女会员，将相亲的两位女士一对比，黄金男会员顿时找回自信，再然后，两人就在一起了。

杨杰的这个办法竟然还成功了好几对，对此，赵非烟恨得牙痒痒的，但还不能说什么，毕竟杨杰的做法没错，他也是在帮公司清理"库存"。

但在杨杰又一次"截胡"后，两人的矛盾终于爆发了。

赵非烟有个会员叫李琳，四十三岁，离异有一女儿，某品牌瓷砖的区域代理商，算不上特别有钱，但七八套房还是有的，属于那种光是收房租就能过上幸福生活的人。

她对结婚对象要求比较苛刻，第一，海城本地人；第二，年龄要比她小，最好是三十岁以下；第三，男方要身体健康，还得是头婚。

这些条件其实都不是个事，难就难在她自己已经四十三了，人家三十岁以下的怎么可能考虑她？赵非烟费尽心思才找到一个健身房教练，所有条件都符合，简直就是天作之合。

安排见面后，李琳非常满意，正要继续发展，没想到她手下安装的某处瓷砖脱落，把一老头儿砸得头破血流住进了医院。李琳又是善后又是官司地跑了半个多月，再回来联系健身教练，可是健身教练却已经找到另外合适的人了。

这下，赵非烟可就生气了，一把将杨杰抵在墙上，厉声问："你到底要怎样？"

杨杰视死如归地看着她："你又打算怎样？"

"你知道李琳找这么个客户有多难吗？"赵非烟咬牙切齿地说。

"你又知道，尤晓燕找到这个客户有多难吗？"杨杰冷笑道。

"李琳是钻石会员。那个尤晓燕是白银会员！"赵非烟怒道。

"你的意思是，白银会员就不是会员？"杨杰双眼看着天花板，为了表示自己不畏强权，他甚至还有节奏地抖了抖腿。

两人的争吵已经有人告诉了林刚，林刚飞快地跑了过来，把两人喊进了办公室，哭笑不得地说："你们两个又怎么了？"

赵非烟把事情一说，林刚皱眉看着杨杰："杨杰，你这次过分了点儿啊，我要对你做出惩罚，第一，跟非烟道歉；第二，以后不准再截非烟的胡；第三，帮非烟解决李琳这个客户。"

杨杰看了一眼赵非烟，断然道："除了第一条，其他的没问题，反正道歉是不可能的，以后都不可能。"

林刚想了一下，说："杨杰，你们两个之前发生过什么，我不管。咱们就事论事，今天这件事，你既然错了，男子汉大丈夫连个道歉都不敢吗？"

杨杰转念一想，觉得林刚的话也有道理，看了一眼身旁的赵非烟，不服气地说："对不起。"

赵非烟假装没听见，说："声音太小了，没听见！"

杨杰瞪了一眼赵非烟，提高了音量说："对不起！"

"这还差不多。"赵非烟摆出一副骄傲的表情。

林刚笑了笑，说："非烟，你先出去，我再跟杨杰交代点儿事。"

待赵非烟得意扬扬出门后，林刚饶有兴趣地问："杨杰，你说你一个大男人，怎么总跟赵非烟过不去？找个机会解释一下，毕竟是同事，关系还是不要闹得太僵。"

杨杰"哼"了一声："是她跟我过不去，好不好？再说了，我才不要和她和解，那岂不是跟恶势力低头？"

林刚哈哈大笑，好一会儿才笑着说："就凭你这句话，我要请你吃顿饭。这样吧，也别挑日子了，今天晚上正好我约了一个客户，你跟我去海城大酒店吃饭。咦，你这是什么表情？放心，我这客户是男的，不要你去献身！"

从办公室出来，杨杰就开始研究李琳的资料，她征婚对象的要求看似复杂，其实用一句话就能表达出来——没结过婚的本地年轻男子。

　　杨杰心想，这些要求放在别人身上，其实也不算什么，但对于李琳来说却很奇怪，毕竟她自己有四十三岁了，恐怕她女儿都有二十了吧。

　　咦，女儿？杨杰突然想到一件事，或许可以找她女儿打探下消息。

　　想到就去做，杨杰往李琳家里的座机打了个电话，想着正是上班时间，李琳应该不在家，接电话的或许就是她的女儿。

　　电话那头果然是李琳的女儿，杨杰坦然地说自己是"百年好合"婚介公司的婚恋师，想跟她聊聊李琳征婚的事情。没想到李琳女儿比他还激动，问清楚地点后，不到二十分钟就出现在了杨杰面前。

　　李琳的女儿二十出头，身材苗条，身穿白色T恤，搭配牛仔短裤，长了一张娃娃脸，黑宝石般的大眼睛滴溜溜地转。

　　招呼女孩坐下，杨杰正要倒水，女孩直接晃了晃手中的矿泉水瓶子："我有水，不用这么客气，赶紧说正事。"

　　杨杰坚持倒了一杯水放在女孩面前，笑着问："怎么称呼？"

　　"我叫肖琳，爸爸的姓，妈妈的名，你能不能别磨叽？"女孩满脸急切地说。

　　"那你先说。"杨杰耸肩摊手。

　　"我妈妈是在你这儿征婚，对不对？"

　　"是的。"

　　"她的条件是不是三十岁以下，海城本地人？"

　　"对。"

　　"哼！我就知道会这样，这样吧，我出钱，你帮我修改下条件。"

　　"呃，这个必须得当事人同意才行。"杨杰笑着拒绝。

"那我再重新注册个会员,按照我的条件来征婚,这总可以了吧?"肖琳不满地皱眉。

"这个肯定可以。"杨杰笑着说,"你要什么条件?"

"海城本地人,但年龄要比我妈大,四十三到五十岁之间,离异也可以接受。另外,最好是老师,戴眼镜教语文的那种。"肖琳飞快地说着自己的要求,看得出来,这些要求她肯定经常在心里嘀咕,不然也不会这么顺口。

"能问问原因吗?"杨杰好奇地问。

"我妈所说的那些条件,其实是在给我找对象,她怕我被男人骗,所以非要自己亲自来检查。最重要的是,她希望对方能入赘我家,这样她才可以近距离保护我!"肖琳爽快地解释说。

杨杰明白了整件事情后,忍不住想笑,连忙转过头看着窗外,咬了咬自己的舌头,这才止住笑意,回过头轻咳一声:"你现在说的要求,是在帮你妈妈找,还是帮自己找?"

肖琳瞪了杨杰一眼:"会不会说话啊?我找这么老的做什么?肯定是帮我妈妈找啊!至于条件,都是以我死去的老爸为原型,找这样的就行。"

杨杰微一沉吟,低声笑着说:"要不这样,我先按照你妈妈的标准,给你找一个……"

肖琳大怒,直接打断了杨杰:"喂,你能听得懂人话不?我不要找男朋友!"

杨杰双手举起来,说道:"美女,你先听我说完行不?"

肖琳瞪着杨杰好一会儿,说:"行,你说!"

"年轻男子是特地找来给你妈妈看的,然后我再给年轻男子搭配一个父亲,这个父亲就按照你的标准来找。既然你妈妈要替你把关,人家父亲替儿子把关也说得过去吧?到时候,四人一见面,你也别管年轻男子了,撮合你妈跟老头儿才是你要做的事情。"杨杰笑得就好像一只老狐狸。

肖琳听得眼睛发亮,狠狠地拍了下杨杰肩膀:"行啊,大叔,还挺机灵啊。"

杨杰顿时黑脸:"我只比你大三岁!"

杨杰带肖琳来到自己的电脑前,按照她所列举的条件搜出来十多个会员,都是四十来岁的教师。肖琳对其中一位特别感兴趣,说这个人的气质很像她的父亲。

杨杰再调出他的详细资料:徐青轩,四十七岁,海城一中的语文教师,妻子因病去世了十多年,现孩子已参加工作,想找个老伴共度余生。

杨杰立马给出建议:"第一,他是丧偶,比起离异来说,说明他的私生活比较干净;第二,他妻子死了十多年才征婚,说明他对妻子很深情,感情专一;第三,高中教师,工作稳定,桃李满天下,人脉也不差;第四,他孩子已经参加工作,少了很多麻烦,最起码,他相对要独立很多。"

肖琳不断地点头:"最重要的一点,我对他一点儿都不排斥,甚至还有好感。"

杨杰大喜地说:"那就再找一个年轻男子做诱饵,好让你妈妈上钩。"

肖琳哈哈大笑,拍了杨杰的肩膀一下:"你这人真不会说话,不过,我喜欢。"

选择年轻男子倒是非常简单,输入条件弹出来一大堆会员,肖琳想也不想,随手就指了一个:"就他了。"

巧合的是,她指的这个会员曹胜峰居然也是海城一中的老师,不过是体育老师,杨杰跟肖琳一说,肖琳又是吃惊又是好笑。

既然有求于人，自然得表现出诚意，两人赶到海城一中把曹胜峰叫了出来，在学校对面的茶餐厅里找了个僻静角落。

互相介绍后，肖琳开门见山地说了自己的想法。听说是这么回事，曹胜峰颇为仗义地拍着胸口，说徐老师是个好人，帮他义不容辞。不过，杨杰却隐约看到了他有些失落，趁肖琳去洗手间的工夫，杨杰嘿嘿笑着说："曹老师，这个肖琳长得还不错吧？"

曹胜峰微微一愣，旋即说："我找对象不看重这些。"

"你就直说吧，你喜不喜欢肖琳？"

曹胜峰不好意思地挠挠头皮："喜欢是喜欢，但没用啊。"

"按照计划，你跟肖琳先彼此表示好感，肖妈妈就会带着肖琳一次又一次地约你出来。你则每次都带着徐老师，跟肖琳趁机反过来撮合他们。呵呵，这对你来说可是一个好机会，你再适当地表现下自己，成功不就不远了吗？"杨杰循循善诱地说。

曹胜峰顿时来了兴趣，身体坐直了起来："虽然绕得我有点儿头晕，但听起来似乎有道理。我要怎么表现呢？"

"肖琳这个人性格直爽，不喜欢拐弯抹角，所以，你也别在她面前玩什么送花浪漫的那一套。"杨杰说出自己的想法。

曹胜峰愕然地看着杨杰："你的意思，直接跟她说，我喜欢你，咱们在一起？"

杨杰正色道："我说的直爽是性格，但做事可不能这么直接，肖琳这种性格的人，做事都大大咧咧的，很容易粗心，你要做的就是帮她查缺补漏，展现出你沉稳又直爽的一面。打个比方，你现在偷偷地去买单，就能给她留下好印象。然后，待会儿走的时候你去门口的娃娃机玩一会儿，争取钓个娃娃给她。"

"娃娃机？什么意思？"

"刚才进来的时候，她看了门口那个娃娃机好几眼，里面说不定有她喜欢的娃娃，或者说，她喜欢玩娃娃机，你可以多在这方面下点儿工夫。总之，多多留意细节，然后在细节上做出安排，直到她习惯身边有你。"杨杰笑着说。

曹胜峰对杨杰的话深以为然，马上起身去买单。

待肖琳回来，三人又商议了一番。别看曹胜峰是体育老师，脑子却非常地灵活，被杨杰这么一指点，顿时开窍，整个过程表现得十分沉稳有魄力，不怎么说话，但只要一说话就是问题的关键所在，这让肖琳对他刮目相看，尤其是当肖琳招手买单，服务员说这位先生已经买过单的时候，肖琳更是不断点头说："你这个朋友我交定了。"

肖琳性格风风火火，当即就要杨杰安排徐老师跟她妈妈见面，杨杰分别给二人打电话，得知两人正好晚上都有时间，于是就约在海城大酒店见面。

之所以安排在海城大酒店，那是因为林刚喊杨杰吃饭的地点就在这儿。万一有事，杨杰随时都能出来救场。

肖琳、曹胜峰两人分别去接各自的"家长"，杨杰却一溜儿烟地跑到海城大酒店，林刚已经打电话催了。

幸好，林刚约的客户临时有点儿事，打电话说晚到十分钟，杨杰跟林刚坐在可以容纳二十个人的豪华包厢里头，倍感无聊。想跟林刚说上几句，但林刚却一直很忙，电话微信切换个不停。

杨杰只得拿出自己的手机，给张亚茹发了条微信：我现在就在海城大酒店跟客户吃饭，你快介绍下，这里有什么招牌菜。

张亚茹很快就回复：偏不介绍，饿死你。哼，这段时间你出差，欠了我多少顿饭了？还要不要我这个金牌托儿了？

杨杰在海岛被绑架的事并没有跟张亚茹说，回来以后又出了魏旭跟赵非烟这档事，一直都没心思喊张亚茹吃饭，当即回了个笑脸：

要不,你待会儿来敬个酒?我给你夹一筷子白菜?

才不要呢,我待会儿有饭局,不说了,老板回来了。接着张亚茹又发了一条信息:吃完以后别走,等我去吃烧烤!

这时,林刚提醒杨杰道:"客人要来了,手机开成静音模式。"

两三分钟后,包厢的门开了,一男一女走了进来,林刚连忙起身相迎。

在见到这两人的瞬间,杨杰有些蒙,因为,女的居然是张亚茹!

女人的终极梦想

见到杨杰,张亚茹露出些许惊讶,轻轻地"咦"了一声。

林刚察言观色的本领极强,当即笑着问:"你们认识?"

张亚茹掩嘴一笑:"杨杰是我侄子呢。"

林刚正要说巧了,但看到严守坤脸色阴沉,当即住口,笑着说:"上次跟严总吃饭,还是半年以前的事,严总气色更胜往日,肯定是事业又上了新台阶。"

严守坤"嗯"了一声,自顾自地坐在了首位:"肚子有点饿了,先吃点儿东西再说正事,小茹,你点菜。"

张亚茹笑着招呼服务员,口中快速地报了一大串菜名,低声问了严守坤一句,又要了瓶红酒,自始至终她都没有问林刚的意见,也不知道是严守坤交代还是她故意为之。

林刚笑嘻嘻地坐在旁边,一点儿都不介意。

上菜的速度很快,严守坤拿起筷子招呼:"自己人,别客气。"也不等林刚回应,径直夹菜就吃,就好像他是主人,林刚杨杰只是仆人,能让他们上桌已经够给面子了。

吃了一会儿饭菜后,严守坤这才举起酒杯,跟林刚聊起了生意上的事情。

杨杰坐在林刚的旁边埋头吃菜，目光偶尔瞥过张亚茹，但张亚茹却目不斜视，专心致志地吃着盘中菜肴。

杨杰一口把杯中红酒喝完，狠狠地吃着菜，似乎要把这郁闷发泄出来。

严守坤嘴角浮现出一抹嘲讽，冲林刚举了一下杯："吃得差不多了，说正事吧，林总，你要借多少钱？"

闻言，杨杰心中一惊，林刚居然要找严守坤借钱？不过，据他所知，严守坤的钱可不是那么好借的。

林刚微一思索："大概两千万。"

"要这么多？"严守坤颇为玩味地看着林刚，"你们'百年好合'现在不是挺风光吗？又是游艇聚会又是海岛聚会，应该赚了不少钱吧？"

"如果只是日常运营，倒也不需要麻烦严总，但现在不是筹备上市嘛，各方面要打点的关系实在是太多，勉强撑到临门一脚，又赶上几个麻烦事。"林刚脸上浮现出苦笑。

"这个倒是有所耳闻。"严守坤点了点头，"你我好歹也是认识了多年的朋友，你既然有事，我自然不能袖手旁观。"

说到这儿，饭局其实已经结束，林刚又聊了几句，然后招呼服务员买单，严总冷笑道："在我酒店还要你买单？岂不是让人笑话？"

林刚哈哈一笑，招呼了杨杰一声，起身告辞。

出门后，林刚拍了拍杨杰的肩膀："小杨，以后有选择的话，不要做老板，人前光鲜，人后却活得像条狗……不说了，我送你回去吧。"

杨杰其实很想问林刚，这顿饭为什么要叫他过来？毫无意义啊！但林刚这么一说，杨杰反倒是不好意思问了："我待会儿跟我姑姑再说点儿事,你先走好了。"

林刚也不多问,径直走人。

远远望着林刚的背影,杨杰突然觉得打工也不错。

二十来分钟后,张亚茹才打电话过来问杨杰在哪儿?杨杰说了地点后,张亚茹迟疑了一下,要杨杰坐电梯到酒店顶楼。

顶楼天台的门并没有锁,杨杰推开门就看到张亚茹站在巨大的广告牌下方,绚丽的霓虹灯光洒在她脸上,夜风吹过,秀发飞扬,有如夜空中的精灵。

杨杰走过去站在张亚茹身边,目光所及是海城繁华的夜景,灯火璀璨。二人谁也没说话,就是这样站着。

好一会儿后,张亚茹突然说道:"很好看是不是?"

"还行。"

"在我们老家就看不到。"她的声音突然变得低沉起来,"小时候看电影,特别羡慕那些穿着白衬衣,在有落地窗的办公室里上班的女孩子,而我也一直以她们为目标而努力,现在,我总算是圆了自己的梦想。"

杨杰不知道她什么意思,只能沉默。

"为了维持现状,哪怕付出再多,我都愿意。"张亚茹转过身来,看着杨杰。

"所以,你和严守坤……"杨杰说到一半,停了下来,看着张亚茹。

张亚茹又深深地叹了口气,随后,她将手搭在了杨杰的肩膀,笑着说:"大侄子,你吃醋了吗?"

杨杰突然就想到了魏旭,顿时气势全无,心想自己这是吃哪门子醋?当即苦笑:"我是替你不值。"

"并不是你想的那样。"张亚茹笑了笑,"严总可以打我,可以骂我,甚至可以插手我的生活,但他跟我绝不是你想的那种关系。"

杨杰打了个哈哈,脸上毫无笑意:"你高兴就好。"

"我知道你不信,这么跟你说吧,我爷爷跟他父亲当年一起上过战场,老辈人的战友情谊你肯定不会懂,都是用生命换来的。在严爷爷的眼里,我就是他亲孙女,所以,我可以是严总的女儿,可以是她的妹妹,但绝对不可能是他的情人。"张亚茹笑得风情万种。

"那你开始跟我说的那句话又是什么意思?我还以为你要说,为了维持现在的生活,不惜出卖自己呢。"杨杰松了一口气。

"呸!"张亚茹脸一红,沉默了一会儿后,她盯着杨杰的眼睛,缓缓地说,"说实话,我对你很有好感,从第一次见面你飞身救人的那一刻开始,我就对你有好感。甚至我曾经想过,跟你学学杨过跟小龙女也不错。"

杨杰顿时唇干舌燥,杨过跟小龙女?还有比这更明显的暗示吗?

"我喜欢你叫我白菜,你知道为什么吗?"张亚茹眼中闪烁着亮晶晶的光芒。

"为什么?"

"你这头猪!还不知道吗?"

杨杰脑中浮现出他们第一次见面时的情景,张亚茹笑嘻嘻地说:"好白菜都被猪拱了"。

原来如此……

但很快,张亚茹眼中的亮光逐渐消失,取而代之的是茫然:"如果我还是小时候的梦想,只是成为小白领,在高楼大厦上班,不用害怕风吹雨淋,那我的梦想已经实现,说不定就跟你在一起了。可我现在变了,跟严总在一起工作七八年,接触的圈子都是非富即贵,不知不觉间,我好像也变了,我想要过更好的生活。"

杨杰再次默然。

张亚茹眼中夹杂着一丝惋惜，神情极其复杂地说："杨杰，你明白我在说什么吗？"

杨杰认真地点头："我明白。"

"不，你不明白！"张亚茹突然激动起来，一把抓住杨杰的衣领，"我曾经看上一款羊皮底的鞋子，问营业员这鞋底耐磨吗？可人家营业员说，穿这种鞋的人很少走路，根本就不会在意鞋底会不会被磨损。还有一次，严总朋友的老婆买了件衣服，三万五，毛茸茸的非常漂亮，我就问她，这个衣服洗了会不会变形？可人家说，这个牌子的衣服从来不考虑洗，穿两次就扔了……这就是我要的生活，你能给我吗？"

杨杰苦笑着摇头。

张亚茹呼吸变得急促起来，突然将杨杰往自己身前一拖，性感的红唇直接印在了杨杰的嘴唇上。

杨杰脑中轰然一声，犹如播放幻灯片一般，浮现出各种片段。

在肯德基，两人共用一个望远镜观察黄乐民约会，杨杰的嘴无意中划过张亚茹的脸……

在街头夜市上，张亚茹小心翼翼地用鱿鱼条蘸着芥末吃，辣得眼泪直流仍然继续咀嚼下咽……

这一幕幕的片段，在杨杰眼中不停地闪现掠过……

一阵天昏地暗后，张亚茹猛然推开杨杰转身就走。霓虹灯光照在她身上，背影似真似幻，夜风中传来了她的声音，也是亦真亦幻："大侄子，以后那些虾兵蟹将就别找我了，有真正的高富帅再给我电话。"

杨杰站在原地竟似痴了。

按张亚茹适才所说，她想要找的是真正的高富帅，可那些人又怎么会来婚介机构征婚？这句话无疑就是告诉杨杰，今后就不要见面了。

两人就好像是同一个平面内相交的两条直线,之前是越来越近,在刚才的相交之后,也将越行越远。

呆立了七八分钟后,杨杰甩了甩头,孑然下楼而去。

公司的月度业绩榜出来了,赵非烟仍然领先,但第二名的杨杰跟她相距并不远,这让发哥等人感叹不已,果然是"长江后浪推前浪"!

不过,对于杨杰在媒婆方面的天赋,发哥是非常佩服的,就连李琳这种难啃的骨头都被拿下了,还有什么事情是杨杰做不到的。

其实不光李琳和徐老师,就连肖琳和曹胜峰也好事临近,虽然二人还没有正式宣布关系,但曹胜峰已经偷偷给杨杰打电话表示感谢。

一箭双雕啊,杨杰忍不住得意扬扬起来。张亚茹的事情虽然对他打击不小,并为之消沉了好一段时间,但魏旭天天嘘寒问暖的,让他逐渐走出了阴影。

婚姻中的悲哀

中午。

杨杰跟发哥坐在小餐馆靠窗的座位上等着上菜,也就是在这家餐馆,杨杰第一次遇见了"百年好合"的各位同事,还跟赵非烟吵了一架。

杨杰回想起当时的情景,忍不住笑了起来。

发哥看了眼杨杰,问道:"你这是怎么了,笑得如此荡漾?"

杨杰回过神来,说道:"我是想到了第一次和你们见面的时候,说句实话,我那时候看见你,就觉得很有大哥范儿!"

发哥不以为然地说:"可得了吧,你这张嘴啊,说出的话一句我都不信。"

杨杰哈哈一笑,突然看着门口,扬手招呼:"老板娘。"

发哥连忙回头望去,只见李云彤正从门外走进来。

见到杨杰两人,李云彤先是愣了一下,脸上闪过一丝不自然,旋即笑着点头:"你们也在啊?"

"老板娘还亲自来买中午饭?来来,一起一起!"发哥发出邀请。

"我还约了人,你们先吃。"李云彤笑着四下张望了一番,找了个靠墙的角落,距离杨杰两人远远的。

片刻后,一名矮胖男子走了进来,目光扫过大厅,见到杨杰后愣了两秒,似乎是看到熟人。

李云彤连忙站了起来,扬手招呼:"这边。"

矮胖男子这才走过去坐下,跟李云彤低声交谈起来。

杨杰跟发哥吃完饭,起身去结账,想着把李云彤的单也买了,服务员却说他们两个还没点菜,杨杰心中嘀咕:"不吃饭来餐馆聊个啥?"

二人冲李云彤打了个招呼后出门而去。刚走到楼下,杨杰忽然想起手机还在吃饭的桌上,郁闷地要发哥先走,自己则返回餐馆。

刚进大门,矮胖男子正好出来,猝不及防之下,两人正好撞上,矮胖男子都没看清是谁,张口就骂:"瞎了啊!"

杨杰头皮一麻,脑中瞬间浮现出南涯岛四名绑匪中的老四。

这声音分明就是老四的声音,杨杰忍不住大声说:"是你!"

矮胖男子一看是杨杰,脸色大变,照着杨杰的肚子就是一拳。

杨杰根本就来不及反应,被这一拳打得弯腰蹲在地上,嘴巴张开想喊叫,却连声音都发不出。

矮胖男子狠狠地瞪了杨杰一眼,低声说道:"别找死!"然后快步离开。

李云彤从里头走了出来,见杨杰蹲在地上,讶然询问:"杨杰?你怎么了?"

"没事,肚子疼。"杨杰龇牙咧嘴地回答。

李云彤走上前来,伸出手扶起杨杰。

李云彤今天身穿一件白色露肩上衣,杨杰站起身来正好看见她的肩膀上有一个文身,正是"外刚内柔"四个字。

瞬间,杨杰就蒙了,那天在南涯岛,绑匪四人乘船而来,那个老三曾经说了一句这样的话:"老大,我昨天看到那个女人肩膀上文了几个字,外刚内柔,你说是什么意思?"

再联想到刚才跟李云彤聊天的矮胖男子就是那天的绑匪老四,一个念头瞬间浮现在杨杰脑海之中。

老板娘就是指使绑匪的委托人!

李云彤并不知道杨杰脑袋里面在想什么,微怒地将衣服整理好:"小杨,你要是没事的话,我先走了。"说完,兀自向前走去。

杨杰脑子一热,脱口而出:"是你叫人绑架的秦总监!"

李云彤全身一僵,站在原地不动,好一会儿才转过身,目光复杂地看着杨杰。

杨杰暗骂自己笨蛋,干笑着说:"老板娘,我什么都不知道,你有事就先走吧。"

李云彤突然上前,拉住杨杰的胳膊,低声道:"你跟我来。"

杨杰哪敢去,赶紧说道:"老板娘,有事就在这儿说好了。"

老板娘冷笑一声,从包中摸出一管口红,打开盖子,抵着杨杰小腹:"我这是最新的口红枪,里面有一发子弹,你要不去,我就要你肚子开花。"

杨杰顿时脸色苍白,乖乖地跟着李云彤走回公司所在的大厦,但并没有回公司,而是乘坐电梯直接上了顶楼。

李云彤冷笑地看着杨杰,用口红捅了捅杨杰的肚子,问:"你是怎么知道的?"

杨杰苦笑着解释:"刚才跟你吃饭的那个人,我听出了他的声音,他就是绑匪之一,而且……"杨杰又指了指李云彤的肩膀,"其中一个绑匪说你身上文了'外刚内柔'四个字,然后我刚才又正好看到……其他的我一概不知道。"

李云彤脸上阴晴不定,似乎在想些什么。

杨杰有些尴尬地轻咳了一声:"老板娘,你能不能先把这个口红枪拿开,我怕会走火呢。"

李云彤似乎没有听到,差不多十来秒后,她嘴角浮现出一抹苦涩的笑容:"我可以相信你吗?"

"我是老大的心腹啊。"杨杰连忙表决心,但下一秒他就打了自己一个嘴巴,李云彤绑架的时候说秦默是小三,勾引她老公,那她老公不就是老板吗?自己现在还提及林刚,岂不是火上浇油?连忙尴尬地补充,"我对公司忠心耿耿。"

李云彤缓缓将口红收了回来,管口依然对着杨杰。然后突然扭动了一下口红,就在杨杰以为自己就要看不见明天的太阳的时候,却看到管中伸出来一截口红。

"这不是枪。"李云彤用该口红在唇上抹了抹,这才将口红收回包里。

杨杰松了口气:"老板娘,什么事不能商量?非要用这么极端的手段?"

"没用的。"李云彤眼神再次变得复杂起来,茫然、无奈、怨恨、痛苦依次闪过,"婚姻就是赌博,一旦掀开底牌,要么赢要么输,没有第三种可能。就算我知道他跟秦默有关系,也只能暗示,希望他能迷途知返,但他并没有,而是越来越肆无忌惮,甚至以举办活动的名义跟秦默双宿双飞,上次游轮聚会是这样,这次海岛聚会又是这样,我实在是忍无可忍,才找人去教训秦默。"

说到这儿,李云彤看了一眼杨杰,苦笑道:"只是我也没有想到他们会抓错人,把你跟非烟给抓去。好在他们回来后跟我说了,我才另外找人把你们放了出来。"

杨杰恍然大悟地说:"我就说,怎么正好有人去那里露营。"转而挠挠头皮,"原本我对幕后指使者恨得要死,但现在知道是你找人救了我,也不知道该怎么说了,就当扯平吧。对了,这事已经过去一个多月了,你怎么还跟那些绑匪有联系?"

李云彤眼中闪过狠辣,恶狠狠地说:"秦默肯定已经猜到是我,但她仍然若无其事地在我面前晃来晃去,根本就是在挑衅我!哼,这次我一定要狠狠教训她一顿,最起码也要让她毁容。"

杨杰暗中叹息了一声,劝道:"老板娘,你有没有想过,就算你毁了秦总监,你自己也有可能会被抓进监狱,划不来呢。"

李云彤森然道:"只要策划得当,又怎么可能抓到我?上次海岛的事,警方还不是毫无头绪?"

杨杰提醒道:"那是因为没有造成人员伤亡,警方并没有把它当成大案子来看。"

李云彤根本听不进去:"这次我会交代他们小心,伪装成意外。"

看着原本气质高雅的李云彤变得如此疯狂,杨杰脑中飞转,想着一定要打消李云彤的这个念头才行。略一思索后,说:"老板娘,我问你,如果你把秦总监毁容,甚至弄死她了,老大就会回头吗?他要是知道是你找人做的,会怎么想?"

李云彤愣了片刻,旋即痛苦地闭上眼睛:"他肯定会恨我入骨。"

杨杰话锋一转:"作为婚恋师,我们要做的就是让两个彼此不熟悉的人相互了解,从而走到一起,这就要求我们快速找到一个人的优点,并且展现给对方,是不是?"

听杨杰突然来了这么一句,李云彤也不知道是什么意思,愕然地点头。

"同时,我们也要避免让双方看到各自的缺点,是不是?"杨杰微笑道,"换句话说,作为婚恋师,我们找缺点的本领也不小,是不是?"

李云彤皱眉:"杨杰,你到底要说什么?"

"如果你相信我的话,这事儿就交给我,我保证一定会不断放大他们各自的缺点,让他们最后彼此不能容忍而分开。"杨杰拍着胸口保证,"最多一个月,我就能让秦总监伤心地离开公司,老板娘,你信不信?"

李云彤狐疑地看着杨杰:"真这么有把握?"

杨杰越发肯定地说:"一个月以后,要是他们没分开,到时候你尽管找人,是杀是剐我都装作不知道!"

沉默了好一会儿,李云彤点了点头:"那行,小杨,拜托你了。"

杨杰再次松了一口气,虽然进公司不久,但公司氛围非常好,让他觉得非常得亲切,其实他已经把这里当成了家,一点儿都不希望公司有麻烦,一旦秦默被毁容,林刚跟李云彤肯定会闹翻,到时候公司距离倒闭就不远了。

似乎想起了什么,李云彤补充了一句:"对了,这几天阿刚跟秦默鬼鬼祟祟的,似乎在商议什么事情,他们不会私奔吧。"

"应该不会!"杨杰不想再让李云彤继续说秦默,笑着转移话题,"老板娘,你肩膀上的文身是什么意思?'刚'是指老大吗?"

李云彤沉默了一会儿,说:"是的,'刚'是他的名字,我的小名叫阿柔,想着男主外女主内,家庭和睦,万事顺利,这才文了这么四个字。没想到……"说到这儿,李云彤突然扑到杨杰怀中号啕大哭,猝不及防之下,杨杰先是僵立,然后叹息了一声,伸手拍了拍李云彤的后背。

此时,在安全通道门口,赵非烟正要推门而出,一眼就看到了杨杰正抱着老板娘,顿时目瞪口呆,好一会儿才目露鄙夷,悄然返回。

赵非烟原本就不是一个能藏住心事的人,但刚才所见实在是让人震惊,回到办公室后心烦意乱,又不知道找谁说起。尤其是她看到杨杰若无其事地走回座位,更是忍不住低声骂了一句:"垃圾!"

杨杰似乎没听到,口中喃喃自语:"君子眼中天下皆为君子,小人眼中世上都是小人,垃圾眼中自然都是垃圾。"

赵非烟大怒,当场就折断了一只签字笔,往桌子上一拍,"噌"地站了起来,厉声道:"杨杰,你再说一句试试。"

闻言,办公室的人都望了过来,又是惊讶又是好笑,暗道这两个活宝又开始今天的表演了。

杨杰毫不理睬,哼着歌,自顾自地拿着鼠标拖来拖去。

赵非烟越发愤怒,起身就往杨杰那边走去,一边走一边捋衣袖,似乎要去殴打杨杰。

杨杰表面若无其事,内心却有些发毛,心想:今天这人是怎么了?看起来她的愤怒好像跟平时不一样,她是真的打算揍我一顿吗?我刚才也没得罪她啊?

好在罗筱羽赶了过来,一把抱住赵非烟,将她拉到阳台上,问道:"非烟,又怎么了?"

赵非烟愤愤不已地说:"杨杰就是个人渣,败类!"

罗筱羽更是觉得好笑:"非烟,杨杰虽然跟你有仇,但你也不至于这么骂他吧?"

赵非烟气极地说:"你居然还帮他说话?你知道他刚才做什么

了吗?"

"做什么了?"

"他在楼顶上抱着老板娘!"赵非烟脱口而出。

说完以后她立马后悔了,压低声音说:"你不要告诉别人!"

罗筱羽震惊得说不出话来,差不多四五秒后才吃惊地问:"到底是怎么回事?"

赵非烟迟疑了一下,打电话把发哥喊了过来。

发哥一头雾水地来到阳台,看着赵非烟把阳台门反锁,忍不住询问:"非烟,你是打算要我们按住杨杰,然后你再打死他吗?"

"打死他还用得着你们帮忙?"赵非烟嗤笑了一声,马上皱眉瞪了发哥一眼,"别打岔,有大事跟你说。"

"哦?"发哥一点儿都不信,笑嘻嘻地张开双臂比画着,"有没有这么大?"

罗筱羽拧了一下发哥的手臂:"别吵,听非烟说。"

赵非烟恨恨地讲述自己在天台上看到的那一幕。

发哥顿时目瞪口呆,而罗筱羽尽管是听第二遍,仍然不信地摇头:"非烟,你会不会看错了?"

"怎么会看错?"赵非烟急了,指着下方小如蚂蚁的人群,"我认识老板娘有三年了,就算她现在在楼下,我一眼都能认出她来。至于那个杨杰,他化成灰我都认得。他肯定是为了拿到年终大奖而勾引老板娘,这种……事情,他又不是没做过。一定是这样!"

发哥吓得说话都带着颤音:"非烟,你把这事儿告诉我们干啥?不知道还好,现在知道了,左右都不是人。"

换作任何人也会纠结,不告诉老板这事吧,心中有愧;告诉他吧,夫妻反目那是必然的,甚至还有可能影响公司的正常运营,到时候大家都得完蛋。

"怎么办？现在怎么办？"赵非烟着急地问。

罗筱羽虽然也很着急，但表面看起来还算冷静，拍着赵非烟的肩膀安慰道："别慌，肯定有办法的，发哥，你倒是快想办法啊！"

发哥郁闷地挠着头皮："事到如今，只有弄死杨杰了。"

赵非烟攥紧拳头："你跟我想到一块去了，走，我们这就去揍死他！"

发哥顿时苦笑道："我就开句玩笑，你别当真行不？"

"我才不跟你开玩笑！"赵非烟偏当真了，"要么揍死他，要么想办法把他抓起来关个三五年，老板娘自然也就忘了这个人。"

发哥猛挠头皮："就因为抱了老板娘一下，关个三五年似乎也说不过去。"

赵非烟也觉得这个想法不太现实，思索片刻，一拍手掌："有了，我去跟踪杨杰，只要拍到杨杰跟老板娘的照片，就逼杨杰自己离职！"

发哥跟罗筱羽对视了一眼，说："也好，这事儿就由你负责吧，我跟罗经理做你的后盾，要什么支援尽管开口。"

"就这么说定了。"赵非烟转身打开阳台门，正好碰到杨杰出来透气，两人差点儿就撞上。

赵非烟狠狠地"呸"了一声，随手将杨杰推到一旁，扬长而去。

"她是疯了吗？"杨杰心有余悸地走了出来，看着发哥说。

"我还有事，先进去了。"发哥面色古怪地闪身走进办公室。而罗筱羽则是面无表情地冲杨杰点了点头，嘴角撇了撇算是打过招呼，紧跟发哥而去。

"一个个都怎么了？"杨杰一头雾水，喃喃自语。

第六章　惊天阴谋

种一粒红豆，在最美年华，开一树绚丽情花；剪一丈尘缘，为生死冤家，织一段千秋佳话。

美人计

为了抓住杨杰和老板娘的证据，赵非烟特意买来了望眼镜，甚至还找熟人弄来一个外形精巧别致的打火机，里头装了个窃听器，要发哥送给杨杰。

蒙在鼓里的杨杰还在盘算如何解决林刚和秦默的事，浑然不知自己已成为赵非烟等人一致对外的目标。

左手托着腮，右手食指在办公桌上毫无节奏地敲着，杨杰一副愁眉苦脸的模样。

在不知道这件事以前，打死杨杰都不会相信林刚会跟秦默走在一起，但经过李云彤这么一说，再加上杨杰这几天的暗中留意，发现只要秦默去林刚的办公室，出来后脸上多半会有些潮红。

看来是这么回事了！

杨杰得出结论后，开始盘算如何赶走秦默。秦默跟杨杰确实没仇,但李云彤都在找人教训她了,赶她走反倒是对她的保护,杨杰这么安慰自己。

最好是要秦默主动离开,而要做到这一点,只能是让秦默对林刚失望,比方说发现林刚的缺点,而且是无法忍受的缺点。

不过,听李云彤话里的意思,秦默跟林刚也不是一天两天的事了,真要有什么难以容忍的缺点,应该早就发现了,这办法怕是有些行不通。

要不,让秦默移情别恋,爱上别人?

可秦默对其他男人根本不假辞色,甚至,她跟办公室的男同事都很少说话,这办法估计也不靠谱。

明空大师所交代的十二字要诀:准备充分、注意细节、出奇制胜。前面八个字是肯定用不上了,要不试试出奇制胜?比如自己去色诱秦默?

杨杰正焦头烂额,一阵手机铃声打断了他的思路,拿起来一看,是魏旭打来的,喊他晚上一起去吃火锅。

杨杰自然不会拒绝,下班后直奔约定地点,只见魏旭身穿黑色中裙配白色T恤,外面套了件浅蓝牛仔外套,看起来青春靓丽又大气。

挽着杨杰的胳膊走进火锅店,魏旭点了一大堆的菜,然后又把菜单递给杨杰,让他随便点。

杨杰充满疑惑,问今天是不是什么节日,魏旭只是笑着给杨杰夹菜,一点儿都不肯透露,一头雾水的杨杰最后也懒得问了。

半个多小时后,魏旭脸红红地说:"阿杰,我转正了,工资加了一千三。"

杨杰这才恍然大悟:"这可是好事,来,干杯,庆祝魏同学距离富婆又近了一步。"

魏旭笑着打了杨杰一下，这才低着头，轻声说："阿杰，这多出来的一千三，我打算在外面租套房子，你要不要跟我分担房租。"

这话的意思，就算是三岁小孩都能听出来，杨杰哪有不懂的道理，当即笑着说："其实，我觉得租个单间就好了。"

"你要死啊！"魏旭小脸通红。

此时，火锅店门外，赵非烟戴着太阳帽、墨镜和口罩，耳边露出白色的耳机线，穿着一套松松垮垮的运动服，坐在街边的长椅上。听到这儿，她忍不住"呸"了一声："假惺惺！"

店内，杨杰跟魏旭又畅想了一番未来生活的蓝图，说到高兴处，杨杰拿出烟点燃，看到杨杰的打火机瞬间，魏旭眼睛一亮："咦，这个打火机好好看。"

"发哥送给我的。"杨杰将打火机递给了魏旭。

魏旭把玩了一番，似笑非笑地问："发哥会送给你这个？该不会是其他女孩子送的吧？"

"真是发哥，不信你打电话问。"杨杰连忙解释道。

魏旭"哼"了一声："我才不问呢，既然不是别的女孩子送的，那你把这个打火机给我！"

杨杰其实很喜欢这个打火机，但魏旭这么一说，他也只能说："你又不抽烟，拿打火机做什么？好好好，我不说了，你拿去！"

外头的赵非烟顿时急了，但又一时想不到什么办法，最后居然双手合十，祈祷着说："观音菩萨，上帝，做做好事吧，千万不要让这家伙拿走打火机。"

可能观音菩萨跟上帝不是一路的，赵非烟的恳求并没有任何作用，魏旭直接将打火机揣进了口袋，买单出门，跟杨杰挥手告别，分头而行。

赵非烟一咬牙，悄悄跟在魏旭身后，寻思找个没人的地方把打火机给抢回来。刚拐过街角，赵非烟却看到魏旭直接钻进路边的一辆黑色轿车。

现在网约车都这么人性化了？不对啊，刚才也没有听到车主给魏旭打电话啊？就算约车只需在 APP 下单，但要司机在这儿等总得事先约好吧？

就在赵非烟疑惑之际，耳机中突然传来一道男子的声音："怎么样，杨杰有没有怀疑？"

"他能怀疑啥？听说要跟我住一起，高兴得不得了。"魏旭冷笑道，"你就放心好了，耽误不了你发财。"

赵非烟闻听眉头大皱，这司机明显跟魏旭认识，而且，似乎跟魏旭在进行一个针对杨杰的阴谋，不然，他为什么要问杨杰有没有起疑心？

想到这儿，赵非烟左右一张望，拿出手机飞快地打开路边一辆共享单车，跨上去就追。

窃听器也是有监听范围的，超过一定距离就没作用了。

好在这条街人多，黑色轿车走走停停的，赵非烟勉强跟上。

车内，魏旭笑着拿出打火机凑到何文远面前："阿远，这个打火机好看吗？"

何文远瞥了一眼："咦，不错啊，在哪儿买的？"

"买什么买，别人送给杨杰的，我拿来给你用。"魏旭笑着邀功。

何文远顿时声音低了下去："你什么意思？他用过的东西给我？"

魏旭一阵沉默，四五秒后她声音冰冷地说："那我呢，这件事结束之后，你还要不要我？"

又是一阵沉默后，何文远叹息了一声，说："阿旭，我是太在乎你才会说出这种话,你以为我心里好受?但没有办法啊,想要下半辈子过上安逸的生活,就只能这么做!只要你跟杨杰结婚,等他叔叔赠予财产后马上离婚,拿到钱后我们远走高飞,把这一切都忘得干干净净!到时候我再好好地呵护你,好不好?现在我们都不要再纠结这个事情,好不好?"

魏旭默然点头,好半天才"嗯"了一声。

此时,黑色轿车已经拐进主干道,一踩油门,呼啸而去。

赵非烟手扶单车站在路边,望着黑色轿车消失的方向,脸上表情十分复杂。

回到家中,赵非烟思索良久,最终敲响了杨杰的房门。

还以为是发哥,杨杰直接打开房门,全身上下就只穿了条内裤。

两个人顿时呆住。

杨杰第一个反应过来,双手捂住胸口,一副贞烈女子的架势。

赵非烟满脸通红地转过身,怒道:"还不把裤子穿上?"

发哥的房门瞬间打开,探出一个脑袋,惊讶地看着赵非烟:"你要谁穿裤子?"

赵非烟狠狠地瞪了发哥一眼,发哥连忙缩回头,"砰"的一声关上了门。

杨杰匆匆套上沙滩裤和T恤,没好气地说:"好了。"

赵非烟转过头,径直走进杨杰房中,转身把门关上。

发哥再次从房间里面钻了出来,悄悄走到杨杰的房门口,将耳朵紧紧贴在门上,罗筱羽不知什么时候也走了出来,拎着发哥的耳朵离开了。

房内,杨杰将沙滩裤的绳子打了好几个死结,转而抱着枕头坐在床上蜷成一团,满脸惊恐,似乎赵非烟随时都会打他:"有话直接说就是,关什么门?"

赵非烟深吸了一口气，克制住自己想要暴打杨杰的冲动："虽然你这个人人品不好，但你毕竟救过我，有件事必须告诉你。"

一听赵非烟说自己人品不好，杨杰顿时不乐意了，腰杆挺直："我怎么就人品不好了？跟你说过很多遍，那个金太太之所以要给我拉客户，是因为我救过她儿子一命。"

赵非烟原本只想说魏旭的事情，但听见杨杰辩解，顿时来了脾气："你这种谎言真的很幼稚，对于金太太这种身份的人来说，欠你人情的话直接给你五百万就好了，何必绕圈子还给你五十个钻石会员呢？再说，五十个钻石会员的提成又有多少？顶多十万，就算你是小学毕业，这笔账也应该算得清楚吧！"

杨杰顿时不知道说什么了，他总不可能说一开始以为金太太是骗子，这种事说出来只会惹来赵非烟更无情的讽刺，只能郁闷地说："反正我跟她没什么！"

赵非烟越发鄙夷地说："好，就算你跟金太太没什么，那你跟老板娘呢？"

杨杰听此大吃一惊："我跟老板娘又怎么了？"

赵非烟冷笑道："装，继续装，告诉你，杨杰，我看到你跟老板娘在楼顶搂搂抱抱了。"

杨杰先是一愣，旋即哭笑不得："根本就不是你看到的那么回事。"

"是老板娘眼睛进去灰尘了？然后你帮她吹？"赵非烟双手抱胸，表情上写满了嘲弄，"请开始你拙劣的表演！看我会不会信。"

事已至此，杨杰也只能说出真相："还记得我们那天被绑架吗？"

赵非烟继续冷笑道："你想说老板娘在安慰你？"

"喂，你先听我说完行不行？"杨杰也有些生气了，把抱枕一扔。

"行,你说,我看你怎么编!"

"那天绑匪原本是绑架秦默,却因为认错了人,然后把我们抓去了那个废弃仓库,再然后,我们被人发现,是不是?你还真以为我们运气那么好,正好就有人路过?荒郊野岭的,露营的人怎么可能去那边?"杨杰飞快地说。

听杨杰这么一说,赵非烟也有些疑惑:"你想说什么?"

"那几个救我们的人是老板娘叫过去的!"

"什么?"赵非烟顿时惊呼出声,"老板娘?可她怎么知道我们在哪儿?"

"因为,绑匪就是她指使的,她发现了秦默和老大那个……想要教训秦默。"

这下可把赵非烟给弄蒙了,愣了十多秒才回过神:"你又怎么知道?"

杨杰把那天吃饭认出了绑匪,然后又发现了李云彤肩膀上的文身,再然后被老板娘给带去楼顶天台的事情说了一遍,最后总结道:"你那天看到老板娘在我怀中哭,就是这么回事。"

赵非烟愣了半天,问了一句:"那你现在打算怎么办?"

"釜底抽薪,把秦总监从老大身边赶走!"杨杰略微得意地说出自己的想法。

赵非烟思索了片刻,点了点头:"这倒是个办法,嗯,你要是需要什么帮助,尽管跟我说。"

听赵非烟这么配合,杨杰反倒是有些不适应,挠了挠头皮:"对了,你找我又是什么事?"

"你的那个女朋友魏旭不是什么好人!"赵非烟这才记起自己找杨杰的目的,"她跟另外一个叫阿远的人,准备对你实施阴谋,好像是你有个叔叔很有钱,会把财产全部赠予给你,然后魏旭跟你结婚再离婚分家产!"

杨杰目瞪口呆,好一会儿才似笑非笑地问:"这么机密的事情,你又是怎么知道的?"

赵非烟一咬牙:"我不是想要抓奸吗?就在那个打火机里面放了窃听器,没想到打火机被魏旭拿走,然后就被我听到了。"

杨杰"哦"了一声,脸上仍然是那副古怪的表情:"非烟,有件事你可能不知道,我就只有一个姑姑,至于叔叔……现在很晚了,明天还要上班呢,要是没有别的事情,我就睡觉了。"

赵非烟大怒:"你不相信我吗?"

"我信啊!"杨杰打了个呵欠,"明天我就去把魏旭吊起来打,灌辣椒水坐老虎凳,总之要她招供。"

赵非烟哪能不知道他是在敷衍,气极之下,拿出耳机递给杨杰:"你听!"

杨杰根本就不想接,但看到赵非烟那杀人似的眼神,只能接过来塞进耳朵,听了两秒钟,说:"里面'沙沙沙'的,什么都没有。"

赵非烟略一思索就明白了:"距离太远了,我们得去她家附近。"

杨杰伸了个懒腰,又打了个呵欠:"明天再说吧,好困。"

赵非烟也不说话,把拳头捏得"咔咔"响,眼睛不眨地盯着杨杰。

杨杰头皮一麻:"行行行,我先穿条裤子。"

赵非烟"哼"了一声,转身打开房门,站在门口等。过了一会儿,忍不住催促:"裤子穿好没?"

杨杰嘟嘟囔囔地系着皮带:"好了,好了,你着什么急啊。"

两人出门后,另外两扇房门几乎是同时打开,发哥一脸古怪地看着罗筱羽:"刚才我没听错吧,非烟催杨杰穿裤子?"

罗筱羽瞪了发哥一眼："你可别乱说，杨杰那边还有一个魏旭呢。"旋即叹息了一声，颇为担心地说，"这样下去迟早会出事。"

发哥却是一脸的崇拜："小杨，你这脚踏两条船的技术不错啊！"

罗筱羽似笑非笑地看着发哥："你要拜师学艺吗？"

发哥急了，刚要解释，罗筱羽"哐"的一声关上了门。

苦肉计

梅园小区是一个老式小区，虽然也有围墙和门卫，但基本形同虚设，大门永远敞开，保安甚至连停放车辆都懒得指挥，每天就是坐在传达室收快递。

赵非烟跟着杨杰走进小区，没过多久，杨杰就停了下来。

赵非烟一时没注意，差点儿撞上杨杰的后背："喂，你干吗停下来？"

杨杰面带古怪，有些不好意思地说："我不知道她住在哪个单元楼。"

"她是你女朋友诶，你居然连她住哪儿都不知道？"赵非烟脸上有鄙夷、有不屑、有同情，而这其中还夹杂着她自己都没有意识到的窃喜。

"我每次都只送她到大门口。"杨杰有些尴尬地解释。

赵非烟不知道为什么突然高兴起来，笑眯眯地戴好耳机，招呼杨杰跟她在小区搜寻信号。

因为窃听器的监听范围不到二十米，所以他们二人只能是一栋栋的排除。梅园小区虽然老旧，却非常的大，想要全部转一遍，怎么也得二三十分钟。

此时，魏旭和何文远两人躺在床头，何文远一手抱着魏旭，一手把玩着打火机。魏旭靠在何文远的肩膀上，如同一只小猫。

"阿远，杨杰的叔叔到底什么时候回来？"魏旭的脑袋拱了拱，换了个更舒服的姿势。

"差不多应该就是这个月，你得抓紧了。"何文远将打火机甩来甩去，发出清脆的响声。

"我们到底能得到多少钱？"魏旭心里有些没底。

"他叔叔身家上亿，还是美元，只要你跟杨杰结婚，离婚怎么着也能分一半，反正，亿万富婆是妥妥的。"何文远笑着说。

"如果他叔叔明确表示只给杨杰，那怎么办？"魏旭皱眉道。

"所以你就要好好表现嘛，等杨杰拿到钱以后，你就让他把钱交给你保管，到时候钱怎么花还不是你说了算！"何文远得意地说。随手将打火机扔到桌子上，却没想到打火机掉在了地上，顿时四分五裂。

魏旭被吓了一跳，说道："这么容易就被砸碎了，果然不是什么好东西！"

何文远苦笑着下床，捡起打火机的零部件试图安装，看到一个闪着红光的电子元件，想了好一会儿，突然反应了过来："这是窃听器！"

魏旭吃了一惊，慌忙凑过来看，两人虽然没见过窃听器，但现在网络那么发达，拍下照片在网上一搜索，果然是窃听器。

何文远眼神闪烁，拿起桌上的烟灰缸，面露狰狞。

魏旭吓了一跳，下意识地退后一步，结结巴巴地说："阿远，你要做什么？"

何文远扬起烟灰缸，把窃听器砸成了碎片。

魏旭这才松了一口气，重新凑了过去："现在怎么办？"

"怎么办？你说怎么办？"何文远声音无比阴冷，扬手就给了魏旭一记耳光，恶狠狠地说，"你居然把窃听器都带回来了，刚才我们的对话岂不是全都被听去了？"

魏旭捂着脸，嘶声道："我怎么知道这里面有窃听器？"

何文远又是一脚把魏旭踢到床脚，怒吼道："这下全完了，还想下半辈子荣华富贵？你就等着喝西北风吧！"

魏旭见到何文远凶狠的眼神，心中害怕到了极点，连忙说道："阿远，你别急，网上不是说窃听器都有监听范围吗？杨杰可不知道我住在这儿，刚才我们的说话，他不一定能听到。"

何文远的脸色缓和了少许，走到窗边，掀起窗帘一看，却正好看到对面楼下站着一男一女，似乎在商议着什么。何文远心中一动，说道："你过来看，那是不是杨杰？"

魏旭战战兢兢地走过去，看了两眼："没错，就是他。"

何文远眼中闪过一丝阴狠的目光："事已至此，我们只能赌一把了！"

杨杰跟在赵非烟身后，不断地打着呵欠，神情极其不耐烦，若不是忌惮赵非烟的武力，恐怕他早就拂袖而去。

至于赵非烟所说的阴谋，他压根就不信。第一，他从小到大就没听说过自己有叔叔；第二，上次因为方凯的事，赵非烟跟魏旭翻脸成仇，仇人所说的话又怎么能当真？

"咦，刚才明明有一点点信号的，怎么突然信号就没了？"赵非烟皱着眉头，环视周围的几栋高楼，"按说，就在这一块啊。"

"我说，现在已经是十二点了。"杨杰提醒道。

"闭嘴！"赵非烟突然眉头大皱，下一秒，她一把搂住杨杰的脖子，干净利索的一个过肩摔，杨杰直接被放翻在地。

虽然是草地，但这一下也把杨杰摔得不轻。杨杰心里的不满立刻被激发，正要骂人，赵非烟却扑了上来，一把捂住杨杰的嘴，低声道:"别出声,他们出来了。"

说完才松开手,拉着杨杰躲在了一丛灌木后头。

透过枝叶间隙,杨杰看到魏旭慌慌张张走出来,在她身后,一名英俊青年正追赶。

眼看就要走到杨杰两人附近,英俊男子突然加快步伐,一把抓住了魏旭的胳膊,森然笑道:"这大半夜的,你想要去哪儿?"

"何文远,你放开我!"魏旭奋力挣扎,但似乎又在担心着什么,不敢喊得太大声,但声音却刚好被杨杰听见。

杨杰见状大怒,正要起身帮忙,赵非烟却突然按下杨杰。

"有我在,你女朋友不会有事,先听听他们说什么。"赵非烟凑在杨杰耳朵上,低声说道。

碍于赵非烟的武力值,杨杰只好点了点头。

前方传来何文远的冷笑声:"魏旭,我警告你,你叔叔可还欠着我的钱呢!要么你现在老老实实地跟我回去,要么我就把你叔叔送进监狱,你自己选吧。哦,对了,你不是勾搭上杨杰了吗?听说他认识一个有钱人,怎么着,借个几十万应该没问题吧?"

杨杰一愣,何文远不是魏旭的前男友吗?怎么又牵扯到经济纠纷了?

"这事儿跟杨杰无关,你不要像条疯狗一样,见人就咬!"魏旭怒道。

"呦嗬,没想到你还挺在乎他的嘛!"何文远冷笑着,"以前跟我在一起的时候,也没见你这么在乎我啊!"

"何文远,我被你骗过一次才知道杨杰对我的真心,这份情感来之不易,所以,我不会让你伤害他的。至于我叔叔欠你的钱,我会想办法的。但是你要是动杨杰一根头发,我就跟你同归于尽,大不了鱼死网破!"魏旭似乎豁出去了,声音里充满决然。

"鱼死网破是什么样子我不知道。"何文远脸上露出狞笑,"但我现在却可以让你衣服破成渔网。"

杨杰再也忍不住,从灌木后站了起来,朝着何文远大吼道:"你个人渣!"

何文远见到杨杰,眼中闪过一丝慌乱,将魏旭往杨杰身前一推,转身就跑,眨眼间就消失在黑暗之中。

杨杰正要追,却被魏旭一把抱住,趴在他怀中痛哭,杨杰连忙安抚劝慰。

赵非烟看着两人紧紧地相拥在一起,脸色有些难看,最终什么都没说,悄然离开。

回到家中,赵非烟坐在客厅中沉默了许久,似乎有件事情难以做出决定。十来分钟后,见杨杰还没有回家,赵非烟把发哥跟罗筱羽叫了起来,说了今晚发生的事情。

赵非烟并没有提及李云彤绑架秦默的事,想着此事事关重大,多一个人知道就多一分危险,只说是她误会了杨杰,那天是她看花了眼。

听完后,发哥完全同意赵非烟的判断:"凭我多年经验,这个魏旭就不是什么好人!"旋即看到罗筱羽脸色古怪,发哥又连忙解释,"凭我多年看电视剧的经验。"

罗筱羽倒没在这方面纠缠:"非烟,那你现在是什么意思?要我跟发哥去劝杨杰吗?这事儿我们肯定不会袖手旁观……"

赵非烟摇头打断了罗筱羽:"罗姐,没用的,杨杰这家伙对魏旭已深信不疑,除非我们能拿到真凭实据!"

发哥双肩一耸,两手一摊:"还能有什么真凭实据?杨杰都说了,他根本就没有叔叔。而且,魏旭他们这一招苦肉计就是要让杨杰相信,他们针对的是魏旭的叔叔,说实在的,我都怀疑你是不是听错了。"

赵非烟默然不语。

罗筱羽见状劝道："非烟，我跟发哥年纪都比你大，其实我们都能看出来，你对杨杰很有好感……"见赵非烟有些羞恼，罗筱羽又连忙解释，"当然，主要原因是杨杰对你有恩，你的性格又直爽，恨不得马上偿还这份人情，所以才对杨杰格外关注。"

赵非烟忍不住争辩："我对他也不算特别的……关注吧。"

罗筱羽笑了笑："这不是重点，现在最重要的是，最近一段时间，杨杰不会再相信你了，当然也包括我跟发哥。想要获得他的信任，唯一的办法就是证明魏旭确实对他有所图谋。我倒是有个建议……"

"你是打算监控魏旭？在她身上安装窃听器吗？"发哥脱口而出。

罗筱羽摇头："魏旭之所以要上演苦肉计，肯定是发现了打火机里面的秘密，再用这个办法肯定不行。"

"要不，我们抓住魏旭，严刑拷打。"发哥咬牙切齿地说。

赵非烟瞪了发哥一眼："发哥，你别打岔，听罗姐说完。"

"我这个办法可能不太地道。"罗筱羽有些迟疑地说。

"你先说嘛。"赵非烟催促道。

罗筱羽犹豫了一下，说道："上次魏旭不是想跟方凯交往吗？"

"你是说，要方凯跟她……在一起？"赵非烟面色古怪地说。

"哪能呢，方凯就算不是你男友，也不能让他出马，再说了，魏旭对他肯定有所提防！"罗筱羽转而笑着说，"方凯不是有很多朋友吗？个个条件都不差，挑一个去跟魏旭交往，魏旭应该不会拒绝，到时候……"

"不妥！"发哥立刻否决了这个办法，"魏旭如此的狡猾，到时候把方凯的朋友给骗得倾家荡产，我们可就罪过大了。"

赵非烟没好气地说:"发哥,那你有什么办法?"

发哥缓缓说道:"唯一的办法,就是去杨杰的老家,查清楚到底有没有所谓的叔叔。"

闻言,赵非烟先是愣住,然后,她的眼睛开始发亮:"这倒是个办法。"

罗筱羽连忙劝赵非烟:"你别听他的,人生地不熟的,你能调查出来啥?"

赵非烟却笑着说:"没事的,罗姐,你就别担心我了,明天麻烦你把杨杰老家地址发给我。"说完,蹦蹦跳跳地回到自己的房间。

罗筱羽狠狠地瞪了发哥一眼,责备道:"都怪你,居然出了这么个馊主意,现在好了,她孤身一人去陌生城市,这也太危险了。"

发哥笑着摇头:"非烟现在是想替杨杰做点儿事情,好还清人情,跑去杨杰老家就算毫无收获,她心里也会舒服很多。至于人身安全之类的,嘿嘿,她可是跆拳道高手,三五个大汉都不一定打得过她呢!"说到这儿,他的声音压低了少许,"还有最重要的一点,眼下他们两个跟仇人似的,分开几天冷静一下也好。"

一想也是,罗筱羽点了点头:"希望她能查出点儿什么来。"

恶人自有高人收

杨杰的老家在湘中阳城,从海城到阳城有高铁直达,三个小时的车程。

赵非烟请了五天的事假,她请假的时候正好是周五,加上前后两个周末,就得到了九天的假期。

座位是二车厢9D,网上选的座位,跟其他人不一样,赵非烟不喜欢靠窗的位置,毕竟过道的空间更大,方便伸胳膊伸腿。

她不喜欢被束缚的感觉。

赵非烟走到座位前，却发现自己的座位上坐了个小男孩，十岁左右。小男孩正拿着平板在玩，旁边则是一名四十来岁的中年妇女在整理行李。

赵非烟以为中年妇女整理好行李就会把孩子带过去，然而，中年妇女整理好行李后，只是看了一眼赵非烟，也不说话，自顾自地拿出手机刷起朋友圈来。

这下赵非烟不乐意了，拍了拍小男孩的肩膀："小朋友，麻烦让一下，这座位是我的。"

小男孩头也不抬，继续玩着平板，口中极为不耐烦地说："吵什么吵，没看到我在玩游戏？"

赵非烟愣了一下，望向中年妇女："这是你家孩子？"

中年妇女又抬头看了赵非烟一眼，居然什么也不说，继续低头打字，似乎在评论别人刚发的图片。

赵非烟微微一笑，拿起小男孩的平板，按下电源键关了屏幕。

小男孩大怒，攥拳朝着赵非烟的肚子就是一拳。

赵非烟眼中闪过怒意，一把抓住小男孩的拳头，手中用力，小男孩顿时痛得哇哇大叫起来："痛！痛！你给我放手！"

中年妇女尖叫一声，上前就要抓赵非烟的脸，口中厉声叫喊："你居然欺负小朋友！"

赵非烟轻轻一推，小男孩撞在中年妇女的怀中，两人先后倒在座位上。将手中平板扔在小男孩身上，赵非烟将拳头一捏，发出"咔咔咔"的声音，冷笑着："讲道理，我奉陪，不讲道理，我也奉陪！"

中年妇女不敢上前，只是大声喊叫："来人啊，救命啊！有人欺负孩子！"

顿时，四五名乘客围了上来，也不知道发生了什么事情，低声询问。正好坐在对面的一名五十来岁的大妈看到了全程,低声说:"是那个小孩没买票,还霸占了这个妹子的座位,要他让开还动手打人,妹子只是推开他而已!"

中年妇女不敢去惹赵非烟,一口恶气正没地方出,听大妈这么一说,顿时有了发泄对象,指着大妈破口大骂:"你知道个屁!我家孩子没买票吗?我买的可是一等座!"

大妈没想到中年妇女这么泼辣,气得脸都红了,有心想骂回去,却不知道怎么开口,只能嘀咕了一句:"没素质。"

"你有素质?乱嚼舌根就有素质了?我呸!"中年妇女得势不饶人。

赵非烟眉头一皱,正要帮大妈出头,乘务员赶了过来,问明情况,看过赵非烟的车票,转而微笑着冲中年妇女说:"大姐,能看看你的票吗?"

中年妇女骂骂咧咧地翻出一张车票递给乘务员。

看了一眼,乘务员脸上闪过一丝古怪,脸上仍然挂着微笑:"大姐,这位小朋友的票是二等座,在后面车厢,要不,我给您带过去?"

中年妇女顿时怒了:"我儿子才十岁,要是丢了,你们负得起责吗?"

赵非烟冷笑道:"怕丢?为什么不都买一等座?"

"网上没有票了!"中年妇女大声说。

乘务员笑了笑说道:"现在又不是节假日,这节车厢还有一半的票没卖出去呢。"

没想到,中年妇女听了这话以后反倒更加大声地说:"既然空了这么多,这女的随便找个座位坐不就行了?为什么一定要跟我小孩抢位置?"

赵非烟觉得这种人简直不可理喻,走上前,狠狠地瞪了小男孩一眼,小男孩害怕极了,连忙退到妈妈身后。

赵非烟大方地坐下,冷笑道:"再坐过来我就揍,往死里揍!"

中年妇女有心撒泼,但对赵非烟这种行为,也是颇为忌惮,咒骂了几句以后,带着孩子去了别的座位,乘务员自然不肯,用对讲机呼叫了乘警,几分钟后,乘警赶过来厉声呵斥,中年妇女居然当作耳边风,口中只是嚷嚷:"我孩子又不是没有买票,换个座位也不行吗?你们可真不近人情,连最基本的尊老爱幼都不知道……"

赵非烟实在看不下去了,起身上前站在中年妇女旁边,也不说话,冷眼而视。

"又关你什么事?"中年妇女色厉内荏地嚷嚷。

赵非烟冷笑着,开始捏拳。

中年妇女眼中闪过惊恐,连忙带着孩子去了后头的二等座车厢。

乘务员连声道谢,乘警则苦笑着跟赵非烟轻声解释:"要不是穿了这身衣服,我都想揍她!"

赵非烟回到座位没几分钟,一位六十来岁的大妈走过来坐在赵非烟身边,其五官面目跟刚才的中年妇女倒是有几分相似,坐下后就自言自语地用方言咒骂着。

一名围观的男乘客忍不住就说了一句:"这一家人还真是让人叹为观止。"

顿时,乘客们哄堂大笑起来,那老妇咒骂得更加厉害。

赵非烟也懒得理会,拿出耳机正要戴上,后面车厢中又传来争吵声,听起来还是刚才那个中年妇女。赵非烟忍不住往后望了一眼,只见车厢过道上中年妇女正跟一名穿着短袖 T 恤和牛仔裤的女子在争吵。

这女子,好像在哪儿见过?

赵非烟再次起身走了过去，走近才确认这女子她真见过，上次杨杰把方凯的衣服弄脏了，当时跟杨杰在一起的不就是这个女的吗？赵非烟记得她好像是叫张亚茹。

"小孩子要坐在窗户旁看风景，跟你换个座位怎么了？"中年妇女指着张亚茹厉声道，"你懂不懂尊老爱幼啊？"

张亚茹气得满脸通红："换座位没问题，但也不是像你这样，趁我去洗手间，一屁股坐下就不动了。"

中年妇女"呸"了一声："那现在跟你说一声不就行了？吼那么大声吓唬谁？"

赵非烟只觉得这中年妇女实在难以理喻，上前就问："亚茹，怎么回事？"

张亚茹见到是赵非烟，先是一愣，旋即好像看到了救星，指着靠窗的位置："他们坐了我的座位，反倒说我不讲道理。"

小男孩原本坐在张亚茹的座位，看到赵非烟，惊恐地站了起来。而中年妇女的嚣张气焰顿时熄灭，二话不说，拉着儿子就坐到了中间。

张亚茹哪还有心思跟这种人坐一起，瞄了瞄一等座车厢，问："你那边还有座位吗？"

"多呢。"

"那我补票去。"张亚茹拎着箱子就往前走。

补完票，赵非烟拿起背包跟张亚茹坐在了一块。

两人一通聊，赵非烟得知张亚茹居然是杨杰的亲戚，虽然不是正儿八经的亲戚，但按照辈分杨杰得喊姑姑，不禁"扑哧"笑出声，连忙趁机打听杨杰家里的事情。

不过，张亚茹除了对杨杰舅舅家比较了解，其他的也是一无所知，二人索性加了微信，说是有什么事情可以联系。

赵非烟添加好友的时候顺口问了一句："回家探亲吗？"

"回家相亲！"张亚茹幽幽地回答。

赵非烟作为"百年好合"的首席婚恋师，自然不会说什么像你这么优秀都还要相亲这种台词，她见过很多的优秀男女，都找不到另一半。当即笑着问："你那侄子不就是婚恋师吗？干吗不找他帮你挑几个优秀的？"

"最开始就是找的他。"张亚茹脸色有些不自然，她跟杨杰之间的那些事儿，可不是对谁都能说的，只好讪讪地解释道，"后来发现，他介绍的人不太靠谱。"

赵非烟趁机说道："杨杰那家伙确实不太靠谱，这样吧，你想要什么样的，我帮你找啊！"

张亚茹见赵非烟如此热情，开玩笑地说："那就你男朋友那样的吧。"

赵非烟皱眉，想了一下："我男朋友？方凯？"

张亚茹讶然反地问："你还有其他男朋友？"旋即知道自己这话好像有些得罪人，尴尬地笑着说，"对，就是你男朋友方凯那种类型。"

赵非烟笑着说："方凯可不是我男朋友，嗯……你要是对他有兴趣的话，我倒是可以介绍你们认识。"

张亚茹笑着推了赵非烟肩膀一下："少跟姐姐我开玩笑。"

"真没跟你开玩笑，我现在就可以把他的微信推送给你。"赵非烟二话不说就拿出手机。

张亚茹犹豫了一下，最终还是加了微信，方凯在得知情况以后，也是哭笑不得，跟张亚茹回了个苦笑的表情。

接下来，两人又是聊杨杰又是聊方凯，直到下车才分开。张亚茹要转车去郊区，赵非烟则买了点儿礼物，叫了辆出租车，直奔杨杰家。

杨杰家住在农业局家属院,很老的房子,大门有传达室,传达室的小门常年不关,谁都可以出入。里头有一个六十来岁的老头儿,正坐在沙发上看报纸。

"大爷,杨东伟住哪一栋啊?"赵非烟探头询问。

老头儿推了推老花眼镜,看了一会儿,似乎在判断赵非烟是不是坏人,三四秒后才说:"你找他什么事?"

"我是他儿子的同事,从海城过来,他儿子让我带了点儿东西给他。"

老头"哦"了一声:"三栋一单元,六楼602房。"

就在赵非烟走进大院后,高铁上占座的那个中年妇女,带着她儿子和妈妈出现在传达室门口,将包裹全部塞给她妈妈,要她们先回去,然后"咣咣"拍了传达室的房门两下:"喂,我妹妹在不在麻将馆?"

老头儿瞥了一眼中年妇女,"哼"了一声,装作没听见。

"你聋了吗?信不信我要老傅开除你!"中年妇女恶狠狠地说。

"先把欠我的工资结清再说吧。"老张抖了下手中的报纸,不再理睬。

赵非烟根据门牌找到了三栋一单元,老式楼房并没有电梯,走进去后,只见一楼的101房大门敞开,里面有两桌人在打麻将,以四五十岁的中年人为主,年纪大点儿的有六十多岁的,顶着一头白发,精神却是矍铄,年纪最小的大概也就二十出头,呵欠连天,双目无神。

赵非烟寻思这是麻将馆,瞟了一眼后直接上楼。

行至六楼,赵非烟敲响602房的门,半天都没人答应,反倒是对面601房的门打开,一位老奶奶探出头来,沙哑着声音问:"你找邓老师吗?"

赵非烟连忙笑着点头:"对啊,我找邓翠兰邓阿姨。"

"她在楼下麻将馆呢。"

赵非烟一阵郁闷,转身下楼。

刚走到麻将馆门口,赵非烟就听到了一道熟悉的声音:"邓老师,你家儿子现在一个月挣多少钱啊?"

赵非烟好奇望去,只见左侧麻将桌背对门口坐着一位中年妇女,好巧不巧,正是高铁上遇到的那位,虽然赵非烟没看到她正脸,但其身上穿着跟在高铁上一模一样,估计是连家都没回就跑了过来。

在她身边站了一位三十岁左右的女子,身穿渔网状的上衣搭配白色长裙。渔网状的衣服里面居然穿了件大红色的衬衫,看起来尤为刺眼。

坐在中年妇女对面的是一位五十来岁的妇女,短发圆脸,因为经常笑的缘故,眼角鱼尾纹非常深,身材微胖,穿一件白色短袖衬衫以及黑色长裤。

不知怎么的,赵非烟看到她就想起了小学的班主任,寻思这应该就是杨杰的妈妈了。

"我家小杰的基本工资也就三千元出头。"邓翠兰的职业是教师,说话声音很大,哪怕是随随便便一说,整个房间都能听见。

"才三千元啊?看来大学生也就这样了。"中年妇女冷笑道,"我妹夫初中毕业,帮人做装修,一个月都有七八千呢,小月,是不是啊?"

站在她旁边的小月得意地说:"姐姐,你不知道吧,志明上个月拿了近一万呢。"

邓翠兰也不生气:"小杰的底薪确实少了点儿,主要看提成,上个月他的提成也就五万多吧,全都寄了回来,说要我把家里装修一下,还特意交代我不要怕花钱。"

赵非烟差点儿笑出声,这邓阿姨损人的功夫可比中年妇女厉害多了。

中年妇女冷哼了一声,将手中的麻将牌往桌上一扔:"两万。"旋即似乎想到了什么,"对了,你家杨杰现在都没找女朋友,是不是有什么难言之隐呢?"

周围的人反应不一,有人笑,有人皱眉,也有人出声相劝:"刘姐,你也是局长太太,这种话可不符合你的身份。"

中年妇女哈哈一笑,脸上却是毫无笑意:"瞧你这话说的,局长太太怎么了,还不能说话了?"

出声那人笑了笑:"那哪能啊,您随便说。"

邓翠兰摸了张牌:"我那孩子已经找到女朋友了,不劳刘姐操心。幺鸡!"

"人呢?带回来瞧瞧啊。"刘姐"哼"了一声,"该不会是骗你的吧?就算找到了,这外面这么乱,谁知道是不是好人家的姑娘啊?"

饶是邓翠兰涵养再好,听到这话也是忍不住了,瞪着中年妇女:"刘慧,我家孩子有没有女朋友,跟你有一毛钱的关系吗?"

中年妇女顿时大怒,把面前麻将往桌子中间一推,厉声道:"老娘今天心情不好,就是来找你们这些人出气的,怎样?"

话没说完,她的声音就戛然而止,脸上浮现出惊恐之色。

赵非烟不知什么时候出现在对面,看都不看刘慧一眼,冲着邓翠兰笑盈盈地说:"阿姨,我是阿杰的女朋友,这几天来阳城出差,正好来看望你。"

邓翠兰正郁闷,听赵非烟这么一说,就好像瞌睡的时候送来了枕头,哪管赵非烟是不是儿子的女朋友,当即笑着说:"来也不提前打个电话,走走走,我们回家去。"

赵非烟挽着邓翠兰的胳膊,笑眯眯地经过中年妇女身边,右手突然捏拳随意地往头上一扬,似乎要揍人。刘慧顿时吓得哇哇大叫,直接冲进了厕所里面。

邓翠兰听到叫声,扭头一看,赵非烟的拳头早已展开,拢了拢自己鬓角秀发,侧面望去,明艳不可方物。

英雄救美

回到家中,邓翠兰招呼赵非烟坐下,上下打量,颇为疑惑地问:"你就是魏旭?"

赵非烟暗暗咬牙,脸上却笑容满面:"阿姨,我是杨杰的同事,姓赵,赵非烟,杨杰要我带点儿东西给你们。"

邓翠兰眼中闪过一丝失望,旋即笑着说:"什么东西不能快递?还专门麻烦你跑一趟,这孩子真不懂事。"

"其实是有点儿事情要请教杨叔叔,对了,杨叔叔呢?"

"他要五点下班,差不多五点半才回来。你先坐一会儿,我打个电话。"邓翠兰起身走到阳台,摸出手机,给杨杰打了个电话:"臭小子,你是不是有一个叫赵非烟的同事?"

"是有这么个同事,咦?你怎么知道的?"杨杰一头雾水地问。

"她就在咱们家啊,不是你要她带东西回来的吗?"邓翠兰比杨杰还吃惊。

杨杰愣了好一会儿,才气急败坏地说:"我跟她是仇人,怎么可能要她带东西回家?对了,她说什么你都别听!"

邓翠兰沉默片刻:"那我把她赶出去?"

杨杰连忙说:"赶走倒也没必要,再怎么说也是同事,招待她吃顿饭好了。"

"这样啊，我知道怎么做了。"邓翠兰直接挂了电话，转而拨通了杨杰父亲杨东伟的电话："老头子，你赶紧回来，家里来了客人，小杰的同事，是个姑娘，我很喜欢……我才不管小杰怎么想！他还说是仇人，不过啊，我试探了一下，说要赶那姑娘走，小杰又舍不得了，哈哈……上什么班，赶紧回来。"

邓翠兰打完电话笑眯眯地走回客厅，继续跟赵非烟拉家常。因为刚才麻将馆的事情，邓翠兰对赵非烟非常亲热，又是削苹果又是洗葡萄，赵非烟也不见外，自告奋勇地上前帮忙。

用剪刀将葡萄一颗颗地剪下来放入盆中，加水，倒入淀粉后沿着一个方向搅拌，最后一冲，葡萄一颗颗晶莹剔透，犹如宝石。

邓翠兰越看越喜欢："小赵，在家里没少做家务活吧？"

"也就洗洗衣服，做饭可上不了台面，怎么学都学不好。"赵非烟坦然道。

邓翠兰故意压低声音说："小赵，我跟你说，做饭就得男人做，你看电视里头那些大厨，把锅里的菜都抛到天上去了，我们女人哪有那么大的力气。"

赵非烟扑哧一笑："阿姨你可找到问题关键了，做饭还真是一门体力活。"

聊了将近半个小时，杨东伟赶了回来，寒暄片刻，赵非烟问道："叔叔，你有没有兄弟姐妹？"

"就有一个姐姐，怎么突然问起这个？"杨东伟吃惊地看着赵非烟。

赵非烟也不隐瞒，将自己来阳城的原因和盘托出，甚至把自己跟杨杰的恩怨也都交代得清清楚楚，杨东伟跟邓翠兰听得津津有味，一点儿都不在意杨杰正被人算计。这让赵非烟非常郁闷："你们就一点儿都不担心？"

杨东伟笑呵呵地说:"我可没有这么个有钱的弟弟,随便那个魏旭怎么算计,臭小子反正不吃亏。"

邓翠兰打了杨东伟一下:"瞧你这话说的。小赵啊,你千里迢迢地赶过来,我跟你杨叔都非常感动,也会很重视这个事情,你先在我家住着,我们问一下杨杰的爷爷,看看你杨叔有没有失散多年的兄弟。"

为了证明自己没有在敷衍,邓翠兰还真给杨杰的爷爷打了个电话:"爸,问你个事,东伟还有没有其他的兄弟啊?"

听了两句,邓翠兰脸上的笑容突然凝固,转而把电话交给了杨东伟,杨东伟听了一会儿,惊呼出声:"什么,真有个弟弟?被别人抱养了,移民去美国了?"

挂了电话后,杨东伟夫妇两人面面相觑,都是一副不敢相信的模样。好一会儿,杨东伟才转过头,冲赵非烟苦笑:"还真有这么回事。"

邓翠兰当即就要给杨杰打电话,赵非烟连忙劝阻:"阿姨,我已经劝过杨杰很多次,但他对魏旭是深信不疑。所以,我们最好先把这个事情查清楚,到底这个叔叔是不是那个有钱的美国叔叔,确定了再跟杨杰说也不迟。"

"怎么查?"邓翠兰反过来问赵非烟。

"据我了解,魏旭他们所说的那个叔叔不但身家过亿,而且得了绝症,如果杨杰在美国的叔叔符合这两个条件,那就是同一个人。"赵非烟分析道,"一旦确定了这点,叔叔阿姨要做的就是阻止杨杰结婚。无论如何都不能让魏旭的奸计得逞。"

杨东伟盯着赵非烟左看右看,好一会儿才说:"其实,还有一个办法。"

赵非烟连忙问:"什么办法?"

"你跟我家杨杰结婚，不就行了？"杨东伟似笑非笑地说。

赵非烟脸红了起来："叔叔阿姨，我们还是先确定美国那边吧。"

杨东伟夫妻纷纷点头称是。吃过晚饭，杨家夫妻非要留赵非烟在家里住下，赵非烟架不住夫妻俩一番热情，最终住了下来。

与此同时，海城市"百年好合"公司，杨杰正靠在阳台栏杆上，脑中全是疑问。

赵非烟跑去阳城做什么？她是想要在爸妈面前告状吗？都不是小孩子了，玩这一套有用吗？莫非，她是去说魏旭的坏话？想到这点，杨杰顿时头皮一麻，这个女人还真有可能做得出来。

他立马给爸妈打电话，再次交代他们不要听赵非烟的话，可爸妈那边也不知道在忙些什么，含含糊糊地说了两句话，就挂了电话。

杨杰觉得事有蹊跷，为安全起见，他给魏旭打电话说了此事，魏旭却一点儿都不在乎："真相或许会迟到，但从来不会缺席，只要你在乎我，随便赵非烟她怎么造谣，就算是天大的谎言，我们回去也能解释清楚。"

说归这么说，挂了电话后，魏旭立马告诉了何文远，何文远顿时目露凶光："这个女人还真是讨厌，我这就要龙哥去收拾她。你这边也抓紧，最好是这个星期之内搞定杨杰，好回去结婚。"

"行。"魏旭点头。

杨杰哪知道魏旭还有如此安排，挂断了电话，转而寻思如何搞定秦默。

想要让秦默离开，就得要让她死心，而要让她死心的最好办法就是让她移情别恋，说是这么说，但让她移情别恋哪是那么容易的事。

上次的绑架事件后，秦默的生活并没有发生什么变化，该上班的时候上班,该下班的时候下班,周末也不参与什么应酬,窝在家里看电视。就好像什么事情都没有发生过一样。

不过,今天的事情好像有点儿多,临近下班的时候,杨杰又弄了好几个方案过来,说都是今晚安排的相亲,需要秦默审批。

因为涉及钻石会员,杨杰这么着急也情有可原,秦默当即留下来跟杨杰一起加班,没想到这一加班就是两三个小时,差不多九点的时候,杨杰才拿着确定的方案匆匆离开。

此时,窗外已霓虹闪烁。

搭乘电梯直达地下停车场,秦默朝自己的车走过去,刚要开车门,三名身穿迷彩服的男子从暗处走了出来,两人手中拿着铁棍,另一人手中拿着把西瓜刀,从外形来看,这三人倒是有些像农民工。

"你要是叫,我就砍死你!"持刀的男子满脸的络腮胡子,看起来非常的凶狠。

秦默虽然有些害怕,但并没有惊慌失措,贴车而站,大声说:"这里有监控,你们要钱可以,我给你们就是,甚至可以答应你们不报警,但真要伤害到我,你们下辈子都会在监狱里度过。"

另一个人狞笑道:"少废话!我们哥仨都快要饿死了,坐牢又如何?起码还管饭!"

络腮胡子挥了挥手中的刀:"姓秦的,赶紧把钱拿出来,还有银行卡跟密码。"

就在这个时候,杨杰突然冲了出来,二话不说,把秦默拉到了自己的身后。

"找死是不是?"络腮胡子一挥手,三人朝杨杰扑了过去。

杨杰寡不敌众,边打边退,口中大喊:"秦总监,快报警。"

听杨杰这么一喊,三名大汉互相看了一眼,抱头鼠窜而去。

"你怎么样?"秦默也顾不上报警了,连忙跑过去。

杨杰捂着手臂,龇牙咧嘴地说:"胳膊被打了一棍,其他倒还好。"

"我送你去医院!"

"不用了,回家抹点儿红花油就行。"杨杰不以为然地拒绝。

"那去我家。"秦默以命令的口气说。

杨杰迟疑了一下,最终答应了下来,内心却窃喜不已,这一招英雄救美还真是管用,难怪流传千年经久不衰。

上了秦总监的车,一路飞驰,却是朝郊外而去,杨杰有些讶异:"秦总监,你住这么远?"

秦默笑了笑,也不回答。

半个小时后,车停在郊外的一个草坪,荒野中除了秦默的车灯,也就只有乌云中时隐时现的月亮了,秦默推开车门走了出去。

杨杰愣了片刻,也跟着开门下车,只见秦默正靠着车尾,头发被风吹得飞舞,淡淡的月光下,秦默的脸显得有些阴森恐怖,在这黑漆漆的夜色之中,杨杰竟然有种看恐怖片的感觉。

杨杰打了个冷战,一头雾水地问:"您这是?"

秦默并没有回答。

杨杰觉得有些尴尬,走到秦默身边,身子斜靠在车上。

"杨杰,你有没有女朋友?"秦默突然开口问。

杨杰正要说有,但马上反应了过来,自己英雄救美不就是要博取秦默芳心吗?说自己有女朋友岂不是要前功尽弃?当即轻咳一声:"这段时间经常跟一个同学吃饭,不知道算不算女朋友。"

说完,他心中闪过一个古怪的念头:对啊,我跟魏旭也就是在一起吃吃饭看看电影,这算是恋人吗?

秦默笑了笑:"我可以做你的女朋友吗?"

闻言,杨杰目瞪口呆。

这幸福也来得太突然了！没错，他的目的就是要让秦默移情别恋，为此还花了一千块请了三个农民工假扮绑匪……

呵呵，这钱花得真值啊！简直是立竿见影。

秦默又重复了一遍，杨杰假装很不好意思地说："秦总监，你就别开玩笑了。"

"开玩笑？"秦默转过头来看着杨杰，整张脸跟黑暗融为一体，声音也变得有些缥缈起来，"你设计这个英雄救美，不就是想要我感激你，然后以身相许吗？"

杨杰再次呆住，随后，想到自己的想法这么容易就被看穿，他顿时满脸通红。幸好这是在黑暗之中，秦默无法看到。杨杰讪讪地说："秦总监，你这话是什么意思？"

秦默的声音充满嘲讽："第一，你又没有车，跑去地下停车场做什么？第二，你看到他们三个，一不报警，二不喊人，上来就打，好像生怕别人不知道有这么回事。第三，虽然我不会功夫，但我能看得出来你也不会功夫，居然能以一敌三？第四，这三个人居然知道我姓秦，摆明就是针对我来的。第五……"

杨杰连忙摆手，承认道："好了，你别再说了，是的，这几个人就是我花了一千块请来的。你要杀要剐，悉听尊便。"

秦默沉默了好一会儿，问道："你为什么要这么做？"

杨杰寻思，总不能跟她说出真相吧，心一横，说："谁叫你那么漂亮那么温柔，我进公司就被你给吸引……"

秦默打断了杨杰的告白："是李云彤要你这么做的吧！"

顿时，死一般的沉默。

差不多七八秒后，杨杰才苦笑着说："你都知道了？"

"上次在南涯岛，绑匪口口声声说我是小三，我就猜到了，幕后主使肯定是李云彤！"秦默冷笑着说，"你现在突然英雄救美，无非就是想要让我移情别恋，然后离开林刚罢了。"

不得不说，除了难堪，杨杰更多的是佩服。不过，既然都已经这样，还不如摊开来说："秦总监，不管你跟老大是什么情况，他跟老板娘都是原配夫妻，而你只是第三者……好吧，我们换个角度，我知道有很多优秀的男人在追求你，以你的条件，完全可以从中挑一个最优秀的男人，为什么一定要跟老大纠缠不清呢？"

秦默冷笑着，声音逐渐变得激动起来："第三者？你说我是第三者？杨杰，我实话告诉你，我跟林刚从幼儿园开始就认识了，小学、初中、高中都是同学，原本我们打算大学毕业就结婚的。可就在毕业前夕，他父亲的货车在运货路上出了事，不但要赔六十万的货钱，还要赔偿死者七十多万，他家就算是砸锅卖铁也凑不齐这么多。就在这个时候，李云彤拿出一百万，条件只有一个——这一百万就算是她的嫁妆。我跟林刚多年的感情，就被这一百万毁了，现在请你告诉我，谁是第三者？"

杨杰默然，这种恩怨交错的事情，还真说不好谁对谁错。

"处理完家里的事情后，林刚出来创业，起初是想着离开家，或许可以让李云彤对他的感情变淡，然后就可以顺势离婚，跟我在一起。"说到这儿，秦默没有了刚才的激动，声音也变缓，但杨杰却听出了她的痛楚，"不过，他早几年事业一直不顺，可以说是屡战屡败、屡败屡战，吃尽了苦头。但李云彤一直在他身边不离不弃，不管林刚多少次失败，李云彤都一直陪着他，鼓励他一次次地站起来。最后，林刚也认命了，不再去琢磨离婚的事情。但我却仍然放不下，就好像是扑火的飞蛾，留在他身边，不肯离去。"

"我倒是有个建议，不如你换个环境生活，不看到他或许会好点儿，时间终究能洗刷一切。"杨杰苦笑着劝解。其实他自己也清楚，时间或许确实能洗刷一切，但这个洗刷的过程，承受的痛苦却让人难以忍受。

"我曾经想过很多次，大不了就离开他，一个人去到像婺源那样的古镇，逍遥自在地生活。可若是没有他，逍遥自在又有什么意义？对于我来说，能跟他一起，才是我这辈子的愿望。"秦默的声音犹如梦呓，然后沉默了一会儿，她的声音又变得充满嘲弄，"至于你说的时间能洗刷一切，呵呵，我跟他相恋十多年暂且不说，他结婚后我又不计名分地跟了十多年，这难道不是时间？我的感情也没见被洗刷掉啊！"

杨杰有些郁闷，心想我们说的根本就不是一回事好吧，但也不可能就此争论，他只能继续劝慰："说到底，你只不过是觉得不甘心，不想走出分手的第一步。其实，你可以去尝试下跟别人接触，说不定能找到不同的感觉，毕竟林刚是你的初恋，你根本就没有跟其他男人接触过。"

秦默半天没说话，抬头望着天空，想了很久，杨杰似乎在她的眼睛中看到了迷茫。

半晌，秦默叹了口气，突然开口："杨杰，你过来一下。"

杨杰迟疑了一下，走到秦默的旁边。

一只冰冷却柔软的手突然搭在杨杰的肩膀上，转而勾住杨杰的脖子，再然后，秦默凑了过来，不由分说地亲在杨杰的嘴上。

秦默的唇冰冷，微微颤抖着，如同有魔法一般，杨杰顿时呆立在原地。

片刻后，秦默把头靠在杨杰的肩上，嘶哑着嗓子说："你不是要帮我吗？从明天开始，我就是你的女朋友，看看能不能把林刚忘记。"说完，秦默转身上车。

"我……这个……可是……"杨杰顿时语无伦次，根本不知道该说些什么。

秦默不耐烦地按了一下喇叭，杨杰看了一眼车上的秦默，最终什么也没说，上了车。

秦默油门一踩，车很快消失在夜色之中。

步入上流社会

翌日，"百年好合"出现了让人目瞪口呆的一幕。

秦默拎着面包牛奶，走到杨杰办公桌前，跟往常一样温婉似水，嘴角之间却好像是多了一抹前所未有的微笑，她将早餐放在杨杰桌上，也不说话，转身轻盈地走进了总监办公室。

罗筱羽大拇指按在打卡机上，半天忘记收回来……

发哥怀疑自己在做梦，狠狠地拧了一下自己的大腿，痛得龇牙咧嘴……

李云彤若有所思地看着杨杰……

林刚表情复杂，一副似笑非笑的模样……

而当事人杨杰却神情自若，拿起面包就啃，端起牛奶就喝，毫无半分"吃软饭"的惭愧。

发哥回过神来，坐在椅子上，以脚撑地，连人带椅滑到了杨杰身边，压低声音问："我说，你跟秦总监是怎么回事？"

"什么怎么回事？"杨杰嘴里全是面包，满脸的不以为然，"我昨天晚上加班到很晚，总监给我的奖励，不行啊？"

"得了吧你。"发哥冷笑道，"我来公司快三年了，就没看到她对哪个同事笑着说过话，现在居然给你买早餐？"旋即狐疑地看着杨杰，"我说，你不会……"

杨杰瞪大眼睛看着发哥："我像是那种出卖身体的人吗？"

发哥义正词严地说："像啊！"

杨杰翻了个白眼，一脚踩在发哥的椅子上，硬生生地将其踹开。

除了发哥,其他的同事也都是大为不解,或讶然观望,或窃窃私语,差不多整个上午大家都在议论此事。

中午快下班的时候,林刚打来电话:"中午一起吃饭,就在对面的川湘餐馆。"

杨杰暗中叹息了一声,老大这是忍不住要摊牌了吗?

出乎意料的是,林刚是带着李云彤一起过来的,如此情况下,应该不可能提及秦默的事情。

"杨杰,你来公司也有三个多月了,感觉如何?"林刚若无其事地和杨杰说。

"非常好,同事们都跟亲人似的。"杨杰惴惴不安地回答道。

"我看过你的业绩,虽然跟非烟还有一点儿差距,但按照你现在的速度,在年底追上她也不是不可能。"林刚转而给李云彤扯开一罐椰奶,插了根吸管进去。

"我其实全靠碰运气,跟她没法儿比。"杨杰拿不定林刚此话是什么意思,只能是小心翼翼地回答。

林刚又随意地聊了一会儿,待菜上齐以后,林刚举杯跟杨杰碰了一下,笑着说:"杨杰,我这个人没什么别的长处,就是看人比较准,你是个值得信任的人。"

杨杰连忙笑着说:"老大过奖了。"

"说真的,我一直都不把你当外人,眼下有一个机会,想提拔你一下。"

"老大,你就别卖关子了。"

"公司不是要上市吗?需要几个子公司,我呢,准备以你的名义弄一个婚恋研究工作室。当然,研究室的幕后运作都是我来弄,你只是担了一个公司法人的名号。"林刚微笑地对杨杰说。

杨杰一头雾水,有点儿心虚地问:"意思是我什么都不用做,名下就有了一家公司?"

"肯定还是要做点儿事情的,比如,你得给新公司取名、设计标志、租赁办公场地等等。哈哈,你也别慌,这些事情我都会手把手地教你,现在你要做的,就是拿上你的身份证跟我去工商局,完成新公司的注册流程,这样你就是新公司的老板了。"林刚再次举杯,"来,庆祝杨老板即将成为上市公司高管。"

杨杰顿时唇干舌燥,忍不住问:"老大,你为什么对我这么好?"

林刚看了李云彤一眼,嘴角的笑容突然变得有些苦涩。

从进门到现在,李云彤一个字都没说,脸上更是没有任何表情。

轻咳一声,林刚的声音压低了少许:"我为什么要对你这么好?你是真不知道,还是假不知道?"

杨杰心中猜测,多半跟李云彤、秦默的事情有关,但他也不确定,只能装糊涂:"真不知道。"

"秦默这件事情,是我做错了,现在公司即将上市,不能有任何丑闻,你是这件事的唯一知情人,除了收买你,我实在想不到其他办法。"林刚苦笑道,见杨杰张口欲言,他直接竖起手掌打断杨杰想说的话,"就这么定了,你下午跟我去趟工商局,有熟人在里面,走完流程也就一个下午的事情。"

就在杨杰稀里糊涂即将成为老板的时候,赵非烟却遇到了麻烦,杨杰远在美国的叔叔竟然联系不上。

"当初抱养我弟弟的那户人家,已举家搬去美国,这边根本就没有人知道他们的联系方式。"杨东伟有些疲惫地揉了揉太阳穴。他请了一天的假,骑车转了小半个阳城,寻访当年抱养他弟弟那户人家的亲戚朋友,却毫无所获,居然没一个人知道他们的联系方式。

赵非烟也没闲着,去杨杰叔叔蒋明当年就读的中学找到其班主任,问到了几个同学的电话号码,打电话过去却纷纷表示不知情,只有一个同学提供了一条线索，说是有个叫周丽的女同学当年跟蒋明谈过恋爱，或许她会知道。不过，该同学并没有周丽的电话号码，只给了个地址，赵非烟打算晚上前去拜访周丽。

在听杨东伟这边也没有消息后，赵非烟不由得苦笑道："连他的亲戚都不知道，看来这个周丽也未必能知道。"

"能有啥亲戚？"就算是在家里，邓翠兰的嗓门也非常大，这跟她多年教师生涯养成的习惯有关，"当初老爷子之所以要把孩子过继给他们，就是因为他们夫妻都是孤儿，又没有生育能力……东伟今天找的，都是那家人之前的同事邻居。"

杨东伟喝了口水，捶了捶自己的腿："既然找不到，那就等着他上门好了。该是那小子的，怎么都不会跑，不该是他的，怎么求也不会来，我们家虽然不富裕，但也不差钱用。"

赵非烟着急地说："叔叔，这不是钱不钱的事，而是杨杰会被人算计，我们要让他看清魏旭的真面目。"

杨东伟跟邓翠兰交换了一个眼色，眼中有笑意闪过，漫不经心地说："小赵，你对我家臭小子还真是不错。"

赵非烟脸色微微一红："毕竟杨杰救过我一命，怎么都要还了这个人情的。"

杨东伟再次跟邓翠兰交换了一个眼色，岔开了话题。

吃过饭后，赵非烟前往火烧坪去寻找周丽。

火烧坪是阳城一处颇为有名的地点，三十年前一场大火烧毁了这里四十多户人家，政府出钱让这些受灾的家庭在原址上重建了家园。但没想到，十年后，这里又发生了一起火灾，虽然火势没有上一次那么大，但也将房屋烧得面目全非，火烧坪的名称由此而来。

很多算命师傅说这里风水不好，导致地产商都不敢开发此处，那些受灾的家庭更是心有余悸，只敢修建平房。久而久之，这里形成了类似城中村一样的区域，一到晚上，烧烤夜宵遍地，也没人来管。

不过，地产商对这块地不感兴趣，不代表某些投机者对这块地不感兴趣，眼下房价这么高，阳城市其他地段迟早会被开发完，当只剩下这块地的时候，就奇货可居了。于是，火烧坪相关地段里面，每天都有人在找房主谈收购，不乏带着小混混上门威胁的。

周丽家就在火烧坪，可没少被这些小混混纠缠，好在她也是本地人，小混混倒也不敢欺负得太狠，但言语上轻浮几句肯定是免不了的。

周丽今天下班有点儿晚，回家已是夜色微黑，周丽骑着单车拐进小巷之中。不出所料，前方路中间聚集有一群张扬的青年，或蹲或站，每个人都是叼着烟。见到周丽，这群青年无动于衷，丝毫没有让路的意思。

周丽连忙下车，正要推车从旁边走过去，身后传来女子的呼喊："大姐，稍等。"

回头望去，只见一名扎着马尾的年轻女子从巷子口跑了过来，明眸皓齿，肌肤胜雪，正是赵非烟。

"大姐，你住这附近吗？"赵非烟追上来笑嘻嘻地问。

"有什么事？"周丽反问道。

"我想找一个叫周丽的，不知道你认不认识？"

"我就是。"周丽皱眉道。

赵非烟顿时大喜，说："太好了，是这样的，蒋明是你的同学对不对？你有没有他的联系方式，我有很重要的事情找他。"

周丽愣了一会儿，缓缓摇头："真不好意思，自从他去了美国以后，再没有跟我联系过。"

赵非烟顿时大失所望："你们这些同学中，就没有一个能联系到他的?"

"高中同学恐怕是没有了,不知道他的大学同学有没有,你可以去那边问问。没其他事的话,我先走了啊。"

赵非烟只能道谢,站在原地皱眉思索,下一步该如何。

难道真的要去找他的大学同学?

赵非烟皱着眉想着,突然有一个三十来岁,满脸横肉的浓眉男子站了起来,看着赵非烟,眼神闪烁不已。正好,周丽推着单车要从他旁边过,浓眉男子眼睛一亮,横跨一步挡住周丽。

"麻烦让让。"周丽皱眉道。

"如果我就不让,你能把我怎么样?"浓眉男子冲着周丽吐了口烟雾。

周丽冷笑道:"如果你再不让开,我就报警了!"

浓眉男子哈哈一笑,"你报啊,我有对你做什么吗?怎么着,这条街是你家的吗?还不准别人过了?"

旁边的小混混发出猥琐的笑声:"龙哥,万一就是人家的呢?"

周丽大怒,单车往旁边一停,摸出手机就要拨号码。

龙哥冲旁边一个小混混扬了扬下巴,小混混当即上前抢夺周丽的手机。

赵非烟早就看不顺眼了,见状更是无法容忍,上前就去格挡小混混的手腕。

就在这个时候,异变骤生,龙哥突然一脚踢向赵非烟的腰。

这一脚不但速度快,而且力道也大。

赵非烟此时注意力全在小混混身上,根本就没有提防这人偷袭,躲避格挡都来不及,只能是勉强转动了一下身体,用自己的大腿挡住了这一脚。

龙哥这一脚的力气非常大,赵非烟被踢得撞在墙上,大腿一阵剧痛，虽然没骨折，但一时半会儿也动不了了。

"跆拳道黑带，也不怎么样嘛。"龙哥冷笑着。

赵非烟顿时明白了过来，这个所谓的龙哥，根本就是冲着她来的。赵非烟忍痛靠墙而立，冲着周丽摆了摆手："你赶紧走。"

那群小混混早已围住了周丽，其中一个小混混更是一把抢过周丽的手机，阴阳怪气地说："姓周的，一条街上住着，我们也不想动你，你就待在这儿别动，龙哥专程为了这女的而来，等他办完事，我们自然会放你走。"

闻言，赵非烟深吸了一口气，摆出格斗的架势，她知道，只有搞定龙哥，自己才有机会逃出去。

龙哥一击得手，很是得意，并没有继续上前攻击，而是如同抓住老鼠的猫，饶有兴趣地打量着赵非烟："大腿是不是很痛啊？要不要哥哥我帮你揉揉啊？"

闻言，那群小混混又是一阵哄笑。

赵非烟冷笑道："哪那么多废话，要上的话赶紧上！"

龙哥脸色一寒，往前飞冲，膝盖照着赵非烟的小腹狠狠撞了过去。

这一招可虚可实，如果赵非烟还有闪躲的能力，他接下来的双拳才是杀招。如果赵非烟闪躲不开，那这一膝盖就能让她彻底失去战斗能力。

赵非烟刚要躲闪，脸上却闪过痛楚，似乎大腿受伤让她无法移动。无奈之下，她弯腰弓背，伸出左手挡在了小腹前，欲图缓解龙哥这一击。

龙哥冷笑，他对自己的力量充满信心，就算用手挡又如何？这一下绝对能让赵非烟倒地不起。

就在龙哥膝盖距离赵非烟小腹不到一尺的时候，赵非烟突然迎了上去,小腹前的手臂往前一挡。

嘭!

龙哥的膝盖撞在赵非烟的手臂上,她的手臂承受不了这股力道,被撞了回来。

噗!

这是手臂被撞在小腹上的声音。巨大的力道被手臂化解了三分之一后,还是传到了小腹上。

然后赵非烟的身体继续向后退,化解着力道。

砰!

当她的后背再次撞在墙上的时候,龙哥这一击力道已经被化解了大半。

随后,赵非烟的右拳闪电般落在了龙哥的脸上。

龙哥直接被这一拳给击飞,倒在地上一动不动,竟然被打晕了过去。

赵非烟脸色苍白地贴在墙上,看着那群小混混,脸上带着冷笑的表情。

小混混们非常清楚龙哥的身手,这么厉害的人都被赵非烟一拳打晕,自己上去岂不是找死?互相张望了一番,其中一个混混将手机还给周丽,众人抬起龙哥,一溜儿烟地跑了。

"你怎么样?"周丽走到赵非烟身边。

"没事,缓口气就好。"赵非烟捂着肚子,好一会儿才恢复过来,跟周丽告辞,一瘸一拐地离开了小巷。

回到杨杰家中,杨东伟夫妇见赵非烟受伤了,赶紧上前询问原因。

赵非烟迟疑了一下,把发生的事情跟他们说了一下:"这人应该是针对我来的,很可能是魏旭找来的人,这也说明,我这么做确实踩中她的痛处了。"

邓翠兰连忙找来药水给赵非烟涂抹,见其大腿红肿了一大块,心痛不已。

对赵非烟来说,腿部受伤倒是小事,联系不到杨杰的叔叔才让人郁闷。事情发展到这一步,已然陷入僵局。

"只能是等我那个弟弟来找我们了。"杨东伟叹息了一声,旋即呵呵一笑,"咱们这叫'姜太公钓鱼,愿者上钩'!"

赵非烟正揉着腿,听杨东伟这么一说,眼睛却是一亮:"对啊,我们可以来个愿者上钩。"

第七章 镜花水月的亿万富翁梦

> 黄粱一梦也好、南柯一梦也罢，总归是大白天的一场白日梦罢了。

巨额遗产的继承人

杨杰知道自己即将成为上市公司的高管，未免有些膨胀，跟魏旭出去逛街专门往奢侈品店走，用他的话来说，现在开始就得培养有钱人的气质。

周六一大早，杨杰拉着魏旭转进了一家奢侈品店内，看到一个皮包，售价三万五，正要让营业员拿出来看，营业员却极力推荐旁边一款售价八千八的。

"你是觉得我买不起三万五的包吗？"作为一个即将跻身上流社会的人，杨杰努力培养着自己的气质。

营业员脸上并无任何嫌贫爱富的神情，而是笑嘻嘻地说："你不觉得这款包包更好看吗？"

杨杰吃惊地说："这就奇怪了，你应该介绍贵的给我才对啊，那样你得到的提成才更多吧！"

"得了吧你。"营业员掩嘴偷笑,"你是'百年好合'婚介所的婚恋师,我跟我姐姐去充会员的时候见过你,就你那月薪……我这也是为你好。"

杨杰的身份被揭穿,也没有表现出半分不好意思,反而得意扬扬地说:"现在我是买不起,但不代表我过段时间还买不起。"

"我可等不到那个时候,实话告诉你吧。"营业员悄悄对杨杰说,"是我自己喜欢这个包,但当着经理的面,又不好意思拿出来看,假装给你介绍,让我过过瘾。"

杨杰哈哈一笑,当即依了营业员。

正好手机铃声响起,是一个陌生号码,号码归属地是阳城。杨杰皱眉接通,那边传来一道沉稳的男子声音:"请问,是杨杰杨先生吗?"

"是的,你哪位?"

"请问您的籍贯是湘中阳城吗?"对方又问了一个问题。

"是的,你到底是谁?有什么事吗?"杨杰有些郁闷地问。

"我是阳城市天剑律师事务所的郭浩明律师,受人委托,有一份关于财产赠予的文件想跟你确认。"电话对面语气平缓地说。

"神经病!"杨杰二话不说就挂了电话。

魏旭隐约听到了律师两个字,心中一动,笑着问:"老实交代,是不是有别的女人给你打电话?"

杨杰耸肩道:"现在诈骗都这么高大上了吗?开口就是要财产赠予什么的。"

闻言,魏旭全身微微颤抖了一下,转而娇嗔道:"这么好玩的事情,你怎么就挂掉电话了?怎么也要逗他们玩一下,到时候录下来发到网上,指不定你就火了呢!"

杨杰正要说骗子不会再打电话过来,手机再次响起,还是刚才那个号码，当即笑着冲魏旭说："还真打来了。"

魏旭高兴地说："先听他说什么。"

杨杰先是开启了手机录音，然后接通了电话，不耐烦地说："你到底想怎样？"

"杨先生，我真不是骗子。"郭浩明律师并没有因为电话被挂而不满，而是语气平静地解释，"如果你不信的话，我现在可以跟你视频，给你看我的律师资格证以及委托书，或者你可以跟我当面聊，我就住在海城大酒店的1206客房。"

"当面聊什么啊？是不是要先给你体检费、律师费和公证费啊？直接说个数吧，可不要报价太高哦。"杨杰一本正经地胡诌，惹得旁边的女营业员"扑哧"笑出声。

郭律师耐心地听着杨杰胡说八道，没有任何打断的意思，直到杨杰说完，他的声音依旧很平静："杨先生我真的没有跟你开玩笑。"

郭律师又沉默了数秒："我已经跟你父亲杨东伟先生联系过，你的手机号码就是他提供的。"

杨杰顿时呆住，好一会儿才冷笑道："看来是我的个人信息被泄露了，你们骗人还真是下了血本啊。"

对方知道他父亲的名字并不稀奇，现在有很多骗子公司打着招聘的名义去人才市场骗简历，简历上有应聘者的手机号码、工作经历以及父母信息，甚至连身份证复印件都一股脑儿骗走。

郭律师突然变成了阳城口音："你家在农业局家属大院三栋一单元，你房间的书架里头有一整套金庸的书，杨先生，我来海城之前去过你家，这下你总应该相信我了吧？"

杨杰顿时目瞪口呆，骗子知道家庭地址不稀奇，但绝对不可能知道自己房间的书架上有什么书，而且，郭律师还说得一口流利的阳城方言。好一会儿，杨杰才说："那我爸妈怎么没给我打电话。"

"我并没有跟您父母提及此事，这是委托人这么要求的，在你看到文件之前，不能让其他人影响你的决断。现在，我们可以见面了吗？"郭律师知道自己已经说服了杨杰，"你来酒店，还是另外找个安静的地方。"

杨杰总觉得这事有些古怪，想了想，说了个地点："那就云萝咖啡店吧。"

云萝咖啡店是一个比较神奇的咖啡店，老板租了一整座烂尾楼，店内整个整修偏印象派，给人一种老式厂房的感觉，配上烂尾楼的背景，整个店的气氛让人感到滑稽，但店里的生意还不错。而且因为是烂尾楼，租金便宜，停车位众多，老板根本不考虑成本，一个房间一张桌子，就私密性而言，海城市绝对找不出第二家。

包厢墙壁都是斑驳的红砖，怀旧的壁灯下挂着绿萝，大块原木拼成的桌子，桌面的缝隙甚至能伸进去一根手指头。

杨杰跟魏旭就坐在大木桌一侧，对面坐着一名身穿西服、头发跟皮鞋都是油光可鉴的年轻男子。

年轻男子双手奉上自己的名片，微笑着自我介绍："天剑律师事务所，郭浩明，请多关照。"

杨杰接过名片看了一眼，名片非常简单，上面就是郭浩明的名字，后面加了个律师头衔，下方是电话号码，除此以外再无其他，不过，纸张上带有荔纹纹理，倒是显得厚重又大气。杨杰笑着说："郭律师，你有什么文件需要我看的？"

郭律师喝了一口咖啡，看了一眼魏旭："这位是？"

"我女朋友，马上就要结婚了，我有什么事情都不会瞒着她。"杨杰解释道。

"这样最好。"郭律师清了清嗓子，"我的委托人是一位美国华裔，身家上亿美金。很不幸的是，他现在得了绝症，还有半年的寿命，想在临终前将资产全部赠予国内的侄子，而这个侄子就是你，杨杰杨先生，你叔叔正在阳城市等你回去签字呢。"

杨杰心中的惊讶简直无法用言语形容，呆了好一会儿，这才望向魏旭，声音中有些干涩："赵非烟说得都是真的？"

魏旭内心比杨杰更激动，脸上却做出一副比杨杰还要茫然惊愕的表情："赵非烟说得居然是真的？"

杨杰觉得脑袋里面嗡嗡乱响，揉了揉太阳穴，转头问郭律师："可是我没有叔叔啊？"

"你小时候有见过的，只不过你忘记了。"郭律师微笑着说，"我当事人说了，如果杨先生不记得，可以给你看一样东西。"说话间，他从公文包里摸出一张照片，放在了杨杰面前。

照片中，一个三四岁的男孩，坐在室外的水泥地上玩积木，旁边还有一名二十多岁的男子微笑地看着男孩，远处的背景是一座水塔。

这座水塔非常有特点，有如一个巨大的蘑菇，杨杰一眼就能认出，这是阳城市自来水厂的水塔，少说也有五十年的历史了。

一头雾水的杨杰指着照片问："这是？"

"照片中是你跟你叔叔啊。"郭浩明把照片翻过来，只见背面用钢笔写了两排字：侄子杨杰四岁留念，一九九八年拍摄于阳城沿河街老家。

杨杰摇摇头："这不是我，我小时候可胖了。而且，我爷爷是向阳镇人，我跟我爸妈搬到阳城是在我念小学的时候，怎么可能四岁的时候就出现在阳城市，再说了，我家也从来没有住过沿河街。"

此言一出，不但是郭浩明吃了一惊，魏旭眼中更是露出极其复杂的神色。

郭浩明迟疑了一下："你确定是杨杰？阳城市人？你父亲叫杨东伟？"

"对啊，要不要我拿身份证给你看？"杨杰没好气地说。

"你身份证后面四位数是不是1358？"

"呃，不是，我是5473。"杨杰隐约猜到，律师可能是找错人了。

"你等等。"郭浩明语气开始有些慌，从公文包中拿出一沓资料，翻出好一会儿才翻出其中一张，看了几眼，"令堂叫刘淑芬？"

"不，我妈妈叫邓翠兰。"

"你没有在阳城市第三机关幼儿园待过？"

"我来阳城直接念小学，海棠小学。"

郭浩明又问了几个问题，终于苦笑着说："杨先生，我想是误会了，没想到我们要找的人，居然两父子都同名。"

杨杰心情很是复杂，觉得好笑，又觉得失落。不管是谁，得知自己即将成为亿万富豪，然后又发现这只不过是一场误会，都会失落的吧。

好在这误会前后不到一个小时，如果久了，失落更大。杨杰心里想着。

"那打搅杨先生了，我得赶紧跟委托人联系，单我来买，两位慢用。"郭律师飞快地收拾东西，将其中几张白纸揉成一团扔进垃圾桶，起身告辞而去。

杨杰跟魏旭都没有注意到，郭律师在揉纸团的同时，夹了一个拇指盖大小的电子元件，一同扔进了垃圾篓。

待郭律师离开，杨杰干笑了两声，跟魏旭说："你看这事闹得。"

魏旭脸色阴晴不定，片刻后，拿起手机说是去洗手间，差不多十分钟后才回来，跟她一起回来的，还有一名高大英俊的男子。

杨杰看到这名男子，"噌"地一下站了起来，怒道："何文远，你来这儿做什么?"转而招呼魏旭:"你快过来,别跟这垃圾站一起。"

魏旭站在何文远身边,一动不动,脸上极其古怪,有鄙夷、有不屑,还有嘲讽:"多谢提醒,我是不会再跟你这个垃圾站一起的。"

杨杰顿时呆住,不知道魏旭这话是什么意思。

何文远虽然在微笑,但脸上的肌肉却已然扭曲:"杨杰,你真是太让我们失望了,那个美国富豪居然不是你亲叔叔。"

杨杰吃惊地说:"你们?你跟魏旭到底是什么意思?"

何文远面目开始变得狰狞起来:"魏旭是我女朋友!要不是以为你有个有钱的叔叔,她能和你在一起?没想到原来你就是一穷小子,真是可惜了我这段时间的安排!"

杨杰听到这儿,不可置信地望向魏旭:"他说得都是真的?"

魏旭冷笑道:"杨杰,你以前一文不值,现在还是一文不值,我怎么可能会喜欢你,你做梦去吧!"魏旭转而望向何文远:"阿远,现在怎么办?"

何文远狞笑一声,指着杨杰:"我知道你是个穷鬼,拿不出多少钱,这样吧,十万块,以后我就不找你麻烦。"

杨杰终于回过神来,冷笑道:"我凭什么要给你钱?你又凭什么找我麻烦?"

何文远上前一把抓住杨杰的衣领,将他拖出座位。

杨杰本能地反抗,但他根本不是何文远的对手,刚反抗了两下,就被何文远一拳打在小腹上,顿时弯腰蹲在地上,痛得说不出话来。

"小子,你调戏我未婚妻,还欲图非礼,这就是原因。"何文远抓住杨杰的头发,将他拽了起来,用力一甩,将杨杰甩到了墙角,"别怪我没提醒你,十天之内不把钱凑齐,我就闹到你公司,闹到你家里,看你以后还怎么做人。"

魏旭看了一眼杨杰，转过身子，什么也没说。

看到魏旭决然的眼神，杨杰却并没有太多的心痛，反而隐约有种解脱了的感觉。

突然，他想到了一件事，原来自己一直都错怪了赵非烟！

正在想要怎么跟赵非烟道歉，何文远上前又踢了他一脚："记住了，十天，十万！"

就在这个时候，何文远的手机响起，接通后听了几秒，开口就骂："龙哥，你搞错了，那个美国佬不是杨杰的叔叔，刚才还有律师跟杨杰核对情况，所以我才知道的……什么？假的？那个美国佬还在香港，明天才到阳城？"

挂了电话，何文远脸上的表情有些阴晴不定，突然他一把抓起杨杰："刚才那个律师是谁？"

杨杰虽然不知道怎么回事，但通过何文远刚才的谈话，杨杰猜测刚才的郭律师是假的，不由得哈哈一笑："没想到，一个假律师就让你们原形毕露。"

何文远骂了一句，照着杨杰的脑袋就是一拳，杨杰奋起反击。

一番打斗后，杨杰再次被击倒在地，一副鼻青脸肿的模样。

"阿远，怎么办？"魏旭有些焦急。就算是傻子也知道，刚才他们是被人摆了一道，杨杰仍然是那笔巨额财产的受赠人。眼下杨杰已经知道了魏旭和何文远的计谋，想要再跟他结婚分钱是不可能了。

就在这个时候，门外隐约传来一阵喧哗声，似乎是有人在吵架，杨杰还以为是有人来救他，刚想要大声呼救，却被何文远一脚踩住脸颊，无法出声。

好一会儿后，喧哗声消失，似乎外头的争吵已结束。

何文远看着地上的杨杰，眼神闪烁，最终恶狠狠地说："我们抓他去阳城，找机会绑架他父母，再要他去跟美国佬签文件，不管怎样都要弄点儿钱回来。"

杨杰的脸在何文远的脚下变形，吃力地说："你觉得我会任凭你摆布吗？"

"到时候可由不得你！"何文远冷笑道，然后蹲下来，照着杨杰的脑袋就是一拳，杨杰顿时晕了过去。

美人心是蛇蝎毒

杨杰醒来的时候，发现自己手脚被捆，嘴上也贴了胶布，斜靠在车后座，旁边坐着魏旭，她披了件男款夹克，冷冷地看着杨杰。

杨杰往前望去，车在高速路上飞驰，开车的是何文远，从后视镜中能看到他面色阴沉，两只眼睛如同秃鹰般阴狠。

何文远也从后视镜中看到杨杰醒来，脸上恢复了温雅笑容："醒来了啊？"

杨杰没有理会他，侧头望向车窗外，通过道路两旁的景色，杨杰认出来这确实是去往阳城的高速。

"肚子饿不饿？要不要上厕所？"何文远似乎忘记了之前的事情，如同多年的老友般对杨杰嘘寒问暖。

上厕所？杨杰脑中瞬间闪过一个念头，我要是上厕所的话，你总得给我解开手脚吧，到时候一下车我就跑，在高速路上，总有车经过看到，说不定就可以得救了。

杨杰当即"呜呜呜"地点头。

"给他吃点儿，亿万富豪呢，别饿坏他了。"何文远声音中充满嘲讽。

魏旭扯下杨杰嘴上的胶带，数根胡子连同脸上的汗毛顿时被扯掉，痛得杨杰哇哇大叫。

随即，魏旭的手上拿了把匕首，放在杨杰的脖子上，威胁他说：

"你要是再喊这么大声,我就捅死你!"

杨杰此时已经完全看透了魏旭之前对他的虚情假意,只得苦笑不语。

魏旭从外套口袋中摸出块巧克力,剥开,放在杨杰嘴边。

杨杰还真有些饿,当即凑过头张嘴就吃。

杨杰咽下嘴中的巧克力,趁机说:"我要上厕所!"

魏旭瞥了一眼杨杰,说:"你还真以为我们会让你下车?别想好事了。"

杨杰一听大怒,脑子一热,刚想骂几句解气,一想到现在自己的情况,转而叹息了一声:"我真没有亿万富豪的叔叔,你们这是何苦呢?"

何文远控制着方向盘,超过前方一辆车:"有没有,你说了不算,反正摆在你面前的只有两个结果。第一,你有这么个叔叔,然后给我们一千万;第二,你没有这个叔叔,那你就给我们十万,怎样?我做事还靠谱吧?"

杨杰苦笑一声,沉默不语。

何文远冲魏旭使了个眼色,魏旭拿着胶布重新贴在杨杰嘴上。

三人开车到达阳城已是深夜。

看着窗外熟悉的街道夜景,以及各种充满回忆的霓虹灯招牌,杨杰又是激动又是惭愧。想到别人都是衣锦还乡,那叫一个风光,怎么轮到自己就这么狼狈呢?

魏旭在路上已经联系好了中介,租了一套两居室,位置有些偏僻,但家具齐全,拎包就能入住。

跟中介飞快地签好合同拿到钥匙,趁着夜深人静没人注意,魏旭、何文远两人挟持着杨杰走进房中。

解开杨杰双手,盯着他上完厕所,活动了一下手脚又吃了点儿东西，何文远再次将杨杰绑在了床上，双手双脚张开呈大字形。

杨杰被折腾了一天，就算被捆成这样，不知不觉间也睡着了。

此时，杨杰的家中，郭浩明律师坐在沙发上，桌上有个小巧精致的播放器，传出郭浩明律师走后杨杰三人在咖啡厅包厢的对话。

听完后，郭浩明满脸惭愧地道歉："叔叔阿姨，真是对不住了，本来我应该在门口等杨杰出来的，没想到被一个醉鬼纠缠，两人动起手来，就被带去派出所了，等我回来时他们早已不在了。"

"小郭，你能跑去海城帮我们演这出戏，我们已感激不尽，还说那些干啥。谁也想不到能出现这种意外。"说归这么说，但杨东伟脸上还是掩饰不住的焦急。从录音中可以确定，杨杰应该是被何文远带走了。

邓翠兰却要慌张许多，连声问："小杰会不会有危险？他们到底想怎样？"

赵非烟抱着邓翠兰的肩膀，安慰道："阿姨，你放心，何文远他们是图财，在美国叔叔这件事没有尘埃落定之前，杨杰应该是安全的。我建议报警，只有警方才能在全城范围内展开搜索。"

邓翠兰担心地问："要是何文远知道我们报警了，会不会撕……对小杰不利？"

赵非烟连忙说："那都是电影里头的情节，实际上警方做事非常有分寸，寻找犯人时绝不会大肆宣扬，让罪犯察觉到的。"

郭浩明也赞同赵非烟的建议："小赵说得没错，这种事情还是报警比较稳妥。杨叔，我们这就去警局，另外，我这边也叫同学朋友帮忙留意。他们来阳城肯定会找地方住，现在的酒店都会登记身份证，警方一个电话过去，就能知道他们的下落。"

赵非烟皱眉补充道："他们也有可能找个第三者去开房，然后自己住进去。或者，他们是长租房，按月缴费的那种，有很多是没有跟警方联网的。"

杨东伟跟邓翠兰商量了一下，最后决定报警。

待做完笔录已是午夜，郭浩明告辞回去。

跟杨杰父母回家后，赵非烟安慰他们去睡觉，自己坐在沙发上，突然想到了一件事，之前偷听到魏旭、何文远阴谋的时候，她看到何文远开了辆黑色轿车来接魏旭，现在他们挟持杨杰来阳城，不可能去坐高铁大巴，肯定是自己开车过来，这样的话，黑色轿车就是他们的首选。

想到这点，赵非烟立马站了起来，拿起手机，刚想打110告诉他们这条线索。但转念一想，自己并不记得那辆黑色轿车的车牌号，如果报警说嫌犯开一辆黑色轿车，路上那么多黑色轿车，警察估计也没法儿查。

赵非烟想了好一会儿，拨通了方凯的电话，响了十来下以后，方凯才打着呵欠接听："我说姑奶奶，这半夜三更的，你要闹哪样？"

赵非烟劈头就说："有个事情想找你帮忙！"

"说。"

"杨杰被绑架了，麻烦你去云萝咖啡店查下监控，魏旭跟杨杰最后都上了一辆黑色轿车，我要知道那辆车的车牌号码。"赵非烟飞快地说。

"好的，我去试试。"方凯倒也不推辞。

二十分钟后，方凯出现在云萝咖啡店，查了下店内监控，还真查到了那辆黑色轿车的车牌号，转而打电话告诉了赵非烟。

杨杰半夜是被敲门声给震醒的，竖起耳朵仔细听外面的声音。

一道沙哑的女声在门外大着舌头叫喊："罗建军……你个混蛋……我知道……你在里面……你个王八蛋，居然……居然背着老娘……找小三!"

听起来是一个女人喝醉了酒来抓奸,却不承想敲错了门。

起初何文远跟魏旭都没出声,假装房间里没人。然而,敲门的声音越来越大,叫喊声也越来越愤怒:"开门!不要惹老娘发……发火……这种门……我一脚就能踢开!"

何文远实在是没办法了,咒骂着起身走到客厅,打开灯,怒道:"你敲错门了,我是今天才搬进来的。"

女子听到何文远的声音,放声大笑,语无伦次地说:"罗建军……你个垃圾……人渣……你以为你捏着鼻子……我就听不出声音?把你烧成灰……我都认得出,开门!开门!"她一边说,一边用巴掌奋力拍门,发出"砰砰"的巨响。

何文远愤怒地打开了里面房门,指着自己的鼻子:"你看清楚,我到底是不是罗建军?"

女子披头散发,也不知道之前是摔倒在哪个垃圾堆里,身上脏兮兮的,脸上更是一片狼藉根本看不清其面目。她扶住防盗门,干呕了两声,然后"咣咣咣"地又开始砸门,嘶声道:"你开门……罗建军……这畜生就在房间里面……躲着!"

魏旭皱着眉头走了出来:"阿远,怎么回事?"

见到魏旭,女子更加激动了:"罗建军,你个王八蛋……你果然在养小三,你给老娘滚出来……别以为你躲在房间里面……就没事。"

"让她进来看看吧。"魏旭眼中全是困意,说完走到杨杰房中,用被子盖住了杨杰被捆住的手脚,只露出一个脑袋。

何文远郁闷地打开了门,女子踉跄着走了进来,四下里东张西望,突然指着厕所方向,大声道:"罗建军!"

何文远顺着她的手指望过去,却什么都没看到,随后,他的脖子被人重重地砍了一掌，顿时晕死了过去。

魏旭站在杨杰房门口，看得清清楚楚，一边尖叫，一边从身上摸出匕首，朝着女子冲了过去。

"不许动！"门口冲进来两名警察，手中拿着枪。

魏旭恍如未闻，仍然扑向那女子。

女子飞起一脚将魏旭手中匕首踢飞，转而一拳打在了魏旭的脸上，魏旭顿时被打翻在地，晕了过去。

两名警察愕然地对视了一眼，转而拿出手铐去铐住了何文远、魏旭二人。

女子走进关押杨杰的房间，见到只露出一个脑袋的杨杰，忍不住哈哈一笑，声音不再沙哑难听："杨杰，你也有今天。"

杨杰在听到这声音的瞬间，顿时目瞪口呆。这个女子居然是赵非烟。

在警局做完笔录，杨杰回到家中已然天亮。

杨东伟夫妇从赵非烟打来的电话中得知儿子被成功营救，脸上又是欢喜又是担心，见到杨杰，邓翠兰上前查看儿子有没有受伤，口中不住地念着："回来就好，没事就好。"

"妈，你不是说我'祸害遗千年'嘛，哪有那么容易出事。"杨杰笑着拍了拍邓翠兰的肩膀。

"你那是有贵人相助，还不快谢谢小赵！"杨东伟虽然眼中满是关爱，但仍然努力摆出父亲的威严，不过，他说出的话可不算威严，"如果是古代，我就会让你以身相许。"

此言一出，杨杰颇为尴尬地望向旁边的赵非烟。

赵非烟的脸微红，羞涩地看着房间天花板角落。

"就知道胡说八道。"邓翠兰瞪了杨东伟一眼，松开杨杰，转而搂着赵非烟的肩膀坐到沙发上："小赵，你没受伤吧？"

"阿姨，我没事。"

"还好你会功夫，要不然……"

门口，杨东伟凑到杨杰面前，压低声音说："加油啊，小子！"

杨杰只能是苦笑，低声回答道："人家那是报答救命之恩。"

"你个笨蛋！"杨东伟恨铁不成钢地骂道，但又不好现在跟儿子掰道理，只能低声威胁，"反正，我和你妈就认准小赵了，你要是再找其他的女孩，我打断你的腿！"

杨杰哭笑不得地说："爸，你还是让我先洗澡换件衣服再说。"

等杨杰洗完澡回到客厅，看见赵非烟跟自己的父母坐在沙发上，聊得很是开心。见到杨杰出来，杨东伟咳嗽了一声："老太婆，我们是不是要出去锻炼了？"

邓翠兰顿时会意，挽着杨东伟的手出门而去，房间里只剩下杨杰跟赵非烟。

杨杰也不知道该说些什么，好一会儿才笑道："上次是我救你，这次是你救我，现在我们两个扯平了。"

赵非烟"嗯"了一声："你是说，从现在开始我们互不相欠？从今以后，你走你的阳关道，我过我的独木桥？"

"呃，我不是那个意思。"杨杰挠挠头皮，"要不，你也来走阳关道，毕竟路挺宽的，足够两个人并排。"

赵非烟似笑非笑地看着杨杰："要不要再喊上魏旭，三人行啊？"

杨杰连忙摇手："身体弱，吃不消。"

赵非烟"呸"了一声，然后两人一阵沉默。

"这边事情已结束，我该回去了。"赵非烟突然说道。

"你不是有九天假期嘛，这么急着回去做什么？"杨杰连忙说，"我带你去周围转转。我告诉你啊，阳城有座木塔，塔全部由木头搭建而成,没有任何的钉子,历经数百年屹立不倒,可神奇了。"

赵非烟迟疑了一下,摇头道:"算了,所有的塔长得都差不多,也没什么好看的。"

杨杰心念一转:"何文远不是说我有个美国富豪叔叔吗?你刚才不是说等这件事结束再回去吗?可现在这个富豪叔叔还没出现,所以事情还没结束呢。"

赵非烟笑着问:"如果你叔叔真把亿万家产给你,你打算怎么花?"

"还没想过。"杨杰突然有些唇干舌燥,舔了舔嘴唇,"知道这事以后,当时心中很慌。但后来被何文远绑架,一路上担惊受怕,也没心情去想这回事,现在被你一提起,心又开始慌了。"

"真没见过世面。"赵非烟嘲笑道。

"你以为是十万百万啊,那是几个亿呢。"杨杰面露古怪,"每天利息都有一两万……吧?"

"你就不打算做点儿什么?比方说投资、开公司?"赵非烟假装漫不经心地问,"对了,那你还回去上班吗?"

"暂时脑袋里面全是空白,根本就没去想开公司的事情,但我想,我还是会回去上班。"杨杰呵呵一笑。

赵非烟脸上闪过一丝喜色,但依旧不动声色地说:"那么有钱还去上班?"

"要是有哪个会员故意刁难,我就直接砸钱,小子,只要你跟她结婚,我给你包十万块的红包!"杨杰憧憬着说道。

"你还真想得出来。"赵非烟顿时被逗笑了。

两人你一句我一句地开着玩笑,最后决定等杨杰叔叔这个事敲定以后再回海城。

接下来,杨杰带着赵非烟逛了阳城市内的一些景点,杨杰还带着赵非烟去了自己上学的学校，讲了很多自己小时候的趣事。

"我和你说，那个时候整个班级的同学都以我马首是瞻……"杨杰正讲到兴奋处，整个人在赵非烟面前手舞足蹈着。

突然手机响了起来，杨杰看了眼号码，是杨东伟打来的。杨杰按下接听键，还没等说话，就听见杨东伟着急地说："赶紧回家！"

杨杰和赵非烟对视了一眼，估摸着应该是美国叔叔来了。

大丈夫不为万贯家财折腰

也顾不上吃饭，两人火速赶回家，刚到传达室门口，传达室的老头儿一把拉住杨杰："你家里来大人物了？"

杨杰呵呵一笑："大人物都在新闻里呢，来我家干吗。"心中暗道这大爷还真是大惊小怪。

走进院子杨杰才明白老头儿为什么会这般问了，只见院子里停了七八辆豪车。而自己家的单元门口更是站了两名身穿黑衣服的魁梧大汉，看起来是在警戒，不让闲杂人进出。

杨杰心里有些惴惴不安，跟赵非烟走上前，果然被门口的两人拦了下来。

两人仔细核对了杨杰的身份，这才放行，但却不让赵非烟上去，杨杰眉头一皱："这是我老婆，难道也不能上去？"

保镖一愣，用对讲机说了两句，这才微笑着让两人上楼。

刚进单元门，赵非烟就恶狠狠地威胁道："谁是你老婆了？"语气虽然凶狠，眼中却毫无怒意。

杨杰呵呵一笑，往前扬了扬下巴，只见一楼的过道处站了名黑西服保镖，面色阴冷地看着两人。

二人从保镖身边小心翼翼地经过，拾级而上，一直到六楼，每一层都有一名黑衣保镖驻守，别的不说，光是这排场就能吓倒不少人。

到了六楼,又有保镖上来搜身,甚至还有专门的女保镖来搜赵非烟的身。

杨杰走进客厅后,见沙发上坐了一名五十来岁的男子,身穿枣红色的唐装,头发往后梳得一丝不苟,脸上带着微笑,让杨杰不禁想起了电影《赌神》里的人物,只是他的脸色有些苍白。他的身后站有两名保镖,跟之前的保镖相比,这两名保镖并无特别出众的地方,但眼光从杨杰身上掠过时,杨杰身上顿时冒出一层鸡皮疙瘩。

另外还有一名四十来岁的中年妇女站在唐装男子的侧面,白色衬衣、灰色筒裙,短发配眼镜,拎着一个公文包,看起来颇为职业干练。

这就是我的那个美国的叔叔?杨杰有些不敢确定,看着坐在旁边的杨东伟夫妇:"爸,妈,这位是?"

杨东伟干笑了一声:"他就是你叔叔,蒋明。"面对这种大阵仗,杨东伟也有些慌,能把话说清楚已是不容易。

杨杰冲唐装男子笑嘻嘻地伸出手:"叔叔好。"

蒋明看了一眼杨杰,并没有跟他握手的意思,微笑着点了点头,说了句:"坐。"就好像他才是这房间的主人。

杨杰有些尴尬地缩回手,拉着赵非烟坐了下来。

蒋明扬了扬下巴:"云姨,给见面礼。"

身穿职业套裙的中年女子从公文包中摸出两个红包,分别递给杨杰跟赵非烟。

杨杰捏了捏,厚厚的一叠,就算不是美金是人民币,估计也有两万元左右。

杨杰心里的不安更加剧了,但也不好说什么。

蒋明将身体后仰,靠在沙发上,慵懒地说:"人到齐了,云姨,说正事。"

被叫作云姨的中年妇女从公文包里又拿出几个文件,依次递给杨东伟和杨杰。

杨杰接过文件,发现居然是 DNA 检测报告。杨杰压抑住心里的吃惊,翻到最后一页,上面写着:根据 DNA 结果分析,在不考虑多胞胎、近亲及外缘干扰的前提下,本医院支持杨杰先生、蒋明先生之间存在血亲关系。

杨杰跟赵非烟交换了一个眼神,都能从对方眼中看到浓浓的惊讶,不仅仅是因为突如其来的 DNA 检测报告,也是因为蒋明为人做事的严谨。

"我六月份检查出来肺癌晚期,没得救了。"蒋明开口就让现场气氛变得越发的压抑,杨东伟想要劝慰,却又不知该怎么说,就算是亲兄弟,五十多年这才第一次见面,二人难免生疏。

蒋明微微一笑,接着说:"我名下的资产经过评估,大概是一亿三千六百万,全部套现也能拿到一亿出头。嗯,我说的是美金。"

除了蒋明,房间内所有的人都呼吸急促起来,一个多亿的美金,少说也有七亿人民币,这是一笔多么巨大的财富!

蒋明很满意地看着众人震惊的神情,微微一笑:"现在,我将把这笔钱赠予你们,但是……"说到这儿,他停顿了一下,看了看杨杰父子脸上的表情,接着说,"有一个条件。"

杨东伟跟杨杰对视了一眼,从彼此的眼睛中看到了不安。

"你,杨东伟,我的兄弟,或者你,杨杰,我的侄子。"蒋明分别指了指杨杰父子,"不管你们中间哪一个,想要获得这笔钱,都必须加入美国国籍,成为美国公民,并且终身不得离开美国。"

说完,蒋明饶有兴趣地看着杨杰父子:"你们俩,谁愿意?"

他的语气里充满了嘲弄,似乎杨杰父子一定会答应这个条件。

杨东伟是老派人，闻言顿时不悦，眼看就要发作，却被邓翠兰抓住了手臂，掐了一下。

"嫂子似乎有话说？"蒋明微笑地看着邓翠兰的举动。

"这么多钱，不想要那是假的。"邓翠兰大声地说道。

杨东伟瞪了妻子一眼："你在胡说八道些什么？"

邓翠兰也不理会杨东伟，接着说："亿万家财突然从天而降，确实让人惊喜。但你哥哥每个月都有固定工资，我也能领退休金，加起来也有七八千元，虽然比起你的钱是不多，但也足以养活我们老两口。"邓翠兰看了杨杰一眼，继续说，"所以，我就一句话，我儿子要，这个罪人我们就做了，如果我儿子不要，也没有必要去被人戳脊梁骨。"

杨东伟张口欲言，却发现妻子的出发点也是为了儿子，只得重重叹息了一声，不再说话。

"成为美国公民就是罪人吗？"蒋明眼中闪过一丝阴冷，"我就是美国公民，那我岂不就是罪人？"

邓翠兰正要说话，但一想毕竟是亲戚，关系也不能闹得太僵，笑了笑，闭口不言。

蒋明冷笑一声，看着杨杰："你呢？杨杰，你怎么想？"

杨杰低着头，沉默不语。

蒋明嘴角上翘充满嘲弄，也不催促，他好像非常享受这个过程。

赵非烟忍不住撞了杨杰一下，低声道："杨杰，你可要想清楚哦。"随后，她可能觉得这话没有表达出自己的意思来，就又补充了一句，"你现在没钱，不也过得挺好的！"

杨杰抬起头来，深深地看了赵非烟一眼，转而望向蒋明，微微一笑："七亿人民币确实是一笔巨大的财富，甚至前段时间我还因此而被绑架。"

杨东伟夫妇听了杨杰的话，心里暗中叹息，赵非烟的脸上更是写满了失望。她甚至怀疑眼前的杨杰是不是被鬼上身了，怎么感觉完全换了个人似的。

"不好意思，说错台词了。"杨杰突然邪邪地一笑，"我能理解有人为了钱去犯罪，但我不能允许自己变成为了钱无所不做的人！你成为美国公民并没有错，但你不能要求我也移民美国，毕竟我是一个彻彻底底的中国人，我也为自己是个中国人而感到自豪。所以，如果你还是坚持自己的观点的话，我觉得我们之间也没有必要再谈下去了。"

"这可是一亿美金，七亿人民币哦。"蒋明讶然地说道。

杨杰哈哈一笑："我又不傻，一个穷小子突然拿了亿万美金，在人生地不熟的美国街头生存，估计怎么死的都不知道！我这个人还是很惜命的，所以……"杨杰将刚才拿到的红包放在了蒋明面前的桌上："'道不同不相为谋'，蒋先生，这钱还请您收回去吧。"

赵非烟突然觉得杨杰的笑容是那么的阳光，那么的灿烂，连忙把自己的红包也放在了杨杰红包的旁边，随后，杨东伟夫妇也将红包放了上来。

蒋明扬了扬下巴，待云姨将红包收了回去，他冷笑着说："行，你们都有骨气，我现在就回酒店，明天早上离开阳城，如果你们想通了，可以在明天早上之前来酒店找我。不过嘛，你们得从酒店大门跪着爬到我房间，才有资格跟我对话。"

说完，蒋明起身，在保镖的簇拥之下，头也不回地离开了杨家。

房间里面顿时空荡了许多，片刻后，邓翠兰叹息了一声："七个亿，呵呵，感觉跟做梦一样。"喃喃自语了几句，突然回过神来："小杰，咱们家虽不富，但也不缺钱用，就像你说的，拿了钱在异国他乡，还不知道有没有命花。"

杨东伟上前拍了拍杨杰的肩膀："你叫他蒋先生真解气，我们杨家可没有这样的人。"

赵非烟正要跟着夸上一句，她的手机响了起来，听了片刻，她捂住话筒问杨杰："方凯来了，昨天是他帮我查到何文远的车牌号，要不要请他吃个饭？"

"那肯定！"杨杰笑着说，"正好我们刚才的火锅还没吃完。爸，妈，一起去吧。"

杨东伟夫妇对视了一眼，笑着说已经吃过了，待杨杰两人出门，邓翠兰才皱着眉头说："这个方凯又是谁，听起来跟小赵很熟啊！"

"操心这些做什么，该是儿子的就是儿子的，现在什么都讲究一个佛系！"杨东伟不以为然地说。

"佛什么系？当初要不是你死皮赖脸，我也不会跟你！哼，要是臭小子追不到小赵，我打断他的腿！"邓翠兰翻了个白眼。

见到方凯的时候，杨杰略微吃惊，方凯居然是开车过来的！

"昨天晚上非烟打电话给我，要我查何文远的车牌号，查到了以后我不放心，就连夜开车赶过来了。"方凯自嘲地说，"事后想想，其实，我坐今天早上的高铁还更快，果然是'欲速则不达'，哈哈。"

一千多公里，方凯就这么赶了过来，这让赵非烟颇为感动，上前搭住方凯的肩膀："你个笨蛋！要是出什么事了，你家里人非杀死我不可。"

"这不是没事嘛。"说归这么说，杨杰却还是从方凯眼中看到了血丝。

赵非烟看了杨杰一眼，突然有些心虚，搭在方凯肩膀上的手也松开："你对我这么好，我一定要帮你介绍个女朋友才行！对了，那个张亚茹你跟她聊了没有？"

闻言，杨杰顿时瞪大了双眼，而方凯则是苦笑道："聊了几句，还算可以。"

"你来了告诉她没有？她就在阳城市，呃，好像不是市区，但开车也就是半个小时，我这就给她打电话，要她来吃饭。"赵非烟拿出手机，走到一旁给张亚茹打电话。

杨杰走到方凯身边，拍了他肩膀一下："多谢了，要不是你，我估计现在还被绑在床上。"

"不用客气！"方凯摆摆手，笑着说，"查车牌号不过举手之劳，你要感谢的是非烟，她可是为了你只身闯阳城……"说到这儿，他眼中掠过一丝古怪，也不知道是羡慕还是嫉妒，低声道，"真不知道你何德何能，非烟对你这么好。"

"那倒也是。"杨杰对于赵非烟的感情比较复杂。之前是因为误会，两人一直形同水火，海岛绑架事件以后，赵非烟对他的态度发生了天翻地覆的变化。但没过多久，又因为魏旭的事情，二人再次闹得不愉快。真要算起来，是他欠赵非烟的情。

赵非烟打完电话，走过来说："亚茹姐马上赶过来，我们等她一起吃夜宵好了。杨杰，你能不能先去开两间房给方凯跟亚茹姐，我今晚跟亚茹姐一起睡，不住你家了。"

方凯大吃一惊："你之前一直都住在杨杰家里？"

赵非烟有些尴尬地说："邓阿姨他们实在太热情了。"

方凯"哦"了一声，眼中是难以掩饰的失望。

开好房间后，三人一边聊天一边等张亚茹。半个小时后，张亚茹才赶来，四人前往火烧坪找了个夜宵摊位喝酒聊天，倒也其乐融融。

听赵非烟说起杨杰拒绝美国叔叔的事情，张亚茹忍不住就骂杨杰："你呀，真是笨蛋，这种好事情，你居然给拒绝了，你知道每年有多少人想法子去美国吗？"

杨杰摇头笑着说："管他多少人呢！反正我不想去，谁都别想勉强我！"

方凯倒是非常佩服杨杰的做法："'君子爱财，取之有道'，杨杰，我要是站在你的位置，就不一定能做到像你这般洒脱。来，我敬你。"

正喝得开心，杨杰的手机铃声响起，是一个陌生的号码。按下接听，那边传来一个女子的声音："杨杰杨先生吗？"

"对，您哪位？"杨杰觉得对方的声音很熟。

"我是云姨，刚才在你家见过面。"

"云姨？"杨杰冲赵非烟扬了扬下巴，"你有什么事吗？"

赵非烟则低声跟方凯、张亚茹解释云姨是谁。

"来阳城大酒店1808房，蒋先生有事找你，希望你能快点儿，蒋先生的时间很宝贵！"云姨的声音并不高，却透出一种颐指气使的味道。

"我在火烧坪曹记烧烤，他要有事的话，可以直接来找我，希望他能快点儿，我的时间也很宝贵。"说完，杨杰直接挂了电话。

方凯忍不住冲杨杰竖起了大拇指："你牛啊，跟亿万富豪这么说话，万一他改变主意，要把财产无条件赠予你呢？"

杨杰嗤笑道："真要给我了，我就是亿万富豪，更加不用给他面子了。"

说完，杨杰哈哈大笑，喊着老板，又多要了几串烤肉。

二十分钟后，四人摊位旁多了一个人，大背头，枣红唐装，赫然是蒋明。

更让杨杰跟赵非烟惊讶的是，他居然没有带保镖，就一个人来的。

"害得我好一顿找！"蒋明微微一笑，环顾四周，"以前这里可没这么热闹。"

毕竟是自己的叔叔，杨杰还是起身让了个座位，随口说："蒋先生要吃什么尽管点，我们虽然没钱，但夜宵还是请得起的。"

蒋明哈哈一笑，白天的桀骜不翼而飞："那我就不客气了。"招呼烧烤小弟叫了一大堆的东西，看到眼前的烤肉，也不客气地拿起一串就往嘴里放。

估计是一时没适应烤串的辛辣，蒋明咳嗽起来，

"好久没吃了，医生交代不能吃这些辛辣的东西。"蒋明一边咳嗽着，一边抓起桌上一串鸡脆骨啃了起来，嘴里发出"嘎吱嘎吱"的声音。

"要是对身体不好，就别逞强，听医生的没错。"赵非烟皱眉道。

"'今朝有酒今朝醉'，先吃了再说。"蒋明一副毫不在意的模样，说着又拿起一串鸡翅膀。

杨杰、赵非烟俩人面面相觑，先前蒋明一直摆出一副嚣张跋扈的模样，怎么到现在如同变了一个人？赵非烟更是郁闷地问："蒋先生怎么会屈尊来这种地方找杨杰？"

蒋明笑了笑，咽下嘴中的食物，这才叹息了一声："其实，我已经是穷光蛋了。"

四人听此大为愕然，惊讶地互相看着彼此。

"早些年，我确实有亿万家产，但这两年头脑发热，把钱全投到了股票上，没想到亏得一塌糊涂，也不怕告诉你们，请保镖的钱都是贷款来的，这次回美国以后，恐怕我就会宣布破产。"蒋明拿起一条鸡翅，也不吃，在手上翻来覆去地看，嘴角溢出自嘲的微笑，"我现在就好像这鸡翅，看起来肥得流油，咬下去却全是骨头。"

杨杰忍不住问道："那你还搞这么大的排场做什么？红包一给就是几万。"

"还不就是图个面子。"蒋明苦笑，"之前有钱的时候，一心想着赚更多的钱，根本就没想着回国，现在没钱了，倒是想回来看看了，但回来也不能让人看扁啊。所以才想了这么一出，假意赠予，再提出让你们无法接受的条件，你们不答应我就不赠予，这样一来，面子有了，不赠予的理由也有了，也不会露馅。至于红包，呵呵，再怎么穷，百八十万还是有的。"

"要是当时我答应去美国呢？"杨杰皱眉道。

蒋明露出狡黠的笑："那我就说这是一个考验，你们连爱国之心都没有，我更加不会把钱给你们。"

杨杰哭笑不得地说："叔叔，你真是个奇葩。"

既然叫叔叔，那就是不计较之前的那些了。

赵非烟却看不惯蒋明的行为，想了想："周丽就住在这附近哦，要不要去跟老情人炫耀炫耀？"

蒋明一愣，旋即苦笑着摇头不再说话，只顾闷头吃烧烤，杨杰等人说话的时候他就听着，也不发表自己的看法。

蒋明坐在这儿待了差不多半个小时，才起身告辞，独自踉跄而去。

杨杰四人又吃了一会儿，却找不回之前的愉快气氛，悻悻地结账走人。

死里逃生

赵非烟的九天假期就要到期了，四人商量了一下，决定第二天一起坐方凯的车回海城。

第二天一早，方凯便开着车来到杨杰家楼下接他。杨杰坐上车才发现,副驾驶坐的不是赵非烟,而是张亚茹。

杨杰疑惑地看了眼张亚茹,赵非烟笑着解释说:"亚茹姐刚好会开车,就让她坐副驾驶,正好和方凯轮换开车。"

杨杰了然地点点头,杨杰一向很遵守交通规则,上车后主动地扣上了安全带,为此还被赵非烟嘲笑,后排扣啥安全带?

车上也是无聊,张亚茹又说起她相亲的事:"有这么一句话,相亲对象的质量决定你在其他人心中的形象,想不到啊,我爸妈居然给我介绍了一个四五十岁的老男人,难道我在我爸妈眼中是老女人吗?你们说,我有那么老吗?"

杨杰没心没肺地笑道:"怎么不老?人家90后都开始自称是'空巢老人'了,你个80后可以说'半截身子进了黄土'呢。"

赵非烟翻了个白眼:"会不会说话?三十岁出头正是女人最美的年龄,又有年轻的容貌,又有成熟的思想,方凯,你说呢?"

方凯呵呵一笑:"那是,我就觉得亚茹挺好……喂!"

在方凯的惊呼声中,右前方一辆越野车突然变道冲到了他们的车前方,而且它变道之前还没有打转向灯。

方凯算是老司机,并没有慌慌张张地猛打方向盘避让,而是连点两次刹车,车仍然继续往前走。

好在前方越野车的速度够快,两车并没有相撞。

被吓了一大跳的方凯背后冷汗直流,忍不住爆了一句粗口:"这开车的是赶着去投胎吗?"

惊魂未定的张亚茹连忙出声相劝:"别生气,别生气,不要跟这种人计较。"

不得不说,张亚茹这句话非常的及时,方凯此时颇为恼怒,如果坐在副驾驶的人也是怒火朝天的一番抱怨。那车上的氛围估计就会很激愤,而开车的人本身就应该保持心态平稳,要不然很容易发生事故。

开车不赌气，赌气不开车，这是无数老司机的金玉良言。

听张亚茹这么一说，方凯的火气消弭了不少。也没有了追上去的念头。

没想到，那辆越野车居然也减慢了速度，跟方凯的车并排，车窗落下，副驾驶是一名满脸横肉的光头浓眉男子，狞笑地看着方凯，用手指比画了一个开枪的动作，冲着方凯手腕向上一抬，口中发出"BIU"的声音，然后哈哈大笑，越野车随即加速往前而去。

"小心点儿，这家伙不像是什么好人。"杨杰坐在方凯后头，将光头男子的表情看了个分明，望向赵非烟："你还不把安全带扣上？刚才撞得很爽吗？"

赵非烟狠狠地瞪了杨杰一眼，皱着眉头说："这个光头我好像在哪儿见过。"

突然，有一个人影从脑中闪过，赵非烟大声说："我想起来了，是龙哥！那天在火烧坪偷袭我的那个龙哥！"

话音刚落，方凯跟张亚茹惊呼了一声。

赵非烟和杨杰赶紧抬头向前看，发现前方越野车的后备厢此时正大开着，后备厢里装满三角铁钉，此时正陆陆续续地掉在地上。

就算方凯反应迅速，脚连忙死死地踩住刹车，车还是一头冲了上去，"嘭嘭"数声，车胎被钉子扎爆了。

方凯用力抓住方向盘，但车已然失去控制，冲出车道之外。

高速下面是一道斜坡，斜坡中段有一棵碗口粗的树，巨大的冲力加上下坠的重力，"砰"的一声，轿车撞在了树上，车上的安全气囊顿时全部弹了出来，将车上四人撞得头昏脑涨。

也正因为这一撞，车并没有继续掉落，而是挂在树上摇摇欲坠。

杨杰勉强解开身上的安全带，他的头撞在驾驶座座椅上，疼痛感使他清醒了过来,他摇摇头,推了推旁边一动不动的赵非烟,喊道:"喂,喂喂。"

这时,方凯跟张亚茹也缓过气来,发出痛楚的呻吟,但赵非烟却仍然一声不吭。

车上四人,就只有她没有扣安全带,现在生死未卜。

杨杰大急,把手伸到赵非烟的鼻前,感觉到微弱的呼吸,稍微松了一口气。转而去开门,却发现车门已上锁,着急喊道:"方凯,开门!"

方凯吃力地将逐渐软化的安全气囊拨开,按下车门的开关,按了两下没有反应,也是急了,又狂按了数下,最后一巴掌拍下了去,"咔哒"一声,车门锁终于被打开。

杨杰往赵非烟那边移动了一下,车辆顿时摇晃不已,方凯大声说:"杨杰,你先别动,车子悬挂的重心应该在前头,我跟张亚茹先下去撑着,你再下来……亚茹,你没事吧。"

"没事。"张亚茹忍着痛解开安全带,将安全气囊拨开,跟方凯一左一右地爬了出去,然后各自伸手扶住车身两侧。

杨杰这才小心翼翼地下了车,飞快跑到另一侧,打开车门将赵非烟给抱了下来。四人总算安全下车,杨杰四下一张望,发现他们此时距离坡底两米左右,连忙说:"我们先下去。"

四人走下山坡,找地方将赵非烟放下,摇了摇她的肩膀,赵非烟并没有醒来,正打算打120,却听见上方传来冷笑声:"你们也有今天?"

三人抬头望去,正是越野车里的光头龙哥,他手中拿着一根铁棍,杀气腾腾地看着杨杰三人。

杨杰顿时大怒,问道:"你想怎样?"

龙哥冷笑道:"何文远是我弟弟,你说我想怎样?"说完,挥舞着手上的铁棍，冲了上来。

方凯跟杨杰都没打过架，对视了一眼，从对方眼中看到了一丝慌张，但还是下意识地拦在了两个女生前面。

龙哥飞快地冲到面前，照着杨杰的脑袋就是一棍。

杨杰本能地抱住脑袋闪避，这一棍顿时砸在他的手臂上，一阵剧痛，杨杰感觉骨头都已断裂。

方凯趁机冲了上去，一肩膀撞在龙哥身上，他虽然不会功夫，但经常健身，这一撞不但速度快，力道也是非常大，龙哥竟然没闪避开，被撞了个趔趄，差点儿被翻倒在地。

杨杰忍着痛，捡起地上一块拳头大小的石头，照着龙哥的脑袋就砸了过去。

龙哥有些狼狈地闪开，二人的举动惹怒了龙哥，他冲上来一脚将方凯踢飞，然后照着杨杰左腿又是一棍。

又是一阵剧痛，虽然很疼，但杨杰反倒是被打出了火气，往前一扑，一把抱住龙哥的腿将其拱翻在地，随后，他张开大嘴，一口咬住龙哥的胸口。

龙哥的身手比赵非烟差不了多少，以杨杰、方凯的身手肯定不是他的对手，但杨杰显然是在拼命，还用上了市井无赖的打法，龙哥一时没反应过来。

龙哥发出一声惨叫后，方凯再次冲过来，一把抱住了龙哥持棍的手臂。

一旁的张亚茹硬着头皮上前帮忙，抓住龙哥的右手狠狠地咬住。

龙哥惊怒之下，抬起膝盖就撞上了张亚茹的肚子，张亚茹顿时脸色苍白，捂着肚子滚到了一旁。

方凯跟杨杰都不会功夫，更无法分身，只能用蛮力死死地压住龙哥。

打退张亚茹后，龙哥又照着方凯的脸来了一拳。

方凯只觉得一阵晕眩，手上再也没有力气，被龙哥甩在了一旁。

一瞬间，只剩下杨杰还在死死地抱住龙哥，牙齿仍然死死咬着龙哥的胸口。

龙哥的拳头雨点般落下，照着杨杰后背一通猛锤。

剧痛之下，杨杰终于松口，发出一阵野兽般的号叫，也不知从哪里来的力气，突然抱着龙哥站了起来，疯了似的朝斜坡冲了过去。

然后两人"砰"的一声撞在了摇摇欲坠的轿车上。就在这瞬间，杨杰将龙哥奋力往前一推，借助这力气猛然退后。

轰然一声，失去平衡的车一个跟头翻了下来，将龙哥压在了下方。

"救命，我的腿！我的腿！"龙哥惨叫着，奋力挣扎，企图将车掀开，而车辆位于斜坡，竟然被他顶得一晃一晃的。

杨杰此时松了一口气，只觉得自己全身都痛，龇牙咧嘴地往回走。

方凯被揍了一拳，眼角都肿了起来，脑袋里面晕晕乎乎的，但看起来还算好。张亚茹则被龙哥打在肚子，整个腹部都翻江倒海。

杨杰走过去就要拉她，她苦笑着拒绝："别扶我，让我缓……"话还没说完，她突然厉声道："车！"

因为急促地吸气，她腹部一阵剧痛，下面的话疼得实在说不出来，眼中却浮现出惊恐的表情。

杨杰、方凯连忙回过头，只见在龙哥的奋力挣扎下，原本倾斜的轿车即将翻身滚落，而在轿车的下方，却是一直昏迷不醒的赵非烟。

这车要是翻下去，铁定会砸在赵非烟身上。

杨杰飞快地冲到车旁，死死地撑住车身，嘶声喊道："方凯，你去拉人!"

方凯的脑袋仍然有点迷糊,反应没有杨杰那么快,慢了两步才赶到赵非烟身边,奋力抱起她,但脑袋又是一晕,又再次跌回原地无法动弹。

就在这时,龙哥嘶声喊道:"要死一起死。"然后他使出全身力气一推,斜坡上的车顿时开始向下翻转。

杨杰再也撑不住,转身就跑。

但人奔跑的速度又怎么能跟车滚落的速度相比,偏偏方凯又在前方摇摇晃晃,无法走动。

骂了一句,杨杰往前一扑,撞在了方凯身上。方凯抱着赵非烟,被撞得往前踉跄数步。

轰然一声,巨大的车身将杨杰压在了下面。

就在这个时候,赵非烟醒了过来,她睁开眼睛看到的第一件事,就是方凯抱着自己狂奔,而他们的身后,一辆轿车一路向下翻滚着,这情景有如好莱坞大片。

杨杰的运气真不错,轿车翻滚到他的位置时,正好是车轮着地,他趴在车腹下方全身冷汗,要是再偏个十来厘米,他估计就会被压成肉饼。

这才叫作真正的死里逃生。

斜坡上方传来了越野车司机的喊叫声:"龙哥!你怎么样了?"

赵非烟已经反应过来怎么回事,拔腿往斜坡上方冲去。

司机见状掉头就跑。

赵非烟知道自己追不上,也不再追赶,而是走到龙哥旁边,一脚踩在龙哥的腿上,在龙哥的惨叫声中,确定其双腿已被压断。

赵非烟走了回去,看了眼刚爬起来的杨杰,又看了鼻青脸肿的方凯一眼,迟疑了一下,走到方凯身边,问道:"你没事吧?"

杨杰心里没来由的一阵不舒服，龇牙咧嘴地走到张亚茹身边，似乎在赌气一般，关心地问："你还好吧？"

"缓过气来了。"张亚茹站了起来，揉揉肚子又弯了弯腰。

另一边，赵非烟替方凯拍打着身上的泥土，心中满是感动，眼前这个男人，不但为了她连夜开车赶到阳城，刚才又为了她不惜舍命相救。她的心肠也不是铁打的，所以，赵非烟心里暗下决定，她以后一定要对方凯好一点儿。

赵非烟瞥了一眼杨杰，见他正对着张亚茹嘘寒问暖。心中突然升起一股火，伸出手指，轻轻碰了碰方凯眼角的淤青，柔声说："方凯，你没事吧？"

听这语气，就好像是情侣之间的关心，杨杰的身体微微颤抖了一下，旋即眉毛一扬，假装若无其事的大声说："呦嗬，挺亲热的嘛，这就叫作'患难见真情'，'有情人终成眷属'啊！"

话刚落音，旁边传来龙哥的惨叫声："我的腿，我的腿！"

杨杰怒从心头起，捡起地上的铁棍，走过去照着龙哥劈头盖脸一顿揍。

张亚茹连忙上前劝阻："你疯了，这样会打死人的。"

杨杰根本就不听，继续暴打："这种人渣，打死最好。"

赵非烟皱眉走过去，一把抢过杨杰手中的铁棍，随手一扔。也不知哪来的火气，指着杨杰的鼻子："真要打死了他，你就等着坐牢好了。"

方凯连忙走过来，站在赵非烟的身边，笑着说："杨杰只是一时的气愤，他知道轻重的。"

见方凯靠赵非烟这么近，杨杰越发邪火上头，冷笑道："赵非烟，我坐牢跟你有一毛钱的关系吗？你还是先顾着你男朋友吧。"

赵非烟大怒："别老是扯到方凯身上，他千里迢迢赶到阳城，又是为了谁?"

"他是为了你!你不是他女朋友嘛!"杨杰脱口而出。

"好,如你所愿,以前他不是我男朋友,但从现在开始,他就是我男朋友了,怎样?"赵非烟大声道,"杨杰,你个没良心的,我来阳城又是为了谁?"

听赵非烟亲口承认方凯是她男友,杨杰瞬间脑子一热,心中只有一个念头,那就是用最尖利的话来让自己占据上风,"哼"了一声,说道:"你是为了我叔叔的亿万家产而来,可惜啊,竹篮打水一场空!"

这话一出,不仅赵非烟,就连方凯和张亚茹的脸色都变了,而赵非烟更是气得满脸通红,咬牙切齿地说:"好!杨杰,你记住,从今往后,你就是你,我就是我,咱们一刀两断!"

其实杨杰说出那话心里也是后悔的,但此刻也只能是死鸭子——嘴硬,就势硬着头皮说:"一刀两断就一刀两断,谁稀罕!"说完,转身朝斜坡上方走去。

走了两步又回转,从汽车尾箱里头找到自己的背包,然后昂然离去。

张亚茹迟疑了一下,看着方凯跟赵非烟站在一起,心中也是说不出的滋味,苦笑道:"我去看着点儿他,有什么事电话联系。"

说完,她从副驾驶翻出自己的随身包,追着杨杰而去。

第八章　有情人终成眷属

我们的一生会经历很多的事、见过很多的人、看过很多的风景。所以如果我们有缘,那么不论是千山万水,总有一天我会走到你的身边。

两虎相争

海城市中山街的某个夜宵摊,发哥跟杨杰举杯对饮,桌上放着鸡翅、茄子、韭菜等烧烤。

"我一定要拿下这个年度冠军!"杨杰狠狠地撕咬着鸡翅,因为咀嚼太用力,他脸上的肌肉看起来有些狰狞。

发哥语重心长地劝慰:"别慌,别慌,有专家曾经说过,没有什么事情是一顿烧烤解决不了的,如果有,那就两顿!你再请我多吃几顿烧烤,所有问题自然迎刃而解。"看着杨杰口中扭曲变形的鸡翅,发哥眼中有掩饰不住的心痛,"我说,你别拿鸡翅泄愤行不?它是无辜的。"

杨杰奋力咽下口中的肉,将啃得不是很干净的鸡骨头扔在碟子中,扯了一张纸巾擦了擦手,说:"发哥,你说老实话,我能打败她不?"

发哥自然明白"她"是指谁,迟疑了一下:"真说实话啊?够呛!你之前的业绩大多是靠出奇制胜,明明是正大光明的事情,你非搞得跟阴谋诡计似的。非烟就不同,她那才是'名门正派',堂堂正正的碾压,同样是明空大师教出来的学生,为什么你就这么猥琐呢?"

杨杰叹息了一声,无奈地说:"我入行不到三个月,有些事情不可能一蹴而就。"大口喝掉面前的可乐后,杨杰打了几个饱嗝,"但现在,我跟她之间的距离也不是太远,所以,发哥你得帮我。"

"怎么帮?把手中的单都给你吗?"发哥皱眉问。

"方便的话,给我最好,业绩算我的,至于得到的提成以及相应的好处,我统统给你,跑车你要是想开随时借给你。"杨杰笑道。

发哥哈哈一笑:"行,给你,都给你,反正我也拿不到前三。"

"一言为定!"

两人举杯一饮而尽,相视而笑。

咖啡馆,灯光幽暗柔和,弥漫在空气中的音乐是老鹰乐队的"加州旅馆"。

罗筱羽用银光闪闪的小叉子戳起一块精致的糕点送入口中,细细咀嚼吞咽,喝了口橙汁,看着对面发呆的赵非烟,暗叹一声:"你真的决定跟方凯在一起了?"

"应该是吧。"赵非烟漫不经心地搅拌着咖啡。

看着赵非烟一脸不情不愿的表情,罗筱羽笑着说:"方凯人不错,条件也好,你还有什么不满足的?"

赵非烟眼神有些迷茫:"不管我有什么麻烦,他都无条件地帮助我,就像这一次,我一个电话他就连夜赶到了阳城,还在最危急的时候,舍身救我,更是让我过意不去。"

罗筱羽微微一笑:"我曾听人说过,第一等的男人可以让女人为之冲动，第二等的男人可以让女人为之心动，第三等的男人才会让女人感动。方凯这么优秀的一个男人，怎么到你这儿就变成了第三等了呢？"

赵非烟假装嗔怒："罗姐，都这关头了，你还跟我开玩笑。"

罗筱羽收起笑容，说："非烟，按说感情的事情，我们外人不应该干涉，不过，我个人觉得，你对方凯的感情更像是为了感恩，你当初为了杨杰不惜孤身赶往阳城，也是为了感恩吗？"

赵非烟一听到杨杰，顿时生气了："不要在我面前提起这个名字，请用人渣来代替！"

罗筱羽眼中闪过一丝笑意："你可以对方凯以身相许，但对……那个人渣，你有没有想过以身相许？"

赵非烟不耐烦地挥手："不说这个了，我现在已经是方凯的女朋友，而且，我已经答应了他的求婚，估计下个月我们就会结婚了。"

罗筱羽默然，搅拌了一会儿咖啡，莞尔一笑："那恭喜你了。"

随后，两人也不知道该聊些什么。

好一会儿后，罗筱羽打破了沉默："听发哥说，杨……人渣现在准备跟你争夺年度第一，两人已经商量好，发哥接下来的业绩都算他的，对此你有什么想法？"

"人渣就是人渣，只会用这种歪门邪道的办法。"赵非烟冷笑道，旋即迟疑了一下，似乎也对杨杰有些忌惮，"罗姐，我请你帮个忙。"

"该不会是要我把发哥的业绩算到你头上吧？"罗筱羽似笑非笑地说。

"那倒不用，只是麻烦你做做发哥的思想工作，业绩怎么着也不能算在那家伙身上啊！哼，有能耐的话就跟我公平竞争。"赵非烟缓缓地说。

罗筱羽微微一笑:"这个没问题,我去跟发哥说,谅他也不敢不答应!"

杨杰跟赵非烟的资源各有侧重,杨杰手中的高端会员对结婚相亲都不怎么热衷。所以,他将重心放在黄金、白银会员身上,准备以量取胜。而赵非烟则是专攻钻石、白金会员,以质量来碾压对手。

两人争夺年度第一的大战缓缓拉开了帷幕。

公园里,长椅上,一男一女各坐一头,中间保持着两个空位的友好距离。

男的身穿崭新的黑色西服外套,袖口的标签都没有来得及剪掉,西服也有些大,这让他看起来有些滑稽,女的则穿一套休闲服,身材曼妙,神情看起来比男子要自然许多。

因为紧张,西装男子说话如同背书:"你好,我是刘东辉,三十五岁,这是我第一次相亲,如果有什么做得不对的地方,还请指出,下次我会改正。"

女子不喜不怒地做着自我介绍:"我是陈颖,健身教练。"

刘东辉挠挠头皮,似乎不知道接下来该说什么,瞄了一眼陈颖:"你们健身教练身材真好。"

"还行吧。"

沉默了一会儿,刘东辉略微好奇地问:"刚才在电话中,我提议去吃饭喝茶,为什么你都不同意呢?"

陈颖倒也不隐瞒:"去年我回家跟一个公务员相亲,他说要在老家发展,而我又不想回老家,这事就没成。两个月后,我爸给我打电话,问我为什么用了人家三万块钱,相亲不成就不成,何必骗人钱财,害他丢尽脸面。我当时觉得很吃惊,我爸那段时间还因为这件事被气得差点儿进了医院。我赶紧打电话问那个公务员,他却支支吾吾地不肯解释。直到后来我才知道，那人是个赌鬼，输了几万块怕家里人知道，就说用在我身上了。自从这件事以后，我相亲绝对不花对方一分钱。"

刘东辉听得目瞪口呆，好一会儿才说："居然还有这种人。"

"你呢？听杨老师说，你是从事 IT 行业的？"陈颖反过来问。

"呵呵，什么 IT 行业，那是杨老师夸我呢，其实我就是开了家网店，卖手机膜、手机套等。"刘东辉自嘲地笑，"一年下来，也就十来万。"

正好有人从前面经过，两人心照不宣地住口，等到那人走远，刘东辉却发现又不知道该说什么了。气氛很是尴尬，如果再这样下去，这次相亲估计将会以失败而告终。

一阵尴尬过后，刘东辉居然拿出手机看了起来。

陈颖有些郁闷，既然没话说，那就各回各家好了。当即站起来准备告辞，刘东辉吃惊地问："你这就要走了吗？"

陈颖笑着反问："不然呢？坐在这儿玩手机吗？"

刘东辉结结巴巴的解释："我没有玩手机。"

陈颖打了个哈哈，语气中却毫无笑意："是吗？你手上现在拿着的难道是遥控器？"

刘东辉索性把手机递到陈颖眼前。

陈颖一看，只见屏幕上是一个搜索页面，上面写着"怎么跟喜欢的女人聊天。"陈颖不由得脸一红，想了想，又坐了下来。

此时，刘东辉心中大为佩服，杨老师说的这个办法，果然是化解尴尬场面的神器啊。

海城大酒店，牡丹厅是最有档次的包厢，差不多有半个篮球场那么大的包厢里头摆了张足可以容纳三十人吃饭的大圆桌，整个包厢显得非常气派。

但此刻,大圆桌旁只坐了两人,左侧是一名戴着无框眼镜的年轻男子,头发整齐,手指甲修剪得很干净,穿了件灰色休闲服,不知道是什么牌子,但看起来非常柔顺,脚下的运动鞋也非常干净,浑身上下给人一种特别舒服的感觉。

他旁边坐的是一名中年妇女,黑发盘髻,身穿淡绿色旗袍,脖子上挂着一串珍珠项链,皮肤白皙,气质雍容典雅,看着不是名门贵妇,就是豪门富太。

"阿姨,要不我们开始吧?"眼镜男子微笑着说。

贵妇喝了一口茶,淡淡地开口:"第一,婚房必须是独栋别墅,香山居也好,红树湾也好,总之要有雨花实验中学的学位。"

香山居,红树湾都是海城顶级的别墅区,海城虽然不是一线城市,但一套独栋别墅带装修下来也是要一两千万的。换作其他人听到这条件,恐怕早就目瞪口呆,但眼镜男子却是眉头都不皱地答应了下来。

"第二,你们家的彩礼八百八十八万必须是现金,太少了我们林家丢不起这个人,当然,你们邵家也丢不起这个人。"贵妇接着说道,"我们家也会给出同等的嫁妆,但有一点要强调,嫁妆是给你们小两口的,一人一半。"

这就相当于娘家婆家各出八百八十八万给小两口新家充值。

"没问题的,阿姨。"眼镜男子笑着说,"我父母的钱我做不了主,但婚后我的一切收入都是小玉的,当然,小玉的还是小玉的。"

贵妇的脸上终于露出了笑容:"我家小玉就是被你这张嘴给骗走的。好了,说第三点,结婚当天排场必须要大气,酒店宴席、婚车手礼都不能随便应付,最主要的是小玉的礼服,绝对不能是随便一家婚纱店就解决的!"

"嗯嗯，好的。"

"红包、行程……"

贵妇一连提了十个要求，无非就是给自己女儿最大的保障，甚至还要求眼镜男子每年都必须带她女儿旅游三次。

这些要求眼镜男子都是毫不犹豫地答应了下来，对于绝大多数人，每一个条件恐怕都难以实现，而在他眼中，就好像只是去饭店吃个饭一般简单。

包厢门外，赵非烟颇为得意地用手机按着计算器。里头这一单可以说是目前为止，她最为得意的一笔业绩了。邵公子是方凯的死党，小玉是方凯的同学，他们原本就快谈婚论嫁了，却被方凯逼着来"百年好合"注册了个钻石会员，帮她冲业绩。

杨杰跟赵非烟的争夺越来越激烈，单从公司的业绩表便可以看出端倪，赵非烟一单下来，代表她的红色柱子就往上暴涨了一截。而杨杰的蓝色柱子每次虽然都只是上升一点点，但紧跟在赵非烟的身后，就好像是往上爬的蜗牛，缓慢却又坚定。眼看就要超过红色柱子的时候，赵非烟又是一个大单，瞬间又多出一截，然后杨杰再次缓慢地追赶……

公司的其他员工，除了完成自己的业绩，每天的乐趣就是在电脑上刷新业绩表，查看杨杰追上赵非烟没有，甚至发哥还开出了赌局：赌杨杰能在三天之内追上赵非烟的一赔四，一个月内追上的一赔三，杨杰最终能拿到年度冠军的一赔二……

从天而降的五千万债务

而此时，作为"百年好合"的老板，林刚正在跟海城大酒店的老板严守坤签合同，张亚茹在旁边作陪。

签完字，严守坤目光阴冷地看着林刚："丑话说前头，到期还不了钱的话,可别怪我不客气。"

林刚充满自信地微笑:"今年年底一定上市,到时候不但连本带息,更会有心意送上。再说了,这个子公司的老板杨杰还是张助理的侄子,都是一家人呢。"

严守坤意味深长地看了看林刚,点了点头:"那行,合作愉快。"话说完,他也不起身,蜻蜓点水般跟林刚伸过来的手握了握,"钱我会这两天打给你,先这样吧。"

待林刚出去,张亚茹有些担心地问:"老板,这林刚万一还不上钱,法人代表可是杨杰,到时候你要去找杨杰要钱吗?"

严守坤"哼"了一声:"我又不是银行,找法人代表做什么?冤有头债有主,他不还钱我肯定只找他。不过,你这个侄子是不是傻啊?居然答应做法人代表。"

张亚茹稍微松了口气,苦笑道:"他就是一个刚毕业没多久的学生,能知道啥。"

严守坤似乎想到了什么,张口欲言,但最终什么都没说,只是冷笑。

公司争夺年度第一的大战仍然在继续,杨杰突然改变了战术,开启了批发模式,隔三岔五就组织一场相亲会,规模控制在五十人左右,用各种主题来吸引会员参与,类似'厨艺大比拼,意中人就是你''天黑请闭眼,TA 就在身边''密室逃脱,携手余生'等等,在吃喝玩乐的同时,让众多会员有彼此接触的机会。

"来玩嘛,顺便认识一下美女……"

"反正没事,一边玩一边认识帅哥哦……"

这两句话杨杰这段时间起码说了八百遍,但效果也非常得好,蓝柱的速度有了明显的增加,甚至,中间有好几次都超过了赵非烟。

赵非烟自然不甘落后,大单一笔接一笔,一次又一次地反超。

电脑上的业绩报表中，红蓝柱此起彼伏，煞是激烈，两人的争夺进入白热化阶段。

这天，杨杰的业绩再次超过了赵非烟，他得意扬扬地回到宿舍，进门就看到发哥跟罗筱羽坐在餐桌前，似乎专程在等他，脸上的表情颇为古怪。

"你们俩这是要宣布什么大事吗？要结婚了？"杨杰笑着坐在两人对面，"今天我心情好，请你们吃夜宵！就当提前给点儿贺礼。"

发哥干笑了一声："确实是有大事宣布，而且，还真是要结婚了。"

杨杰"呀嘿"了一声，拱手道贺："可以啊发哥，这速度够快的啊！"

罗筱羽目光古怪，缓缓说："要结婚的不是我们，而是赵非烟，下个星期她就要跟方凯结婚了。"

杨杰瞬间呆住了，差不多四五秒后，他才哈哈一笑，说："这是好事啊，方凯家那么有钱，赵非烟嫁入豪门以后，应该不会在乎'首席婚恋师'这种称号了，我也就没有竞争对手了。哈哈哈，幸福美满，皆大欢喜啊！"

发哥一副已经把杨杰看穿的表情，略带鄙夷地说："你就不打算做点儿什么？"

杨杰故作愕然地说："同事一场，我送个红包就行了，还要做什么？总不能还要我去做伴郎吧！"

发哥发出一阵冷笑声，也不再说话了。

罗筱羽叹息了一声："杨杰，我觉得非烟答应跟方凯结婚，有百分之八十的原因是跟你赌气，如果你现在道歉的话，还来得及。"

杨杰耸耸肩膀，摊开双手："我为什么要道歉？"

"因为她喜欢你，你也喜欢她。"罗筱羽平静地说。

杨杰如同被人一箭射中了屁股,整个人从椅子上弹了起来:"我会喜欢她……这种野蛮人?罗姐,你可不要乱说!"

发哥上下打量一下杨杰,用阴阳怪气的语气说:"就算被人戳穿,你也没必要恼羞成怒啊!"

"我恼羞成怒?呵呵,不可能的,这辈子我都不可能恼羞成怒。"杨杰努力做出不在乎的样子,随意地坐了下来,跷起了二郎腿,脚尖不停地点地。

发哥"呵呵"了一声,冲杨杰翻了个白眼,充满鄙视地说:"还说自己不激动,脚尖都快痉挛了。"眼看杨杰又要发火,发哥赶紧说,"所谓当局者迷,你到底喜不喜欢非烟,让你罗姐来帮你分析分析。"

杨杰有些尴尬地转过头,兀自解释道:"我真不是激动,我跟赵非烟之前是仇人,现在恩怨两清,算是陌生人吧。"

发哥眉毛一扬,话都懒得接。

罗筱羽微笑着说:"我不是什么心理专家,但你跟赵非烟的恩恩怨怨我从头到尾都看在眼里,我觉得有必要提醒你一下。"

顿了顿,她接着说:"你跟赵非烟的恩怨始于误会,看起来势同水火,但说破天也就是些鸡毛蒜皮的小事。你有没有发现,你们两个人很多时候纯粹是为了吵而吵,甚至没事都能找出事情来吵。"

杨杰笑着解释:"这就表示我们不共戴天,此生注定水火不容。"

"不,你们只是已经习惯身边有这么一个人,换个词,这叫彼此在乎对方!"罗筱羽不容置辩地说,"你再好好想想,上次你跟赵非烟被关在废弃仓库里面,绑匪要对赵非烟下手的时候,是你冒着生命危险出言相劝,在两人就快要被渴死的时候,又是你喂血给非烟喝,如此种种行为,只有非常在乎对方的人才会做。"

发哥深以为然地附和道:"那可是人血啊,不说你献血会不会导致昏厥,就是喝血的人醒过来也会觉得恶心吧。但你们两个却完全不在乎这件事,显然是已经把对方看作比命还重要!"

罗筱羽瞪了发哥一眼,接着说:"这件事以后,非烟口中说着报恩,不愿意你被魏旭欺骗,其实她的这种行为早已超出普通朋友的范畴。说实话,我跟发哥都不看好魏旭,甚至,发哥还暗示过你,但我们有出面干涉过你的生活吗?没有!我们只是冷眼旁观。"

杨杰略一思索,魏旭第一次上门给发哥带了很多零食,而发哥却在魏旭走了以后,说了一句"这个女孩很厉害"的话,想到这儿,杨杰心里顿时有些不是滋味。

罗筱羽笑了笑,继续说:"也就只有赵非烟,为了你的事情不顾一切,甚至一个人跑去阳城,寻找事情真相,她这么做,难道你还不知道她的意思?"

杨杰深深地叹了口气,没有说话。

"现在赵非烟要跟方凯结婚,我跟发哥实在是看不下去了,才跟你说这些。言尽于此,你自己看着办。"

罗筱羽冲发哥使了个眼色,两人站起身来,各自回房,临近房门,发哥回头大声说:"我要是你,就去找赵非烟说个清楚。"

随着关门声,餐桌前就只剩下杨杰,他双眼无神地盯着面前的桌子,眼前闪过跟赵非烟一起经历的各种事情。

第一次在餐馆认识,杨杰原本答应让座却临时反悔,赵非烟气得小脸通红……

在火锅店,自己不小心将油渍弄到方凯的衣服上,赵非烟气鼓鼓地要杨杰赔……

在海岛相亲聚会,赵非烟落水后,自己去救人,两人在水中纠缠……

在阳城，自己被绑在床上，然后赵非烟冲了进来……

这一幕幕片段，最后都化成一张似笑似嗔的脸庞，在杨杰脑海中越来越清晰。

过了一会儿，杨杰拿出手机翻到赵非烟的号码，迟疑了一下，正要拨出电话，手机屏幕却是突然一变，有电话进来，是张亚茹。

杨杰刚一接通，张亚茹就在那边气急败坏地大喊："杨杰，你小子死定了！"

杨杰先是一愣，旋即没好气地说："不就是赵非烟要结婚吗！多大个事？"

杨杰以为张亚茹也是为了赵非烟结婚而来。谁知，张亚茹居然骂了一句粗口："赵非烟结婚关你屁事！是你老板林刚跑路了！"

杨杰顿时目瞪口呆，片刻后反应了过来，惊呼出声："我老大跑路了？"

"你不是他子公司的法人代表吗？"张亚茹急声说，"他找我老板借了两千万，是以子公司的名义借的。将两千万注入子公司，再通过关系以子公司的资产做抵押，在银行贷了五千万，然后他就带着秦默远走高飞了。"

杨杰惊讶之余，未免也有些疑惑："你怎么知道的？"

"我肯定知道啊。他借到钱的第一件事，就是还我老板的钱。"

"他都打算跑路了，居然还找你老板还钱？"

"我老板是什么人，你又不是不知道，林刚借钱的那一刻开始，就有人在监视他了，他能跑到哪儿去？没想到他居然用借来的钱购买资产，再去找银行借钱，然后还了我们老板的钱，监视自然撤除。现在银行的钱丢了，第一个追究的就是法人代表！"因为焦急，张亚茹的声音有些尖利，"而你就是法人代表，是要负责的！还不起钱就得坐牢！"

杨杰顿时手脚冰冷，脑袋里面更是一团乱麻，就连张亚茹什么时候挂的电话都不知道。心中翻来覆去就是一个想法，自己怎么就背负五千万的欠债了？

远走高飞

就在杨杰心乱如麻的时候，门突然开了，赵非烟跟方凯出现在门口。

赵非烟穿了一件白色V领针织衫，搭配浅蓝色牛仔裤，最外头是米色风衣，看起来青春活泼又不失典雅。旁边的方凯则是白色T恤配蓝色休闲裤，其穿着配色跟赵非烟的服饰非常接近，不管是谁，都能看出这是情侣装扮。

见杨杰魂不守舍地坐在门口餐桌前，两人愣了一下。旋即，赵非烟若无其事地跟方凯说："谢谢你送我回家，你也早儿点回去休息吧。"

方凯看着杨杰，似乎想到了什么事情，眼神闪烁："我想跟杨杰说点儿事。"

赵非烟眉头一皱，好奇地问："你跟他有什么好说的？"

"一点儿小事。"方凯温和地笑了笑，"你先回房吧。"

赵非烟迟疑了一下，又瞥了杨杰一眼，没有说话，换了拖鞋直接回房。

杨杰似乎根本就没注意到方凯，坐在椅子上一动不动。

方凯走上前，轻声地说："杨杰，能出去聊两句吗？"

杨杰没有理会，方凯轻轻地拍了拍杨杰的肩膀。见是方凯，杨杰终究还是克制住愤怒的心情，说："什么事？不能在这儿说？"

方凯望了一眼，见赵非烟已经进房，这才说道："林刚的事。"

顿时，杨杰全身抖了一下，当即站起身，跟方凯出门。乘坐电梯直达楼下,小区花园凉亭中并没有人,两人坐下后,杨杰劈头就问:"你知道什么了?"

"该知道的我都知道,不该知道的我也知道。"方凯微微一笑,"林刚所谓的上市计划,还没开始就夭折了,同时,他的资金链也出了问题,一直都是在拆东墙补西墙。尤其是前段时间你跟非烟被绑架,了解情况的人其实都能猜到,绑匪是针对秦默而去,幕后凶手多半跟李云彤有关,这种内斗更是让他雪上加霜,所以他才谋划了这么一个局,从银行骗钱。"

杨杰眼睛一眯,语气逐渐变冷:"你是怎么知道的?"

方凯不以为意地说:"严守坤跟我家有很多项目上的合作,同时他又知道我跟非烟的关系,自然会告诉我这一切。"

杨杰一听,心里更加焦躁:"我都快被他害死了。"

方凯笑了笑:"虽然我知道你是被林刚陷害了,但银行却不会管你这么多,他们现在最需要的就是替罪羊。"顿了顿,他的表情变得有些古怪,"杨杰,这事儿我可以帮你。"

杨杰顿时大喜,旋即狐疑地说:"你怎么帮我?"

"怎么帮你不用关心,你只需要知道一点,我可以让你不再背负这五千万的债务。"方凯温和的笑容中充满自信,

"条件呢?"杨杰可不是傻瓜,他跟方凯也就一起吃过几顿饭,这点儿交情值五千块都不错了,而现在可是五千万,方凯怎么可能毫无条件地出手帮忙呢?

"条件很简单!"方凯缓缓地说,"你离开海城,从非烟的世界中消失。"

"为什么?"杨杰下意识地说了一句。

"因为非烟的心里还有你。"方凯坦然相告,"上次从阳城回来,是你舍身相救,非烟却误会是我救了他,再加上你突然跟她翻脸吵

架,她才会答应做我女朋友。"笑了笑,方凯接着说,"我希望这个误会能永远不要澄清,而你,就是这个误会中唯一的不稳定因素。所以,只有让你离开,我才能放心。"

杨杰沉默许久,抬头问:"我还是想知道,你用什么方法来帮我。"

"找人帮你打官司,或者去把林刚抓回来,这些都可以。"方凯笑着解释,"实在没办法,我收购'百年好合',债务由我来承担就是。说真的,在我心中,非烟可比五千万要重要得多。"

杨杰眼睛眨也不眨地看着方凯,嘴角挂在一丝苦笑。过了一会儿,他站起身就走。

"你还没告诉我答案呢?"方凯微笑着说。

"我想想,三天之内给你答复。"杨杰头也不回地消失在夜色之中。

翌日,杨杰一大早就去了公司,心中一直都很忐忑,以为会看到办公室一片狼藉,哀鸿遍野,不料公司竟然一如既往地运作,除了林刚跟秦默不在,其他的平时怎样还是怎样,就好像什么都没发生。

杨杰正纳闷,老板娘李云彤一个电话打了过来,要杨杰去总经理办公室。

走进去一看,李云彤坐在林刚的座位上,正在给某份文件上签字,抬头看到杨杰,扬了扬下巴,示意将门关上。

反手关上门,杨杰坐在李云彤对面,显得有些不知所措。昨天晚上所发生的一连串事情,让他直到现在脑袋里面都是浑浑噩噩的。

李云彤将文件放在一旁,签字笔仍然在手中,另一只手则在桌上毫无节奏地轻轻敲着,眼睛眨也不眨地盯着杨杰,好一会儿才说:"你都知道了吧?"

杨杰对林刚恨得牙痒痒，但对李云彤却颇为同情，毕竟，她也是受害者。想着现在的情况，一时之间也不知道李云彤在打什么算盘，只能是装糊涂地说："我知道什么？"

"你们老大已经带走了公司账面上所有的钱，跟秦默私奔了。"李云彤面无表情，似乎在说一件跟她不相关的事情，"公司现在还能运转，是方凯转了一百万给我应急，他准备收购公司……至于收购公司的前提条件，想必你已经知道了。"

杨杰苦笑道："不管林刚做了什么事，你还是我老板娘，现在你打算怎么办？"

"还能怎么办？"李云彤眼中突然充满疲惫，"五千万的贷款不仅能让你锒铛入狱，也能让'百年好合'轰然倒塌，唯一的解决办法就是接受收购。"

杨杰再次沉默，昨天他只想到了自己，现在听李云彤这么一说，看来，他的决定还能影响到"百年好合"的全体同事。

发哥，罗筱羽……一张张熟悉的面孔出现在眼前。

杨杰双眼无神地盯着面前的李云彤，过了好一会儿，才发现李云彤也目光灼灼地盯着自己，等着自己回复。

他只得苦笑一声，拿出手机在微信中给方凯发了个信息：关于你提的条件，我答应了。

李云彤眼中闪过一丝感激，从抽屉里面拿出个信封，厚厚的一沓："眼下公司流动资金紧张，我也不能给你太多，这里是两万块钱，你先拿着，以后我再给你补偿。"

杨杰并没有接下钱，而是站起来转身就走，开门的瞬间，他苦涩地说："送给赵非烟做礼金吧，以你的名义。"说完开门而去。

身后，李云彤极为疲惫地躺在座椅的靠背上，缓缓地闭上眼睛，片刻后，一颗晶莹的泪珠从她眼角滑落。

红树湾是海城最有名的别墅区之一，里头随便一栋别墅少说也要一两千万，能住在红树湾的人非富即贵。

此时，其中一栋别墅的大厅之内，巨大的豪华水晶灯下是棕红色的真皮沙发，沙发上坐着一男一女，二人都身穿休闲的家居服，女的四五十岁，颇为富态的圆脸上挂着淡淡的温和的笑容，男的是方凯。

"小凯，你确定要这么做？"圆脸贵妇声音显得很是柔和。

"你不是经常抱怨我不务正业吗？"方凯将两条腿交叉地搭在茶几上，摆出一副享受的样子，"我收购'百年好合'这家负债公司，再想办法扭亏为盈，不就有的忙？"

圆脸贵妇没好气地指了指方凯的腿："你看你，成何体统！"

"在外面我可没给你们丢脸，在家里还不准我放松一下啊？"方凯笑嘻嘻地说，"妈，这样很舒服的，你要不要试试？"

圆脸贵妇白了方凯一眼，佯怒道："没规没矩。"转而眉头微蹙，"你就那么确定，杨杰不会再跟赵非烟联系？五千万不是一笔小数目，可别扔了水漂。"

方凯笑了笑："'百年好合'有将近十万的会员资料，光这一项就值五千万。再说了，林刚无法将其运作上市，那是他无能，难道你还不相信你儿子的能力？能用五千万买下这么一家公司，我都觉得是赚了，还得感谢林刚给了我这个机会才对。"

停顿了一下，方凯接着说："至于杨杰，如果一定要跟我抢非烟，就会面临牢狱之灾，一个犯人是不可能给非烟幸福的。这一点，我相信他能想明白，他唯一的选择就是远走高飞。"

"你确定他就没有其他的途径解决这个问题？"贵妇笑盈盈地说，"我倒是听说金家还欠他一个人情呢，金家财大气粗，说不定愿意拿五千万给杨杰呢。"

方凯嘻嘻一笑:"你刚才也说了,五千万不是一笔小数目,金家的人情也有前提的。再说了,我现在已经开始运作收购事宜,金家再出手就是在跟我们家对着干,相信金太太不会这么没眼色的。"

"既然你什么事情都考虑好了,那你就去做吧。"贵妇脸上露出欣慰的表情。

杨杰孤身回到公寓,收拾完自己的东西,背好背包走出房间,站在走廊上,沉默了一下,突然伸手推了推赵非烟的房门。

房门并没有锁,就这么被杨杰推开。

杨杰迟疑了片刻,走了进去。四下扫视,拿起床头的杂志随意翻开,其中一页折了个记号,仔细一看,该页是道测试题:你真的爱他吗?

上面罗列了十多道生活场景问答,让人勾选答案,最后根据答案的得分来进行结果分析。

赵非烟根据自己的得分,在第三个结论下方画了条横线,上面写着:他很爱你,你也很爱他,但两人因为一些误会而僵持,只要退一步,爱情唾手可得。

杨杰笑了笑,将杂志放回原来的位置,突然看到阳台上有一个人,顿时吓了一跳。定眼一看,却发现是一个立式沙袋。杨杰推开阳台门,在沙袋上打了一拳,转而看到沙袋上贴有一张白纸,写有"杨杰"两个字,顿时苦笑不已。

转而回到房间,沉默了一分多钟,正要离开,突然拿起桌上的笔走到阳台,在沙袋的背后写了一排小小的字:别打太重,我怕疼。

千山万水不如在你身边

杨杰走出了赵非烟的房间,在客厅里转了半圈,甚至还打开了电视看了一会儿,电视里头正在播放一个旅游广告,画面中的村落白雾缭绕,如梦如幻。

将电视关了,杨杰背着包走到门口。突然,他全身一震,转身冲回去重新打开了电视,里头的广告已然接近尾声,正在打字幕:婺源欢迎您。

杨杰眉头大皱,似乎想到了一件非常重要的事情,然后,拿出手机拨通了一个号码:"你好,金太太。"

电话那边传来金太太温和的声音:"小杨啊,你终于舍得给我打电话了?"

"如果我要五千万,你觉得有没有可能?"杨杰笑着说。

金太太迟疑了一下:"你是不是遇到什么困难了?之前你一直都没要求,怎么突然就开口要这么多。"

杨杰倒也不隐瞒,把林刚卷款逃走的事情简单地说了一遍。

"你还真打算还五千万啊。"金太太顿时轻笑了一声,"不就是个法人代表嘛。这样吧,小杨,你现在去报警,然后我帮你找个好律师,保准让你打赢官司,怎么样?"

杨杰挠挠头皮:"再没有其他办法了?"

"如果能抓到林刚,那是最好的办法,可中国这么大,他要真心想躲起来,我们上哪儿找他去?"

"如果我知道他们在哪儿呢?"杨杰看着电视屏幕,眼神闪烁着亮光。

赵非烟现在谁也不想理,包括方凯。

上午她得知杨杰辞职以后,特地买了好几百块钱的零食发给其他同事,以表达自己的快乐。

可能是太高兴的缘故,她上午不小心摔坏了一个水杯,签字笔也不小心折断了一支,甚至,她还对一个客户发了火:"你这儿也不满意,那儿也不满意,到底要怎样?人得先知道自己几斤几两,那么多要求,你以为自己是公主呢!"

晚上回到家,赵非烟把自己锁在了房间里面,躺在床上一动不动。

十来分钟后,她突然跳了起来,冲到阳台,照着沙袋一阵拳打脚踢,口中低声怒骂道:"你这个胆小鬼!打死你!"

一直打到自己筋疲力尽,赵非烟这才转身回房,躺在床上,看着天花板怔怔出神。

手机铃声响起,赵非烟看了一眼,也不接,直接把手机关机。

约莫半小时后,方凯在外面敲门:"非烟,我们出去吃饭,大唐路那边新开了一家自助火锅,都说味道不错。"

"我今天很累,哪儿都不想去,改天吧。"赵非烟闷声回答。

方凯沉默片刻,说:"那你注意休息。"这才离去。

因为方凯的到来,赵非烟越发心烦意乱,再次走到阳台上对着沙袋一顿拳打脚踢,打了十来下,又转到沙袋背后,奋力一拳砸了过去,沙袋往前晃动了一下,转而弹回到赵非烟身边。

回弹的沙袋差点儿撞上赵非烟的脸,赵非烟下意识地躲避,却看见了上面的字,一把抱住沙袋,仔细一看,心里顿时百感交集,好一会儿才咬牙说道:"我打不死你,人渣。"

一拳下去,打得沙袋左右摇晃,自己走回房间,将手机开机,拨通杨杰的号码,却听到了该号码不在服务区的提示。想了想,转而拨通张亚茹的号码:"亚茹姐,你知道杨杰在哪儿吗?"

张亚茹在那边沉默了一会儿,说:"你在家吗?我去找你。"

半个小时后,张亚茹出现在赵非烟房间中,劈头就是一句:"杨杰不会再出现在你面前了。"

"什么意思?"赵非烟皱眉道。

张亚茹把事情的原委说了一遍,严守坤对这件事情非常清楚,而且也不对张亚茹隐瞒。

"你是说,方凯趁机要挟他?"赵非烟眼中闪过愤怒。

"话不能这么说,方凯对你怎么样,你自己也清楚,他这么做,不但帮了杨杰,也帮了公司。至于他提的这个条件,虽然有些落井下石,但也是人之常情,就连我这个姑姑都觉得理所当然。"张亚茹看着赵非烟的眼睛,停顿了一下,接着说,"如果你现在去找杨杰,导致方凯不再收购公司,那么,公司就会面临着倒闭,你跟你的那些同事就得各奔东西。"

赵非烟沉默不语。

"还有一件事情,那天我们从阳城回来,是杨杰将你跟方凯撞开,他自己则是差点儿被车压死。"张亚茹缓缓地说。

赵非烟顿时抬起了头,看着张亚茹:"你说得是真的?"

张亚茹叹息了一声,说:"事已至此,真的假的都无所谓了,非烟,人这一辈子,有很多的事情身不由己。方凯并不是一个坏人,至少,他对你是真心的,有些事情就当没发生过吧,明天我陪你去选婚纱。"

赵非烟什么也没说,过了一会儿,一滴眼泪沿着她的脸颊滑落。

张亚茹也不知道该怎么说了,安静地看着赵非烟。

差不多十分钟过后,赵非烟才苦笑一声:"好吧,明天麻烦你了。"

罗兰婚纱工作室并不承接婚礼,只做婚纱,因为设计师在婚纱界小有名气,所以在海城的有钱人一般都会选择在这里定制婚纱,甚至周边城市的人都会慕名而来。

作为"百年好合"的首席婚恋师,赵非烟的很多会员都来此选购婚纱。赵非烟曾经无数次幻想自己披上婚纱的样子,但她从来都没有想到过,终于到了自己挑选婚纱的这一天,她的心情却不是想象的那么美好。

"我就觉得中式的好看。"张亚茹在一款凤冠霞帔的大红嫁衣面前流连忘返,最后拿起绣着如意祥云的红盖头,点头称赞,"你看,这绣工,这锁边都很用心。"

"那就这款吧。"赵非烟微笑着说。

"怎么都得试试。"张亚茹不由分说地将赵非烟推进了试衣间。

正好,方凯的手机响起,他看了试衣间一眼,拿起手机去了外面。

待赵非烟穿着一身大红的嫁衣出来,化妆师在她头上戴上了凤冠,张亚茹也嘻嘻哈哈地给她披上了红盖头。

突然,张亚茹的笑声戛然而止,赵非烟有些好奇,刚想掀开头上的红盖头。

却透过下方的空当,看到了一双黑色的皮鞋正在走向自己。赵非烟冥冥中好像是感受到了什么,手指顿时有些僵硬。

皮鞋在赵非烟的面前站定,上面隐约有黄色的泥巴,似乎是刚从泥地里经过,没有时间去清洁,直接用纸巾擦了一下。同样,他的裤管上也有些泥点。

赵非烟稍微抬头,只见对方膝盖位置有一道明显的擦痕,看起来好像摔了一跤。

再往上看却因为红盖头的遮挡,看不到了。赵非烟正要将盖头掀开,却有一只手,缓缓地挑开了自己红盖头。

同样邋遢的上衣,再往上是脖子,下巴……赵非烟的心跳突然加快,呼吸更是变得急促。出现在赵非烟面前的,竟然是杨杰。

他微笑着将红盖头掀开,看着赵非烟,眼中闪烁着激动。

赵非烟胸口上下起伏,看着杨杰。

二人四目相对,良久无言。

一声轻咳声,方凯出现在旁边,眼神极其复杂。

"方凯。"张亚茹往前一步,似乎想要说什么,却又发现不知道说什么好。

赵非烟迟疑了一下,退后了半步,看了看杨杰,又看了看方凯,无比矛盾。

方凯笑了笑,声音有些嘶哑:"杨杰,你说话不算数啊。"

杨杰却是一脸坦然:"之前我做错了很多事,但这件事,我不想再错下去了,我喜欢赵非烟。"

"你确定?"方凯意味深长地说。

杨杰诚恳地看着方凯:"我很感激你对我的帮助,真的,如果我没有找到解决这个事情的办法,我肯定会按照你我的约定,不再出现在赵非烟面前。"

方凯"哦"了一声:"金太太愿意帮你了?"

杨杰点头承认:"是的。"

"她是给了你五千万?还是帮你打官司?"

"都不是,她帮我抓到了林刚。"

闻言,赵非烟、张亚茹跟方凯三人均惊讶地看着杨杰。

人海茫茫,找到一个刻意隐藏的人简直就是海底捞针,就算是金家再有钱,那也只是在海城,想在全国范围内找到一个人是不可能的。

杨杰明白众人心中的疑惑,笑着说:"秦默曾经跟我说过,她最大的愿望就是在婺源小镇过那种与世隔绝的生活。然后我要金家帮忙去婺源，就这么简单。"

赵非烟听完，再也忍不住，飞身扑进了杨杰怀中。

方凯先是愕然，旋即摇头苦笑，冲张亚茹扬了扬下巴，两人朝门外走去。

杨杰抱着怀中的赵非烟，想着一路来二人的经历，一时之间竟不知该说些什么。赵非烟把头从杨杰的肩膀上抬起来，眼睛眨也不眨地看着杨杰，眼眶里闪着泪光。二人就这样看着彼此，终于情不自禁地吻到一起……

（全文完）